———————— 阅读之前 没有真相

午夜文库

阿加莎·克里斯蒂
赫尔克里·波洛系列

阿加莎·克里斯蒂
Agatha Christie (1890—1976)

无可争议的侦探小说女王，侦探文学史上最伟大的作家之一。

阿加莎·克里斯蒂原名为阿加莎·玛丽·克拉丽莎·米勒，一八九〇年九月十五日生于英国德文郡托基的阿什菲尔德宅邸。她几乎没有接受过正规的教育，但酷爱阅读，尤其痴迷于歇洛克·福尔摩斯的故事。

第一次世界大战期间，阿加莎·克里斯蒂成了一名志愿者。战争结束后，她创作了自己的第一部侦探小说《斯泰尔斯庄园奇案》。几经周折，作品于一九二〇年正式出版，由此开启了克里斯蒂辉煌的创作生涯。一九二六年，《罗杰疑案》由哈珀柯林斯出版公司出版。这部作品一举奠定了阿加莎·克里斯蒂在侦探文学领域不可撼动的地位。之后，她又陆续出版了《东方快车谋杀案》《ABC谋杀案》《尼罗河上的惨案》《无人生还》《阳光下的罪恶》等脍炙人口的作品。时至今日，这些作品依然是世界侦探文学宝库里最宝贵的财富。根据她的小说改编而成的舞台剧《捕鼠器》，已经成为世界上公演场次最多的剧目；而在影视改编方面，《东方快车谋杀案》为英格丽·褒曼斩获奥斯卡大奖,《尼罗河上的惨案》更是成为几代人心目中的经典。

阿加莎·克里斯蒂的创作生涯持续了五十余年,总共创作了八十余部侦探小说。她的作品畅销全世界一百多个国家和地区,累计销量已经突破二十亿册。她创造的小胡子侦探波洛和老处女侦探马普尔小姐为读者津津乐道。阿加莎·克里斯蒂是柯南·道尔之后最伟大的侦探小说作家,是侦探文学黄金时代的开创者和集大成者。一九七一年,英国女王授予克里斯蒂爵士称号,以表彰其不朽的贡献。

一九七六年一月十二日,阿加莎·克里斯蒂逝世于英国牛津郡沃灵福德家中,被安葬于牛津郡的圣玛丽教堂墓园,享年八十五岁。

阿加莎·克里斯蒂 侦探作品年表

波洛系列

1920　The Mysterious Affair at Styles《斯泰尔斯庄园奇案》
1923　Murder on the Links《高尔夫球场命案》
1924　Poirot Investigates《首相绑架案》
1926　The Murder of Roger Ackroyd《罗杰疑案》
1927　The Big Four《四魔头》
1928　The Mystery of the Blue Train《蓝色列车之谜》
1932　Peril at End House《悬崖山庄奇案》
1933　Lord Edgware Dies《人性记录》
1934　Murder on the Orient Express《东方快车谋杀案》
1935　Three-Act Tragedy《三幕悲剧》
1935　Death in the Clouds《云中命案》
1936　The ABC Murders《ABC谋杀案》
1936　Murder in Mesopotamia《古墓之谜》
1936　Cards on the Table《底牌》
1937　Dumb Witness《沉默的证人》
1937　Death on the Nile《尼罗河上的惨案》
1937　Murder in the Mews《幽巷谋杀案》
1938　Appointment with Death《死亡约会》
1938　Hercule Poirot's Christmas《波洛圣诞探案记》
1940　Sad Cypress《H庄园的午餐》
1940　One, Two, Buckle My Shoe《牙医谋杀案》
1941　Evil Under the Sun《阳光下的罪恶》
1943　Five Little Pigs《五只小猪》
1946　The Hollow《空幻之屋》
1947　The Labours of Hercules《赫尔克里·波洛的丰功伟绩》
1948　Taken at the Flood《顺水推舟》
1952　Mrs. McGinty's Dead《清洁女工之死》
1953　After the Funeral《葬礼之后》
1955　Hickory Dickory Dock《山核桃大街谋杀案》
1956　Dead Man's Folly《弄假成真》
1959　Cat Among the Pigeons《鸽群中的猫》
1960　The Adventure of the Christmas Pudding《雪地上的女尸》

阿加莎·克里斯蒂 侦探作品年表

1963　The Clocks《怪钟疑案》
1966　Third Girl《第三个女郎》
1969　Hallowe'en Party《万圣节前夜的谋杀》
1972　Elephants Can Remember《大象的证词》
1974　Poirot's Early Stories《蒙面女人》
1975　Curtain—Poirot's Last Case《帷幕》

马普尔小姐系列

1930　The Murder at the Vicarage《寓所谜案》
1932　The Thirteen Problems《死亡草》
1942　The Body in the Library《藏书室女尸之谜》
1943　The Moving Finger《魔手》
1950　A Murder Is Announced《谋杀启事》
1952　They Do It with Mirrors《借镜杀人》
1953　A Pocket Full of Rye《黑麦奇案》
1957　4.50 from Paddington《命案目睹记》
1962　The Mirror Crack'd from Side to side《破镜谋杀案》
1964　A Caribbean Mystery《加勒比海之谜》
1965　At Bertram's Hotel《伯特伦旅馆》
1971　Nemesis《复仇女神》
1976　Sleeping Murder《沉睡谋杀案》
1979　Miss Marple's Final Cases《马普尔小姐最后的案件》

其他系列及非系列

1922　The Secret Adversary《暗藏杀机》
1924　The Man in the Brown Suit《褐衣男子》
1925　The Secret of Chimneys《烟囱别墅之谜》
1929　Partners in Crime《犯罪团伙》
1929　The Seven Dials Mystery《七面钟之谜》
1930　The Mysterious Mr. Quin《神秘的奎因先生》
1931　The Sittaford Mystery《斯塔福特疑案》
1933　The Witness for the Prosecution and Other Stories《控方证人》
1934　Why Didn't They Ask Evans?《悬崖上的谋杀》

阿加莎·克里斯蒂 侦探作品年表

1934　The Listerdale Mystery《金色的机遇》
1934　Parker Pyne Investigates《惊险的浪漫》
1939　Murder Is Easy《逆我者亡》
1939　And Then There Were None《无人生还》
1941　N or M?《桑苏西来客》
1944　Towards Zero《零点》
1945　Sparkling Cyanide《闪光的氰化物》
1945　Death Comes as the End《死亡终局》
1949　Crooked House《怪屋》
1950　Three Blind Mice and Other Stories《三只瞎老鼠》
1951　They Came to Baghdad《他们来到巴格达》
1954　Destination Unknown《地狱之旅》
1958　Ordeal by Innocence《奉命谋杀》
1961　The Pale Horse《灰马酒店》
1967　Endless Night《长夜》
1968　By the Pricking of My Thumbs《煦阳岭的疑云》
1970　Passenger to Frankfurt《天涯过客》
1973　Postern of Fate《命运之门》
1991　Problem at Pollensa Bay《神秘的第三者》
1997　While the Light Lasts《灯火阑珊》

出版前言

纵观世界侦探文学一百七十余年的历史,如果说有谁已经超脱了这一类型文学的类型化束缚,恐怕我们只能想起两个名字——一个是虚构的人物歇洛克·福尔摩斯,而另一个便是真实的作家阿加莎·克里斯蒂。

阿加莎·克里斯蒂以她个人独特的魅力创造着侦探文学史上无数的传奇:她的创作生涯长达五十余年,一生撰写了八十余部侦探小说;她开创了侦探小说史上最著名的"黄金时代";她让阅读从贵族走入家庭,渗透到每个人的生活中;她的作品被翻译成一百多种文字,畅销全球一百五十余个国家,作品销量与《圣经》《莎士比亚戏剧集》同列世界畅销书前三名;她的《罗杰疑案》《无人生还》《东方快车谋杀案》《尼罗河上的惨案》都是侦探小说史上的经典,她是侦探小说女王,因在侦探小说领域的独特贡献而被册封为爵士;她是侦探小说的符号和象征。她本身就是传奇。沏一杯红茶,配一张躺椅,在暖暖的阳光下读阿加莎的小说是一种生活方式,是惬意的享受,也是一种态度。

午夜文库成立之初就试图引进阿加莎的作品,但几次都与版权擦肩而过。随着午夜文库的专业化和影响力日益增强,阿加莎·克里斯蒂的版权继承人和哈珀柯林斯出版公司主动要求将版权独家授予新星出版社,并将阿加莎系列侦探小说并入午夜文库。这是对我们长期以来执着于侦探小说出版的褒奖,是对我们的信任与鼓励,更是一种压力和责任。

新版阿加莎·克里斯蒂作品由专业的侦探小说翻译家以最权威的英文版本为底本,全新翻译,并加入双语作品年表和阿加莎·克里斯蒂家族独家授权的照片、手稿等资料,力求全景展现"侦探女王"的风采与魅力。使读者不仅欣赏到作家的巧妙构思、离奇桥段和睿智语言,而且能体味到浓郁的英伦风情。

阿加莎作品的出版是一项系统工程,规模庞大,我们将努力使之臻于完美。或存在疏漏之处,欢迎方家指正。

新星出版社
午夜文库编辑部

Agatha Christie

Over the next few years, we plan to celebrate two very important Agatha Christie anniversaries. In 2015, it is the 125th anniversary of her birth in Torquay, South Devon, England, and in 2020 it will be 100 years after her first book, THE MYSTERIOUS AFFAIR AT STYLES, featuring her famous detective, Hercule Poirot, was published. This is therefore a very appropriate moment to publish a new edition of her works, and I am delighted that HarperCollins has chosen to work with New Star on these new editions. New Star is China's top crime publisher, and has a strong and dedicated editorial staff and a continued passion for Agatha Christie, making them the ideal partner. It is the right time to make these classic books available in modern translations and so to bring Agatha Christie's books anew to her many fans in China, giving them a new reason to re-read these much-loved stories, as well as introducing them to a whole new audience. How delighted Agatha Christie would have been that her stories (as she called them) are still giving so much pleasure to so many people all over the world!

I think there are two very remarkable things about Agatha Christie's stories. The first is that they are so adaptable. It doesn't really matter which language they appear in, the stories and the plots still give the same thrill, still provide the same puzzles, and the characters still have the same attraction. Readers in China will I am sure enjoy Hercule Poirot and Miss Marple just as much as we do in England, and readers in China will still be transfixed by the surprises and horrors of AND THEN THERE WERE NONE, one of the great classics of 20th century detective fiction, as we are here.

Agatha Christie

The second is that the stories give a wonderful picture of England, particularly rural England, at the time Agatha Christie lived. She wrote books from 1920 until 1970 but it is sometimes hard to tell which part of her life each book was written in. Her characters and the life they lived were very much the same. The life we all live is changing very quickly these days but the Agatha Christie world stays the same. Perhaps the Miss Marple stories provide the best example of this, and in some ways THE BODY IN THE LIBRARY and NEMESIS are quite similar, despite the fact that thirty years elapsed between the time they were written.

Perhaps I might end by mentioning three Agatha Christies (other than the ones mentioned above) which I think demonstrate why she is so popular, even in the twenty-first century. The first is MURDER ON THE ORIENT EXPRESS, one of the most famous with one of the most ingenious and human plots. Read this on one of your long train journeys in China! Next is A MURDER IS ANNOUNCED, a Miss Marple which was her 50th book. It has my favourite murderer in it! And last is ENDLESS NIGHT — a story about evil and how it affects three young people, written at the time when I knew her best, and understood how deeply she cared and sympathised with young people and the world they lived in.

Whichever are your favourites I hope you enjoy these stories that New Star are introducing to you again. I think it is a great publishing event.

Mathew Prichard
Grandson of Agatha Christie
Chairman of Agatha Christie Ltd

致中国读者
（午夜文库版阿加莎·克里斯蒂作品集序）

在未来的几年中，我们将要筹备两个非常重要的关于阿加莎·克里斯蒂的纪念日。二〇一五年是她的一百二十五岁生日——她于一八九〇年出生于英国的托基市，二〇二〇年则是她的处女作《斯泰尔斯庄园奇案》问世一百周年的日子，她笔下最著名的侦探赫尔克里·波洛就是在这本书中首次登场。因此，新星出版社为中国读者们推出全新版本的克里斯蒂作品正是恰逢其时，而且我很高兴哈珀柯林斯选择了新星来出版这一全新版本。新星出版社是中国最好的侦探小说出版机构，拥有强大而且专业的编辑团队，并且对阿加莎·克里斯蒂的作品极有热情，这使得他们成为我们最理想的合作伙伴。如今正是一个良机，可以将这些经典作品重新翻译为更现代、更权威的版本，带给她的中国书迷，让大家有理由重温这些备受喜爱的故事，同时也可以将它们介绍给新的读者。如果阿加莎·克里斯蒂知道她的小故事们（她这样称呼自己的这些作品）仍然能给世界上这么多人带来如此巨大的阅读享受，该有多么高兴啊！

我认为阿加莎·克里斯蒂的作品有两个非常重要的特征。首先它们是非常易于理解的。无论以哪种语言呈现，故事和情节都同样惊险刺激，呈现给读者的谜团都同样精彩，而书中人物的魅力也丝毫不受影响。我完全可以肯定，中国的读者能够像我们英国人一样充分享受赫尔克里·波洛和马普尔小姐带来的乐趣，中国读者也会和我们一样，读到二十世纪最伟大的侦探经典作品——比如《无人生还》——的时候，被震惊和恐惧牢牢钉在原地。

第二个特征是这些故事给我们展开了一幅英格兰的精彩画卷，特别是阿加莎·克里斯蒂那个年代的英国乡村。她的作品写于二十世纪二十年代至七十年代间，不过有时候很难说清楚每一本书是在她人生中的哪一段日子里写下的。她笔下的人物，以及他们的生活，多多少少都有些相似。如今，我们的生活瞬息万变，但"阿加莎·克里斯蒂的世界"依旧永恒。也许马普尔小姐的故事提供了最好的范例：《藏书室女尸之谜》与《复仇女神》看起来颇为相似，但实际上它们的创作年代竟然相差了三十年。

最后，我想提三本书，在我心目中（除了上面提过的几本之外）这几本最能说明克里斯蒂为什么能够一直受到大家的喜爱。首先是《东方快车谋杀案》，最著名，也是最机智巧妙、最有人性的一本。当你在中国乘火车长途旅行时，不妨拿出来读读吧！第二本是《谋杀启事》，一个马普尔小姐系列的故事，也是克里斯蒂的第五十本著作。这本书里的诡计是我个人最喜欢的。最后是《长夜》，一个关于邪恶如何影响三个年轻人生活的故事。这本书的写作时间正是我最了解她的时候。我能体会到她对年轻人以及他们生活的世界关心至深。

现在新星出版社重新将这些故事奉献给了读者。无论你最爱的是哪一本，我都希望你能感受到这份快乐。我相信这是出版界的一件盛事。

阿加莎·克里斯蒂外孙

阿加莎·克里斯蒂有限责任公司董事长

马修·普理查德

二〇一三年二月二十日

阿加莎·克里斯蒂侦探小说全集⑭

怪钟疑案
The Clocks

[英] 阿加莎·克里斯蒂 著
董亚丽 译

新 星 出 版 社　NEW STAR PRESS

谨以此书献给我的老朋友马里奥·伽洛蒂[1],
以怀念卡普瑞斯的美食。

---

[1] 英国著名餐厅老板,一九四七年在伦敦创办卡普瑞斯(Le Caprice)饭店。

序言

　　九月九日的这天下午与任何一个下午一样，没有什么异样。即将被卷入那件事的人中，谁也不知道灾难马上就要来临。（但一人除外，住在威尔布拉汉新月街四十七号的帕克夫人特别擅长未卜先知，事后她总会极尽描述那种包围着她的不祥预感和恐惧。但是她在四十七号的寓所离事发地新月街十九号很远，几乎与事发现场扯不上关系，所以对她来说，也就没有必要未卜先知了。）

　　对卡文迪什文书打印社的社长K.马丁代尔小姐来说，九月九日是一个无聊的工作日，一整天的日常杂事。电话响个不停，夹杂着"咔哒"的打字声，业务量和往常一样，所以还保持着原有的工作节奏，没有发生什么特别有意思的事。直到九月九日下午两点三十五分之前，所有的一切都跟往常一样。

　　两点三十五分，马丁代尔小姐办公室的铃声响了，外间办公室的伊娜·布伦特将嘴里的太妃糖含到一侧，用她惯有的带着鼻音的喘息声应答着。

　　"您找我，马丁代尔小姐？"

　　"嗯，伊娜，不能用这种方式接电话，我不是告诉你了吗？要清晰地发音，你的呼吸声不能高过你的嗓音。"

　　"对不起，马丁代尔小姐。"

　　"现在好多了。试着去做，你就会做到的。让希拉·韦伯来找我。"

"她去吃午饭还没有回来,马丁代尔小姐。"

"呃。"马丁代尔小姐的眼睛望向了桌上的闹钟,两点三十六分,正好晚到了六分钟。希拉·韦伯最近一直都比较松懈。"她回来后让她来找我。"

"好的,马丁代尔小姐。"

伊娜重新把太妃糖送回了舌头中央,愉快地吮吸着,继续打着阿曼德·莱文的手稿《赤裸的爱》。尽管她已经尽力了,正如大多数莱文先生的读者感受到的一样,书中大段煽情的描写还是让她感觉索然无味,没有什么比色情故事更让人感到乏味了,他的作品就是活生生的范例。尽管有艳丽的封面和极具挑逗意味的书名,可他的书的销量还是逐年下降,上次的打字费已经催了他不下三次。

门开了,希拉·韦伯走进来,屏着呼吸。

"沙猫在找你。"伊娜说。

希拉·韦伯做了一个鬼脸。

"我真倒霉!偏偏是我迟到的一天。"

她捋了捋头发,拿起便签和铅笔,轻轻敲着社长的门。

马丁代尔小姐从她的办公桌上抬起头。她四十岁出头,工作效率很高。因她那淡红而近于沙褐色的头发从前额高高梳起,再加上她的基督教名叫"凯瑟琳"[①],这就让她有了"沙猫"这个绰号。

"你回来晚了,韦伯小姐。"

"对不起,马丁代尔小姐,我遇到堵车了。"

"每天的这个时段都堵车,这不是理由。"她查看着她的便签,

[①] 猫(cat)为凯瑟琳(Katherine)的谐音,此处为戏谑用语。

"佩玛繻小姐打来电话。她想要一名速记员三点钟去她那里。她特别点名要你过去。你曾经为她服务过吗？"

"我记不清了，马丁代尔小姐。最近没有过。"

"地址是威尔布拉汉新月街十九号。"她停下来，好似询问。但是希拉·韦伯摇了摇头。

"我不记得曾经去过那里。"

马丁代尔小姐扫了一眼时钟。

"三点，你有充足的时间做准备。今天下午你还有其他预约吗？"她的眼睛快速浏览着胳膊肘底下的预约登记簿。"与普迪教授在麻鹬酒店有预约，时间是五点。你应该在这个时间之前回来。如果没回来，我会安排珍妮特过去。"

她示意希拉可以出去了。随后希拉回到了外面的办公室。

"有什么有趣的事吗，希拉？"

"又要开始乏味的一天了。有个老小姐要我去威尔布拉汉新月街，五点还要去见普迪教授，都是些老古董！我还能指望在他们身上会发生有趣的事情吗？"

马丁代尔小姐的门开了。

"我忘了告诉你佩玛繻小姐的留言，希拉。到时如果佩玛繻小姐还没回来，你就直接进去，门没有锁。进去后坐在大厅靠右的房间里等着。记住了吗？不然我写下来？"

"我记住了，马丁代尔小姐。"

马丁代尔小姐接着又回到她的私人办公室。

伊娜·布伦特在她的椅子下面摸索着什么，然后悄悄拿起一只俗气的鞋子和从那只鞋上掉下的细高跟。

"我还能回到家吗？"她悲叹道。

"哎，不要大惊小怪，我们会帮你想办法的。"一个女孩边说，边继续打着字。

伊娜叹了口气，换上一张崭新的纸：

"欲望之火将他牢牢控制。他疯狂地撕扯着她胸口处薄薄的雪纺绸衣服，然后将她推倒。"

"该死！"伊娜说着伸手拿起了橡皮擦。

希拉拿起她的手提包走了出去。

威尔布拉汉新月街，是十九世纪八十年代维多利亚时期的一名建筑师的奇妙设计。两排花园洋房背对背排开，形成一个弯月形。对于不熟悉此处地理环境的人来说，这种异想天开的设计会给他们带来不少麻烦。如果你先找到了靠外侧的房子，你就无法找到门牌号码靠前的房子。而如果你一开始就找到了靠内侧的房子，你就会因为找不到门牌号码靠后的房子而疑惑不解。这些房子都有干净而整洁的阳台，颇具艺术特色，看起来很高档。而现代化建筑的风格似乎与它们无关，至少从外观看来是这样。厨房和浴室则是首先让你感到不一样的地方。

十九号还是和往常一样，没有变化。整洁的窗帘，闪闪发光的黄铜门把手，路两侧挺立的玫瑰树一直延伸到大门口。

希拉·韦伯推开院门，走到前门口，按响门铃。没有人来开门。在等了一两分钟以后，按照来之前的指示，她转了一下门把手。门开了，她走进去。位于门厅右手边的门半掩着。

她敲了敲门，等了一会儿，然后便走进屋子。这是一间平平常常的客厅，给人十分愉悦的感觉，只是对于讲究现代品位的人而言，布置会显得有些繁琐。屋内装饰最具特色之处就是整个房间摆满了各式各样的时钟。一座老爷钟在房间的拐角处滴答响着，一个德累斯顿瓷钟摆放在壁炉架上，一个银质旅行钟摆在书桌上，靠近壁炉的陈列架上摆着一个镀金的小时钟，还有一个已褪色的皮革制旅行闹钟摆在窗边的桌子上，在钟的一角写着"ROSEMARY①"几个字，字上的镀金有些脱落。

希拉·韦伯惊讶地看着书桌上的这座时钟。它显示的时间正是四点十分多一点。她的眼睛又转向了壁炉架，上面的时钟同样是这个时间。

这时，头顶突然传来扑噜扑噜的声音，接着"咔哒"一声脆响，希拉惊恐地朝上望去，墙面上挂的一个木雕时钟里出现了一只布谷鸟，只见那鸟从一扇小门里飞了出来，大声并清晰地叫着，"布谷！布谷！布谷！"这刺耳的声音令人心中不禁一阵颤抖。随着小门的关闭，这只布谷鸟又消失了。

希拉·韦伯勉强地保持着微笑，她绕过沙发的一头。这时她突然停了下来，身体一阵抽搐。

在地板上躺着一个男人，四肢向外伸着。他的眼睛半睁，毫无生气。他深灰色西服的正面有一处潮湿而发黑的印渍。希拉机械地弯下了腰。她摸了一下他的脸颊，是如此冰冷。他的手，也是一样……她又摸了一下那块湿湿的地方，迅速地抽回了手，恐惧地盯着他。

就在这时，她听到了外面大门打开的声音，她的头不由自主地扭向窗户。透过窗户，她看到了一个女人的身影急匆匆地沿小径走过来。希拉僵硬地咽着唾沫，她的喉咙干极了。她像被钉在那里一样一动不动，发不出任何声息……只呆呆地盯着前方。

门开了，一位身材高大的老妇人走进来，手里拎着购物袋。她灰色的卷发从前额向后梳着，她的眼睛是深邃而美丽的蓝色。她的目光似乎在不经意间越过了希拉。

---

①迷迭香，一种灌木，叶子窄小，气味芬芳，可用于烹饪。

希拉轻微地喘息了一声,是那种低沉而沙哑的声音。那双大大的蓝眼睛望向了她,并急促地问道,

"有人在那里吗?"

"我,我是——"当看到老妇人迅速绕到沙发后面向她走来时,她突然停口不言。

接着,她尖叫起来。

"不,不要……你会踩到他的!他……死了……"

第一章

柯林·蓝姆的叙述

1

根据警方记录:九月九日下午两点五十九分,我正沿着威尔布拉汉新月街向西走。这是我第一次来这个地方,坦率地说,这里的一切让我感到困惑。

一段时间以来,我一直有一种预感,而且这种预感一天强似一天,越来越难以清除。我就是这种感觉。

我要找的门牌号是六十一,找得到吗?我想,也许不会。我十分仔细地找到了从一号到三十五号的房子,就在这时,我却发现威尔布拉汉新月街已到尽头。一条被称为奥尔巴尼的大道毫不客气地挡住了我的路。我转过身。北边没有房子,只有一堵墙。在这堵墙的后面,是一栋栋高耸入云的现代化公寓,入口显然在另一条路上。想从这里再找路,已是不可能。

我一边走,一边注意着我经过的门牌号——二十四、二十三、二十二、二十一、戴安娜小屋(大概这就是二十号,一只橘色的猫正在大门口的门柱上洗脸)、十九。

十九号的门这时突然打开,从里边跑出一位年轻女孩,接着她冲上小径。我想一枚导弹的速度也不过如此。伴随着尖利的叫喊声，她奔跑的样子就更像一枚导弹了。这声音听起来异常高亢而凄惨。女孩穿过大门，迎面就撞到了我，力量之大几乎将我撞出人行道。她不仅撞上了我，还紧紧抓着我，疯狂而绝望地紧紧抓着我。

"镇定一点，"等恢复平衡，我一边说着，一边轻轻地摇了摇她，"现在要镇定一点。"

女孩的情绪终于稳定下来。尽管她还是紧紧抓着我，但已不再尖叫，只是大口地喘着气，一边喘息，一边抽泣。

对这种情况，我必须说我的反应不够机敏。我问她出了什么事。意识到我的语气太过有气无力，我立即改口。

"出什么事了？"

这个女孩深深地吸了一口气。

"在那边！"她指着她身后的地方。

"然后呢？"

"那里有一个男人躺在地板上……死了……她就要踩到他身上了。"

"是谁？怎么会这样？"

"我想，因为她是个瞎子。而且他的身上还有血。"她低下头，松开了一只紧握着我的手。"我身上也有血，就在这里。"

"确实是血。"我说道，看了看我衣服袖子上的污迹。"现在我也一样了。"我指了指那个污迹。想到当前的处境，我叹了口气。"你最好带我去那里看看。"我说。

但是她开始猛烈地摇起头来。

"我不能去，我不能去……我不想再去那里。"

"也许你说得对。"我看了看周围。好像没有什么地方可以安置一位即将晕倒的女孩。我轻轻扶着她，让她背靠着铁栏杆坐了下来。

"你待在这里,"我说道,"在我回来前不要离开。我不会去很久。身子向前倾,如果你感到不适就把头放在两个膝盖之间,那会感觉好一些的。"

"我,我想我现在很好。"

话虽这么说,她还是有些惊魂不定,但是我不想跟她多谈。我轻轻拍了拍她的肩膀,安慰了她,然后大步快速走上小径。我穿过门进到屋里,在廊道里稍稍犹豫,观察了一下左边的门,发现是一间空空的餐厅,我便穿过大厅,走进对面的客厅。

首先我看到椅子上坐着一位头发灰白的老妇人。当我进去时,她的头迅速地转向了我,说道:"是谁来了?"

我立刻意识到这位妇人的眼睛是瞎的。她的眼睛先是直直地望向我,然后目光掠过我,落在了我左耳靠后的地方。

我直截了当地说道:"一个年轻的女孩冲上大街,说这里死了一个人。"

我感觉我说出的话很荒唐。在这个整洁的房间里,这位妇人双手合拢坐在椅子上,看起来如此平静。说这里发现了一具男人的尸体,似乎不可能。

但是她立刻做出了回答。

"在沙发的后面。"她说道。

我绕过了沙发的一角,然后看到了张开的双臂,呆滞无神的双眼和已经凝固的血块。

"这一切是怎么发生的?"我突然问道。

"我不知道。"

"那么,他是谁?"

"我不知道。"

"我们必须去找警察。"我环顾四周,"哪里有电话?"

"我没有装电话。"

我全神贯注地看着她。

"你是住在这里吗?这是你的房子吧?"

"是的。"

"你能告诉我发生了什么吗?"

"当然可以。我买完东西回来——"我注意到靠近门的椅子上扔着购物袋。"回到家,立刻就察觉到屋里有其他人。一个失明的人对这种事是很敏锐的。我问谁在屋里。没有人回答我。只听到有人在快速地喘息。我走向了发出声音的地方。这时不知是谁大声地喊起来——有人死了,我快要踩到尸体了。这时有人尖叫着从我身边经过,从房间里冲了出去。"

我点了点头。她们俩讲的完全一致。

"然后你做了什么?"

"我小心翼翼地走着,直到我的脚触碰到了一个什么东西。"

"接下来呢?"

"我蹲下来。摸到了一只男人的手。它是冰凉的,已经没有了脉搏……我起身走到了这边,坐下来等着人来。用不了多少时间,一定会有人来。那个年轻女人,不论她是谁,会向人求救报警的。我想我最好不要离开这栋房子。"

我震惊于这位妇人的平静。她在房子里没有叫喊,没有惊慌失措,只是安静地坐在那里等着。她是理智的,但我们仍然必须采取行动。

她质疑道:

"你到底是谁?"

"我的名字叫柯林·蓝姆。我恰巧经过这里。"

"那个年轻的女孩去哪里了?"

"我让她在大门口附近休息。她受了惊吓。最近的能打电话的地方在哪里?"

"沿着这条路走,大概五十码的地方,在快走到拐角处时有一个电话亭。"

"是的。我记得我好像曾经路过那里。我要去给警察打电话。你——"我犹豫着。

我不知道应该说"你还会待在这里吗?"还是说"你还好吗?"

她倒是让我不再为难。

"你最好带那个女孩来屋里。"她坚定地说道。

"我不知道她是否会来。"我有些怀疑。

"当然不要让她到这间屋子里来。请她到门厅旁边的餐厅里待着。告诉她我正在为她沏茶。"

她起身走向了我。

"但是,你可以做到吗?"

在她的脸上露出一丝冷笑。

"我亲爱的年轻人,自从十四年前我住进这栋房子以来,我都在厨房里自己做饭吃。眼睛瞎了,并不意味着毫无用处。"

"对不起,我太无知了。也许我可以请教您的尊姓大名?"

"蜜勒莘·佩玛繻——小姐。"

我出了房门,沿着小径走了出去。那个女孩看到了我,挣扎着想站起来。

"我,我想我现在差不多好了。"

我扶着她站起来,面露喜色,

"那就好。"

"那里,那里死了一个人,对吗?"

我立即点了点头。

"确实是。我现在要去电话亭,向警察报告发生的事。如果我是你,我会在屋子里等着。"我提高了声调,以防她立刻反驳我。"去餐厅等着,在你一进门的左手边。佩玛繻小姐正在给你沏茶。"

"原来那位就是佩玛繻小姐呀?她是看不见吗?"

"是的。这件事确实也让她很震惊,但是她表现得相当理智。来吧,我带你进去。在等待警察来的时候,喝一杯茶会让你感觉好一些。"

我用一只手臂搂住了她的肩膀,带她走上了小径。我将她安顿在餐桌旁舒舒服服地坐下后,就匆忙赶往了电话亭。

2

一个冷冷的声音说:"克罗汀警察局。"

"请问哈卡斯特探长在吗?"

声音突然变得谨慎起来:"我不知道,你是谁?"

"告诉他我是柯林·蓝姆。"

"请稍等。"

我等待着。这时传来了狄克·哈卡斯特的声音。

"是柯林吗?好久不见了。你在哪里?"

"克罗汀。确切地说我在威尔布拉汉新月街。十九号的地板上躺着一个男人,死了,我想应该是被刺死的。大概是半小时之前死的。"

"谁发现他的?你吗?"

"不是,我是一个毫不知情的过路人。有一个女孩突然慌张地从屋里飞奔出来,几乎将我撞倒。她说有一个男人躺在屋里的地板上，死了。一位双目失明的妇人几乎踩到了他的尸体。"

"你没有骗我吧？"狄克疑惑地问道。

"我承认，这听起来确实不可思议，但是事实正如我说的。那位妇人是房子的主人，蜜勒莘·佩玛繻小姐。"

"就是差一点被死人绊倒的那位吗？"

"不是像你想的那样。如果她双目失明的话，应该不会察觉有个死人躺在那里。"

"我马上行动。在那里等着我。你是怎么安顿那个女孩的？"

"佩玛繻小姐正在沏茶给她喝。"

狄克说这个安排听起来还算让人舒心。

第二章

威尔布拉汉新月街十九号，警方工作人员已经到位。来了一位法医，一位照相师，还有指纹采证人。他们井然有序地工作着，动作娴熟，每个人都各司其职。

最后到来的是哈卡斯特探长，一位眉毛表情丰富、面部一本正经的高个子男人。他看到他所安排的工作正在顺利地进行。他看了一眼尸体，和法医简短交谈了几句，就直接去了餐厅。那里坐着三个人，面前摆着三个空茶杯。他们分别是佩玛繻小姐、柯林·蓝姆和一位有着棕色卷发的高个子女孩。女孩的双眼睁得很大，满是恐惧。"很漂亮。"探长像平日一般幽默风趣。

他向佩玛繻小姐介绍自己。

"狄克·哈卡斯特探长。"

他知道一些关于佩玛繻小姐的事，尽管他们所从事的工作永远都不会有交集。他以前见过她几次，知道她曾是一位教师，在阿伦伯格学院教残障儿童学盲文。一个男人，在她如此干净整洁的房子里被发现死于谋杀，这似乎令人难以置信。但是往往最令人难以相信的事都是最常发生的。

"这真是一件让人感觉很糟糕的事，佩玛繻小姐。"他说道，"恐怕这件事让你受惊了。我需要从你们那里清晰地了解整件事发生的过程。我知道——"他快速瞥了一眼警察给他的记录本，"希拉·韦伯是真正发现尸体的人。佩玛繻小姐，如果你允许我用你的厨房的话，我想带韦伯小姐去那里，和她单独谈谈。"

他打开了连接餐厅和厨房的门，等待那个女孩进来。一个年轻的便衣侦探已经在厨房里准备好了，他正坐在一张有福米加塑料贴面的桌子旁静静地写着什么。

"这椅子看起来挺舒服。"哈卡斯特说，顺手拉了一把具有现代风格的温莎椅。

希拉·韦伯紧张地坐着，充满恐惧的大眼睛直直地看着他。

哈卡斯特几乎要说："亲爱的，我不会吃掉你的。"但是他忍住了，改口说道："不用担心。我们只是想了解事情发生的经过。你的名字是希拉·韦伯。你的住址呢？"

"帕默斯顿路十四号，煤气厂再过去一点。"

"好的，接下来。我想，你有工作吧？"

"是的，我是一位速记打字员，我在马丁代尔小姐的文书打印社上班。"

"卡文迪什文书打印社，这是全称吗？"

"是的。"

"你在那里工作多久了？"

"大约一年。嗯，确切地说是十个月。"

"好的。那么现在告诉我，你今天是怎么来到威尔布拉汉新月街十九号的？"

"嗯，是这样的。"希拉·韦伯这时说话有点自信了。"是佩玛繻小姐打电话到文书社，说要找一位速记员下午三点来她里。所以当我吃过午饭回来时，马丁代尔小姐让我过来。"

"那只是例行轮班，对吗？我的意思是说轮班表中这次轮到了你，或者你们是怎么安排这类工作？"

"确切地说不是这样。是佩玛繻小姐指名要我过来的。"

"佩玛繻小姐指名要你过来。"哈卡斯特的眉毛变得一动不动。"我明白了,因为你之前为她工作过?"

"但是我没有啊。"希拉立即回答道。

"你没有为她工作过吗?确定没有?"

"是的,我很肯定。我的意思是,她不是那种能让人忘记的人。这就是事情的奇怪之处。"

"是很不同寻常。嗯,我们先不讨论这个。你是什么时候到这里的?"

"肯定是接近三点的时候到的,因为那台布谷鸟钟——"她立即停了下来。她的眼睛睁大了。"多么奇怪。真是太奇怪了。我当时没有仔细注意那个时间。"

"你没有注意到什么,韦伯小姐?"

"怎么会这样,那些时钟。"

"那些时钟怎么了?"

"那个布谷钟正好在三点时敲响了,但是其他的钟都快了一个多小时。多么奇怪啊!"

"确实很奇怪。"探长应声道,"那么你第一次发现那具尸体是在什么时候?"

"直到我转弯绕到沙发后面才发现的。他就是在那里躺着。真是可怕极了,太可怕了……"

"可怕!我同意。那么你认识那个男人吗?你以前见过他吗?"

"哦,没有。"

"你确信没见过吗?他现在的样子可能和之前你见到他时的模样不同。仔细想想。你很肯定从来没有见过他吗?"

"很肯定。"

"好的。这个问题就到这里吧。那么接下来你做了什么？"

"我做了什么？"

"是的。"

"为什么这么问？我什么都没做，完全没有。我不可能做什么。"

"我明白。你一点儿都没有碰他吗？"

"哦，是的，我碰过。为了看他是否……我的意思是，仅仅是为了确定，但是他很冰冷，然后，然后我的手沾上了血。真是太恐怖了，黏黏的。"

她开始颤抖。

"好了，好了，"哈卡斯特探长用温和的语气说道，"这个问题就到这里吧。忘了血的事。让我们往下进行。然后发生了什么？"

"我不知道……嗯，是的，这时她回来了。"

"你的意思是佩玛繻小姐吗？"

"是的。那时我没有想到她就是佩玛繻小姐。碰巧她拿着购物袋进来了。"她说到购物袋的时候，特意加重了语气，仿佛购物袋是个无关紧要的多余物件似的。

"那么你说了什么？"

"我想我什么都没说……我试图说话，但发不出声音。我感到'这里'像是被掐住了。"她是指她的喉咙。

探长点了点头。

"然后，然后，她说：'谁在那里？'接着她就来到了沙发的后面，我想，我想她马上就要踩到他了。这时我尖叫了一声……一旦开始尖叫我就没法停下来，我不知怎么就冲出了屋子，穿过前门跑了出来——"

"一副失了魂的样子。"探长记起了柯林的描述。

希拉·韦伯用充满痛苦和恐惧的眼睛看着他,出人意料地说,"对不起。"

"没有什么对不起的。你说得很好。不要再去想这件事了。嗯,还有一点,你为什么会在那个房间里呢?"

"为什么?"她看起来很困惑。

"是的。你可能是提前几分钟到达这里的,我想,然后你按响了门铃。但是如果没有人应答,你是怎么进来的呢?"

"哦,这个。因为是她告诉我让我进去的。"

"是谁告诉你的?"

"是佩玛繻小姐。"

"但是我以为你并没有和她说过话。"

"是的,我们之前没说过话。是马丁代尔小姐这么吩咐的,让我进来后在门厅右边的客厅等着。"

哈卡斯特若有所思地说:"原来是这样!"

希拉·韦伯胆怯地问道:

"还有,还有其他问题吗?"

"我想是的。我想请你再待大概十分钟,也许我想起了其他什么问题还要问你。然后,我会派一辆警车送你回家。你的家人是什么状况?"

"我的父母已去世。我和姨妈住在一起。"

"她的名字是?"

"罗顿太太。"

探长起身,伸出手。

"非常感谢你,韦伯小姐,"他说,"今晚要睡个好觉,好好休息一下。在经历这一切以后你需要充足的睡眠。"

她怯生生地朝他笑笑，然后穿过门进入了餐厅。

"照顾一下韦伯小姐，柯林，"探长说道，"现在，佩玛繻小姐。劳驾能到这边来吗？"

哈卡斯特半伸着一只手准备给佩玛繻小姐引路，但她坚定地自己走了过来，用她的指尖摸索着，在紧靠墙的地方，找到了一把椅子，顺手向外拉出一英尺的距离，坐下了。

哈卡斯特关上门。他刚要说话，蜜勒莘·佩玛繻小姐却突然问道，

"那个年轻的男人是谁？"

"他的名字是柯林·蓝姆。"

"这个他已经告诉我了。但是他是谁？他怎么会到这里来？"

哈卡斯特有些吃惊地看着她。

"当韦伯小姐尖叫着说杀人了、冲出屋子时，他碰巧路过这条街。在进屋证实了所发生的一切后，他给我们打了电话，然后我们让他回去等着。"

"你称呼他为柯林。"

"你真是细致入微，佩玛繻小姐（细致入微？这个词不十分妥当，但似乎又是最合适的词）。柯林·蓝姆是我的朋友，但我们已经很久没有见面了。"他又补充道，"他是一位海洋生物学家。"

"噢！原来如此。"

"那么现在，佩玛繻小姐，如果你能跟我说说这次的奇异事件，我将会非常高兴。"

"我很愿意。但是已经没有什么可说的了。"

"你住在这里有些时间了吧，我想？"

"从一九五〇年以来我一直住这里。我是……我的职业是一

名教师。当我被告知我持续下降的视力已无药可救、并且不久后会失明时,我便努力学习盲人点字法以及能帮助盲人的各种其他技能,希望成为这方面的专家。我现在有一份在阿伦伯格残障儿童学院的工作。"

"谢谢你。现在请谈谈今天下午发生的事。你是正在等一位客人吗?"

"不是。"

"我给你描述一下死者的外貌特征,看看你是否能想起什么特别的人。他的身高在五英尺九英寸到十英寸之间,年龄约六十岁,头发灰白,眼睛为棕色,胡子剃得很干净,有着瘦削的脸和强有力的下巴。身体很好但不胖。他穿着深灰色西服,双手保养得宜。也许是银行职员、会计师、律师或是某个行业的专业人士。这些描述让你想起某个认识的人了吗?"

蜜勒莘·佩玛繻小姐仔细地想了想,才做了回答。

"我没法确切地说明,因为这是很常见的描述,这些特征很多人都有。也许在某个场合我见过或是遇到过这样的人,但我并不能确认是谁。"

"你最近有没有从什么人那里收到信件,说打算来拜访你?"

"确定没有。"

"很好。那么,你给卡文迪什文书社打了电话,想要找一位打字速记员——"

她打断了他的话。

"对不起。我没有做过这种事。"

"你确实没有给卡文迪什文书社打电话并要求——"哈卡斯特的眼睛瞪得大大的。

"我家里没有电话。"

"在街道尽头有一个电话亭。"哈卡斯特探长指出。

"是的,的确有。但是我向你保证,哈卡斯特探长,我不需要找速记员,并且我没有——我再说一遍,我没有打电话给卡文迪什文书社提出类似的任何请求。"

"你没有特意指名要找希拉·韦伯小姐吗?"

"我从来没听说过这个名字。"

哈卡斯特紧紧盯着她,感到非常吃惊。

"你走时没有锁前门。"他指出。

"白天我经常这么做。"

"也许有人会走进来。"

"在这次事件中似乎确实有人这么做了。"佩玛繻小姐冷冷地说。

"佩玛繻小姐,根据法医提供的证据,这个男人死亡的时间在一点三十分到两点四十五分之间。那段时间你在哪里?"

佩玛繻小姐想了想。

"一点三十分的时候,我若不是已经出门,就是正准备出门。我要出去买些东西。"

"你能确切地告诉我,你去了哪里吗?"

"让我想想。我去了邮局,一家在奥尔巴尼路的邮局,邮寄了一个包裹,买了一些邮票。然后我去买了一些日常用品,嗯,买了一些纽扣和安全别针,在'菲尔德和雷恩'衣料店;然后我就回来了。我可以告诉你我到家的确切时间。当我到大门口时,我的布谷鸟时钟叫了三声'布谷',这个声音从马路上就可以听见。"

"那么你的其他时钟呢?"

"你说什么?"

"你其他的钟似乎都快了一个多小时。"

"快了?你指的是摆放在角落的那座老爷钟吗?"

"不仅仅是那一座,所有在客厅的钟都快了。"

"我不知道你说的'其他钟'是什么。这个客厅里根本就没有其他钟。"

第三章

哈卡斯特探长惊呆了。

"啊，那么，佩玛繻小姐。那在壁炉台上摆放的德累斯顿瓷钟是怎么回事？还有那个精巧的法式时钟，镀金的，还有那个银质旅行钟，还有，对了，在钟面一角写着'Rosemary'的那个时钟。"

这回轮到佩玛繻小姐惊呆了。

"不是你精神失常，就是我疯了，探长。我确信我没有德累斯顿瓷钟，也没有，你刚才说什么来着，钟面上标有'Rosemary'的时钟，也没有法式镀金时钟和……还有一个是什么钟？"

"银质旅行钟。"哈卡斯特失神地说道。

"我也没有那个钟。如果你不相信我说的，你可以去问为我打扫房间的那个女人。她叫柯汀太太。"

哈卡斯特探长十分诧异。佩玛繻小姐似乎很确信，她的口气锐利坚定，使人信服。他花了一会儿时间仔细想了想事情的来龙去脉。然后站起身。

"我想知道，佩玛繻小姐，你介意和我一起去隔壁房间看看吗？"

"当然可以。坦率地说，我自己也想去看看那些时钟。"

"看？"哈卡斯特感到疑惑不解。

"说感知也许更合适，"佩玛繻小姐说，"但是，探长，即使是盲人,当他们用普通的习惯用语说话时,并不代表着就是那些普通的含义。当我说想'看看'那些时钟时,我的意思其实是用我自己的手指去'感知'它们。"

哈卡斯特走出厨房,佩玛繻小姐跟在后面,穿过小门厅,进入了客厅。提取指纹的工作人员抬头看着他。

"我差不多已经完成了所有工作,警官,"他说,"你可以随意触摸任何东西了。"

哈卡斯特点点头,拿起了那个一角写着"Rosemary"的小旅行钟。他把它放在佩玛繻小姐的手里。她仔细触摸着它。

"这似乎是一个普通的旅行钟,"她说道,"包着皮革的那一种。这不是我的,哈卡斯特探长,当我在一点半离开家时,它不在这个屋里,我非常确信这一点。"

"谢谢你。"

探长从她手里把钟拿了回来。他小心地从壁炉架上拿起那个德累斯顿小瓷钟。

"小心点儿,"当他把钟放进她手里时说,"它容易碎。"

蜜勒莘·佩玛繻用纤弱的指尖触摸着这个瓷质小钟。然后她摇了摇头。"这肯定是一个迷人的小钟,"她说,"但也不是我的。它是摆放在哪里的?"

"在壁炉架的右侧。"

"那里应该是摆着一对蜡烛台的其中一个。"佩玛繻小姐说。

"是的,"哈卡斯特说,"有一个在那里,但是已经被推到了最边上。"

"你是说还有一个钟吗?"

"还有两个。"

哈卡斯特拿回了德累斯顿瓷钟,给了她那个法式镀金时钟。

她很快地摸了摸,然后还给他。

"不是。这个也不是我的。"

他递给她那个银质时钟,同样地,她还给了他。

"通常在屋子里摆放的就只有那座老爷钟,放在窗户旁边的角落里——"

"是的。"

"还有在房门附近的墙上有一个布谷鸟钟。"

哈卡斯特发现接下来不知该说什么。他仔细地观察着眼前的这个女人,知道她不可能回应他的审视,他感觉安心多了。她的前额由于困惑微微皱着。她突然说道:

"我不明白这是怎么回事,我真的无法理解。"

她伸出一只手,因为清楚地知道自己在房间的什么位置,很快就找到椅子坐下了。哈卡斯特看到了站在门边的指纹采证员。

"这些钟你都查过了?"他问道。

"我检查了每一样东西,先生。镀金钟上没有指纹,本来就应该没有,因为那种材质的表面不会留下指纹。同样瓷质时钟上也没有。但是在皮质旅行钟和银钟上也没有指纹,这就有些不可思议了,正常情况下那里应该有指纹才对。顺便说一下,所有钟都没有上发条,它们都停在了同一个时间,四点十三分。"

"其他房间的情况呢?"

"在房间里发现了三种到四种不同的指纹,根据初步判断,应该都是女人的。死者口袋里的东西都放在了桌上。"

朝着那个人的头示意的方向,他看到了放在桌上的一小堆东西。哈卡斯特走近看了看。有一个小皮夹,里面装有七英镑十先令和一些零钱,一块没有标记的丝质手帕,一小盒有助消化的药丸以及一张名片。哈卡斯特弯腰看着它。

R.H. 寇里先生，
大城市小地方保险公司，
丹佛街七号，
伦敦西区二号。

哈卡斯特回到了佩玛繻小姐坐着的沙发旁。

"你偶尔会和保险公司的什么人预约见吗？"

"保险公司？没有，绝对没有。"

"'大城市小地方保险公司'呢？"哈卡斯特说。

佩玛繻小姐摇了摇头。"我从来没有听说过这家公司。"

"你没有想过要投哪一种保险吗？"

"没有。我在'木星保险公司'投保了火灾和盗窃险，这家公司在这儿有分公司，我没有投人身保险。我没有家人，也无近亲，所以没必要为我的生命投保。"

"我明白了，"哈卡斯特说，"那么寇里这个名字和你有什么关系吗？R.H.寇里先生？"他仔细看着她，看到她的脸上没有任何反应。

"寇里？"她重复着这个名字，然后摇了摇头。"这不是一个常见的名字，对吗？不，我想我没有听说过这个名字或者认识叫这个名字的人。这是那位死者的名字吗？"

"可能是。"哈卡斯特说。

佩玛繻小姐犹豫了一会儿。然后说：

"我要不要去，去摸摸——"

他很快明白了她的意思。

"你是说亲自去'感知'一下吗，佩玛繻小姐？这是不是对你要求太多了？我不太善于做这种事，但是，比起口头描述来说，你的手指可能会让你更好地了解那个人的长相。"

"是这样的,"佩玛缛小姐说,"我承认去做这件事并不会让人感到愉快,但是如果你认为这会对你有帮助的话,我很情愿去做。"

"谢谢你,"哈卡斯特说,"我来带你去。"

他带她绕过了沙发,示意她弯下膝盖跪下去,然后轻轻地引导她的手到死者的脸上。她非常镇静,不带丝毫情感。她的手指抚过了死者的头发和眼睛,在左耳处徘徊了一会儿后,又依次抚过鼻梁、嘴和下巴。然后她摇了摇头,站了起来。

"我清楚地知道他的长相了,"她说,"但是我很确信我没见过他,我不认识他。"

那位指纹采证员收拾起他的工具箱,走出屋子,又把头探了进来。

"他们准备把他搬走,"他说着,指了指那具尸体。"可以搬走了吗?"

"搬走吧,"哈卡斯特探长说,"请过来坐到这边吧,佩玛缛小姐。"

他安排她坐在角落里的一把椅子上。两个男人走进屋子。很快,寇里先生的遗体就被抬出去了。哈卡斯特出去走到大门口,然后又回到客厅。他坐在了佩玛缛小姐的旁边。

"这是一件离奇的事,佩玛缛小姐。"他说,"我想再给你叙述一遍整件事情的关键之处,看看我说的是否正确。如果我哪里说错了,请指出来。你今天没有预约任何来访者,你没有咨询过、也没有打算要投任何一种保险,你没有收到任何信件说有某家保险公司的业务员今天要来拜访你,对吗?"

"完全正确。"

"你不需要一位速记员的服务，你没有打电话给卡文迪什文书社并要求在三点钟时派人来这里。"

"没错。"

"当你在大约一点三十分离开屋子时，屋里只有两个钟，布谷鸟钟和老爷钟。而没有其他钟。"

在刚要准备回答"是的"时，佩玛缟小姐停住了。

"如果要求我的回答必须完全正确的话，这我不敢保证。因为我看不见，不可能时刻清楚不在屋子里的东西出现在屋里，又或者什么东西不见了。也就是说，我能确认这屋里所有东西的最后时间，是我今天清晨打扫屋子的时候，当时没有什么异常。我通常自己打扫这间屋子，因为清洁女工们总是忘记打扫那些装饰品。"

"你早晨的时候出去过吗？"

"是的。我和往常一样，大概在十点钟去了阿伦伯格学院。一直到十二点十五分，我在那里都有课。我回到家里的时间大概是十二点四十五分，然后我在厨房给自己做了炒鸡蛋，喝了一杯茶，然后就再次出去了，就像我说的，大概是在一点半的时候。我在厨房用的餐，顺便说一下，我没有再进这间屋子。"

"我知道了，"哈卡斯特说，"你既然肯定地说在上午十点之前这里没有多出来的时钟，那么它们很可能是在那之后被带进来的。"

"这个问题你可以问问我的清洁女工柯汀太太。她大概在十点钟时到这里，通常会在大约十二点钟的时候离开。她住在迪波街十七号。"

"谢谢你，佩玛缟小姐。现在我们要解决接下来的问题了，我需要你就所发生的事情给我一些提示或建议。在今天的某个时间,有四个钟被带到了这里,这四个钟的指针都被拨到了四点十三分。对于你来说,这个时间有什么含义吗?"

"四点十三分。"佩玛繻小姐摇了摇头,"什么含义都没有。"

"现在我们不谈时钟了,来说说死者。假设你的清洁女工让他进了屋,然后又让他留下来待在这间屋子里,这似乎是不可能的,除非是你提前告诉她,他会来拜访你,但是这点我们会从她那里核实。假设他出于某种业务上的或是个人的原因来这里看你,在一点半至两点四十五分之间被人刺死。如果他是按照约定到的这里,但是你说你不知道这件事;假设他是来联系保险的,但是你也说这不可能。门没有上锁,所以他能进来并坐下等你回来,这又是为什么?"

"整件事情都荒唐至极,"佩玛繻小姐不耐烦起来。"所以你认为是这位名字叫作寇里的人随身带了那些时钟?"

"这里并没有发现什么袋子,"哈卡斯特说,"他不可能在他的口袋里装下四个时钟。佩玛繻小姐,现在仔细想想,想想有什么事是与时钟相关的,或者你有什么关于时钟的建议,或者不是这些时钟,而是时间。四点十三分。四点过十三分这个时间?"

她摇了摇头。

"我一直都在尽力对自己说,这是一个疯子所为,或者就是什么人走错了房子。但是即使这样,也不能完全解释这些事。探长,我帮不了你。"

一个年轻警察探头进来。哈卡斯特走了出去。年轻警察在门厅处等着,他们一起向大门口走去,并交谈了几分钟。

"你现在可以送这位年轻小姐回家了,"哈卡斯特说,"地址是帕默斯顿路十四号。"

他返回来,走进餐厅。通向厨房的门敞开着,他能听见佩玛繻小姐在水槽里洗着什么。他站在门口。

"我想把那些钟带走,佩玛繻小姐。我会给你写一张收据。"

"当然可以,探长,它们原本就不是我的。"

哈卡斯特转身,对着希拉·韦伯。

"你现在可以回家了,韦伯小姐。警车会送你。"

希拉和柯林一起站起来。

"送她上车,好吗,柯林?"哈卡斯特说着,拉了一把椅子到桌子跟前,很快写了一张收据。

柯林和希拉出门,走上小径。希拉突然停住了脚步。

"我的手套。我忘拿了——"

"我去给你拿。"

"不用,我知道我把它们放哪里了。现在我不再担心,他们已经把'它'移走了。"

她跑回去,不一会儿就出来了。

"对不起,我想我那时一定很荒唐可笑。"

"谁都会那样的。"柯林说。

当希拉进入车里时,哈卡斯特也进来了。车开动后,他转身对着那个年轻的警察说:"我需要摆在客厅的那些钟,打包时小心些,墙上的布谷钟和那座老爷钟除外。"

他又做了一些其他的安排,然后转向了他的朋友。

"我要去别的地方。要不要一起去?"

"正合我意。"柯林说。

第四章

柯林·蓝姆的叙述

"我们去哪里?"我问狄克·哈卡斯特。

他对司机说着话。

"卡文迪什文书社。在王府大街上,沿着沿海艺术中心走,靠右边。"

"好的,先生。"

车离开了。这里现在已经围了很多人,他们十分好奇地注视着这一切。那只橘色的猫依然坐在"戴安娜小屋"的门柱上。它不再舔洗它的脸,而是直挺挺地坐着,轻轻地摆动着尾巴,凝视着人们的头部,眼神中却充满了对人类的不屑。这是只有猫和骆驼才有的特权。

"先去文书社。然后再去找清洁女工,按这个顺序来。"哈卡斯特说,"因为时间已经不早了。"他看了一眼表。"四点多了。"他顿了一下,接着说,"这个女孩很漂亮,对吗?"

"是的。"我说。

他露出被逗乐的表情。

"但是她讲了一个非常离奇的故事。越快查出结果越好。"

"你认为她不——"

他打断了我的话。

"我总是对发现尸体的人有兴趣。"

"但那个女孩因为惊吓都快要疯了！如果你听到了她发出的尖叫声……"

他给了我另一副嘲弄的表情，然后又说她是一个迷人的女孩。

"你怎么会在威尔布拉汉新月街闲逛呢，柯林？倾慕这里古典的维多利亚式建筑吗？或是你另有什么目的？"

"我有我的目的。我正在找六十一号，但是我找不到。可能没有这个门牌号？"

"它在这里。门牌号一直排到八十八号。"

"但注意了，狄克，当我走到二十八号时，威尔布拉汉新月街就到尽头了。"

"这一点总会让陌生人迷惑不解。如果你向右转，进入奥尔巴尼路，然后再向右转，你就会发现自己走到了威尔布拉汉新月街的另一半上。你要知道，这条街是背对背而建。一家的花园对着另一家的花园。"

"原来如此，"当他详细地解释了这里奇特的地势后，我不禁说道，"就像伦敦的那些广场和花园。昂斯洛广场，对吗？或者是卡多根。你开始沿着广场的一边走，然后它突然就变成了一座房子或花园。就连出租车也会迷路。不管怎样，六十一号是能找到的。知道是谁住在那里吗？"

"六十一号吗？让我想想。对了，那里住的可能是一个姓布兰德的建筑师。"

"哦，天哪，"我说，"这不太妙。"

"你找的不是建筑师？"

"是的。我从来没有想过会是建筑师。除非——也许他刚刚搬过来，刚住到这边？"

"布兰德出生在这里,我想。他确实是本地人,已经做了好几年的生意。"

"这真令我失望。"

"他不是一个好的建筑师,"哈卡斯特转而说,"因为使用劣质的建筑材料,他修建的房子外表看起来还不错,但是当你住进去之后,就会发现所有东西不是倒塌,就是错位,毛病百出。这是一种商业欺诈,只是他设法逃脱了处罚。"

"这样不好,狄克。我要找的是一个品行端正的人。"

"一年前,布兰德得了一大笔钱。这笔钱其实是他的妻子获得的。她是一名加拿大人,在战争中来到了这里,遇到了布兰德。她的家人不想让她嫁给他,他们结婚后就几乎和她断绝了关系。去年,她的伯祖父去世了。他唯一的儿子丧生于空难,又由于战争伤亡以及其他种种事,布兰德夫人成了家中唯一的幸存者。所以他把钱留给了她。因此,布兰德从濒临破产的境遇中解脱了出来。"

"你似乎知道很多关于布兰德先生的事。"

"哦,好吧,你知道,当一个人一夜之间突然暴富之后,国内税收部门总是对此很感兴趣。他们怀疑他是否一直在弄虚作假和私自存钱。所以他们开始调查,结果什么都没有查出来。"

"不管怎样,"我说,"我对一夜暴富的人不感兴趣。我要的不是这种'不劳而获'。"

"不是吗?你以前曾经有过吧?"

我点点头。

"结束了吗?或者说,还在继续。"

"说来话长,"我吞吞吐吐地说,"我们今晚是按计划一起用餐?还是说取消了?"

"哦，这不碍事。现在首先要做的就是行动起来。我们要找到关于寇里先生的所有信息。一旦我们尽一切可能知道了他是谁、做了什么，就能找出杀害他的凶手。"他看了看窗外，"我们到了。"

卡文迪什文书社位于商业中心的大街上，这条街有一个显赫的名字——王府大街。

正如其他多数建筑一样，这条街的房子被改造成了维多利亚式的风格。街道的右边有一座同样风格的房子，上面刻着：艺术摄影师埃德温·格伦，儿童照和婚纱照专家。为了凸显这句广告词，橱窗里面摆满了各种尺寸和年龄的儿童放大照，从婴儿到六岁的孩子的都有。这些大概是为了吸引那些爱孩子的妈妈；同时也陈列着几张结婚照，表情害羞的年轻男士旁边是满面笑容的女孩。卡文迪什文书社的另一边是一些煤炭商开的老字号店铺。过了这些店铺，就看到很多已被拆毁的老式房屋。一家名为"东方咖啡厅"的三层建筑，在那里闪闪发着光。

哈卡斯特和我跨过四层台阶，穿过敞开的前门，沿着刻着"请进"二字的右边的门走进去。那是一间宽敞的屋子，三位年轻小姐正在专心致志地打字。其中两个一直在打字，似乎没有注意到门口的陌生人。第三个正对着门，她的桌子上摆着一部电话机。她停下来，用询问的眼神看着我们。她嘴里似乎在吮着某种糖果。待把嘴里的东西放妥当后，她略带鼻音地问道："请问有什么事吗？"

"马丁代尔小姐在吗？"哈卡斯特说。

"我想这会儿她正在接电话——"就在这时，"咔哒"一声，那位小姐拿起了电话听筒，拨动转盘后说道："有两位先生找你，马丁代尔小姐。"她看着我们问，"请问怎么称呼？"

"哈卡斯特。"狄克说。

"一位叫哈卡斯特的先生来访,马丁代尔小姐。"她挂上电话,站起身。"这边,请。"她一边说一边向一扇挂着黄铜门牌,上面写着马丁代尔小姐的门走去。她打开门,用后背抵住,以便我们进入,同时她说:"这位就是哈卡斯特先生。"接着在我们身后关上了门。

马丁代尔小姐从她坐着的桌子后抬起头来,看着我们。她是一个约五十岁的干练女人。淡红色的卷发从前额高高梳起。她有一双警觉的眼睛。

她挨个打量着我们。

"哈卡斯特先生吗?"

狄克拿出一张他的名片,递给她看。我为了使自己不引人注意,特意拿过一把立式座椅,坐在门口。

马丁代尔小姐向上挑着她浅黄色的眉毛,惊讶之余,显然看起来有些不愉快。

"哈卡斯特探长,找我有什么事吗?"

"我来找你是因为有事要了解,马丁代尔小姐。我想你可能会帮助我。"

从他的语气来看,我判断狄克是想采用迂回之术和她沟通,施展迷魂术。我很怀疑马丁代尔小姐是否吃这一套。她是那种法国人所谓的"难对付的女人"。

我打算研究一下房间的总体布置。马丁代尔小姐桌子背后的墙上挂着一些她收藏的签名照片。我认出其中一个是阿里阿德涅·奥利弗夫人的签名。她是一位侦探小说家,我对她有少许了解。你真诚的,阿里阿德涅·奥利弗,用加黑的粗体字横着写了一排。感激你的,加里·格雷格森,是另一位惊悚小说家的签名,这位作家早在十六年前就逝世了。你永远的米里亚姆,写在米里亚姆·霍格的相片上。这是一位专门从事爱情小说写作的女性作家。一位光头、表情羞怯的男人的相片看起来很性感，上面的签名字体细小，写着感激你的，阿曼德·莱文。这些纪念照都有一个共同之处：大部分男人都拿着烟斗，穿着花呢套装；而女人看起来表情严肃，她们的脸几乎埋没在毛皮大衣的领子里。

当我正用心观察时，哈卡斯特开始提问了。

"你雇了一个叫希拉·韦伯的女孩吧？"

"是的。恐怕这会儿她不在这里——"

她按了一下呼叫器，对着外面的办公室讲话。

"伊娜，希拉·韦伯回来了吗？"

"没有，马丁代尔小姐，还没有回来。"

马丁代尔小姐关闭了开关。

"今天下午她因工作外出，"她解释道，"我以为这会儿她已经回来了。她有可能去了位于海滨大道尽头的麻鹬酒店，下午五点钟她在那里有约。"

"我知道了，"哈卡斯特说，"你能跟我聊聊希拉·韦伯小姐吗？"

"我知道得不多，"马丁代尔小姐说，"她到这里，让我想想，嗯，到现在为止差不多刚满一年。她的工作表现还算让人满意。"

"你知道在来这里之前，她在哪里工作吗？"

"如果你们特别想知道的话，我想我能找到关于她的一些信息，哈卡斯特探长。她的推荐信在这里存了档。我现在能想起来的是，她曾在伦敦工作过，而且她从她的雇主那里得到了很好的推荐语。我想那大概是一家企业，但我记不清了，很可能是房产中介。"

"你说她工作表现很好？"

"比较不错。"马丁代尔小姐说，她显然不是那种会随意赞美别人的人。

"不是一流的吗？"

"不是，我应该说不是。她打字熟练，速度达到了平均水平。她有还算良好的教育背景。她是一个仔细而且不会出错的打字员。"

"除了工作上的事之外，你私下里对她了解吗？"

"不了解。她和，我想，和她的姨妈生活在一起。"这时，马丁代尔小姐显得有些不安。

"哈卡斯特探长，我可以问一下，为什么你会问这么多问题？这个女孩遇到什么麻烦事了吗？"

"还不能这样说，马丁代尔小姐。你认识蜜勒莘·佩玛繻小姐吗？"

"佩玛繻，"马丁代尔小姐说着皱起了眉头，"刚刚，哦，当然。希拉今天下午去了佩玛繻小姐那里。约定的时间是三点钟。"

"是通过什么方式预约的，马丁代尔小姐？"

"电话。佩玛繻小姐打来电话说她需要一位速记员的服务，让我派韦伯小姐过去。"

"她特别要求要找希拉·韦伯的？"

"是的。"

"电话是什么时候打来的？"

马丁代尔小姐想了一会儿。

"电话是我接的。应该是午饭时间打来的。我想差不多应该是一点五十分。总之肯定是两点之前。哦，对了，我想起来在我的便签簿上有记录。准确的时间是一点四十九分。"

"是佩玛繻小姐亲自找的你吗？"

马丁代尔小姐看起来似乎有点吃惊。

"我猜想是的。"

"但是你并不熟悉她的声音?你没有见过她?"

"是的,我不认识她。她自称蜜勒莘·佩玛繻小姐,然后给了我她的地址,一个位于威尔布拉汉新月街的门牌号。然后,正如我所说,她要求希拉·韦伯,如果有空的话,在三点钟去她那里。"

这话说得清晰而确切。我想马丁代尔小姐将会是极有力的证人。

"你能否告诉我到底发生了什么?"马丁代尔小姐有点不耐烦地问。

"嗯,是这样,马丁代尔小姐,佩玛繻小姐自己否认打过这通电话。"

马丁代尔小姐瞪大了眼睛。

"真的!太奇怪了。"

"换句话说,你说有人打了这通电话,但是你并不能确切地说这个电话就是佩玛繻小姐本人打的。"

"不能,我当然不能确定。我不认识她,但是事实上,我不明白做这件事的意义何在?难道是一个什么恶作剧吗?"

"远比那要严重得多,"哈卡斯特说,"那位佩玛繻小姐,或者不管她是谁,曾给出什么理由说要特意找希拉·韦伯吗?"

马丁代尔小姐想了想。

"她说希拉·韦伯以前为她服务过。"

"这是事实吗?"

"希拉说她没有给佩玛繻小姐做过任何事情的印象。但这也不能确定,探长。毕竟,这些女孩经常去不同的地方会见不同的人,所以如果是好几个月以前发生的事，她们是不可能记得的。希拉对以前是否去过那里并不确定。她仅仅说她不记得去过那里。但事实上，探长，即使这是一个恶作剧，我也不明白你为何对这件事感兴趣。"

"我正要说这个。韦伯小姐到达威尔布拉汉新月街十九号时，她走进房子，进入了客厅。她告诉我说她来之前就被告知这么做了。对吗？"

"是的，"马丁代尔小姐说，"佩玛繻小姐说她会晚一点儿到家，所以让希拉先进去等着。"

"韦伯小姐进入客厅时，"哈卡斯特继续说，"她发现地板上躺着一个死人。"

马丁代尔小姐吓得目瞪口呆，过了好一会儿才缓过来。

"你是说'一个死人'，探长？"

"一个被谋杀的男人，"哈卡斯特说，"确切地说，是刺杀。"

"天啊，天啊，"马丁代尔小姐说，"这个孩子一定难过极了。"

想来马丁代尔小姐是那种说话保守低调的人。

"这个名叫寇里的人和你有什么关系吗，马丁代尔小姐？R.H.寇里？"

"我想没有，没有。"

"在大城市小地方保险公司上班？"

马丁代尔小姐还是摇了摇头。

"你应该看出来我左右为难。"探长说，"你说佩玛繻小姐打电话给你，要希拉·韦伯三点钟去她家，但佩玛繻小姐否认做过这件事。希拉·韦伯到了那里，然后她发现了一个死人。"他满怀期待地等待着。

马丁代尔小姐茫然地看着他。

"对我来讲这一切简直不可能发生。"她表示难以置信。

狄克·哈卡斯特叹了口气,站了起来。

"这里很不错。"他客气地说,"你经营公司有一段时间了吧?"

"十五年了。公司发展得很好,开始时规模很小,直到人手足够用时我们才开始扩展业务。我现在雇了八个女孩,她们每天都很忙。"

"你完成了很多文学作品,我想。"哈卡斯特抬头看着墙上的照片。

"是的,起初客户主要是以作家为主。我为知名的恐怖小说家加里·格雷格森先生做过多年秘书。事实上,因为有了他的遗产,我才开办了文书社。我认识许多他的作家朋友,他们推荐我。我对作者要求的专业知识很在行。我会在这些必要的方面提供很有用的信息——年代、引文、法律常识、警方办案的细节以及下毒的详细过程,诸如此类。然后是那些外国的名字、地址和餐厅,专为那些将小说的故事情节设置在外国发生的作者而准备。前些年,公众对于小说的准确性还不是十分在意,但是现在,读者只要一发现有不对的可能,就必定会写信给作者指出作品的瑕疵。"

马丁代尔小姐停了下来。哈卡斯特礼貌地说:"我确信你在这一行的成就很高。"

他向门口走去。我提前打开了门。

在外面的办公室里,那三个女孩正准备下班。打字机的盖子已经合上。前台的接待员伊娜一只手拿着细鞋跟,另一只手拿着坏了的鞋,可怜巴巴地站在那里。

"我才买了一个月,"她悲叹道,"而且它很贵。都赖那讨厌的格栅——就是在拐角处,离那家蛋糕店不远的地方。在那里我掉了一只鞋跟。我不能走路,只能脱了鞋光着脚,怀里还抱着一堆蛋糕。这样走回来,我真的不知道现在该如何回家,我怎么上公交车呢?"

就在这时伊娜看到了我们,她不安地瞥了一眼马丁代尔小姐,匆忙地藏起了那只令人沮丧的鞋子,我想马丁代尔小姐一定是那种不欣赏穿细高跟鞋的女人,她自己就穿着高矮正合适的平跟皮鞋。

"谢谢你,马丁代尔小姐,"哈卡斯特说,"很抱歉占用了你这么多时间。如果你突然想到什么事的话——"

"那是自然。"马丁代尔小姐毅然打断了他的话。

当我们坐进车里以后,我说:

"尽管你很怀疑,但希拉·韦伯所说的事确实是真的。"

"好啦,好啦,"狄克说,"算你赢了。"

第五章

"妈妈!"欧尼·柯汀停下来说,他正沿着窗玻璃上下来回滑动一个小小的金属火箭模型,为了营造火箭穿越太空沿着轨道进入金星的情境,他还模拟着火箭一边急速上升,一边发出呼啸声。"妈妈,你在想什么?"

柯汀太太,一位脸色严厉的女人,正忙着在水槽里洗陶制餐具,没有说话。

"妈妈,有一辆警车停在了我们屋外。"

"我不是跟你说过不要再说谎了吗,欧尼?"柯汀太太一边粗手粗脚地把碗碟放在滴水板上,一边说着话。"你应该记得以前我跟你说过的话吧。"

"我没有撒谎,"欧尼使劲地说,"确实是一辆警车,有两个男人从车里走出来了。"

柯汀夫人突然转向了她的孩子。

"你到底做了什么?"她责问道,"让我们丢脸蒙羞吗,这就是你做的好事!"

"当然没有,"欧尼说道,"我什么都没有做。"

"是阿尔夫那帮人吧,"柯汀太太说,"他和他的同伙。一帮十足的流氓!我告诉过你,你的父亲也跟你说过,他们不是什么好人。最后都会惹上麻烦。首先会被带到少年法庭受审,然后会被送到少年拘留所。我不想你变成那样，听到了吗？"

"他们走到前门口了。"欧尼大声说着。

柯汀太太放下水槽里的活儿，走到窗户边孩子这里。

"呃。"她咕哝道。

就在这时传来了敲门声。柯汀太太飞快地用茶巾擦了擦手，穿过走廊打开了门。她带着蔑视和怀疑的眼神看着门外台阶上的这两个男人。

"你是柯汀太太吗？"其中高个子的男人友善地问道。

"是的。"柯汀太太说。

"我可以进来吗？我是哈卡斯特探长。"

柯汀太太很不情愿地向后挪了一下。她拉开了门，示意探长进去。这是一间收拾得非常干净的小屋子，给人一种很少有访客的感觉，事实也确实如此。

欧尼由于好奇，从厨房来到了走廊里，悄悄贴着门。

"你的儿子？"哈卡斯特探长问道。

"是的，"柯汀太太说，并用挑衅的口吻争辩道，"他是一个好孩子，不是你们想的那样。"

"我相信他是。"哈卡斯特探长礼貌地说。

柯汀太太脸上那种敌意缓和下来。

"我来这是要问你几个问题，是关于威尔布拉汉新月街十九号的。我了解到你在那里工作。"

"我可没否认过。"柯汀太太说，似乎还没有完全从之前的情绪中解脱出来。

"你为蜜勒莘·佩玛繻小姐工作。"

"是的，佩玛繻小姐是一位非常和善的女士。"

"眼睛失明。"哈卡斯特探长说。

"是啊，可怜的人。但是或许你们从来都不知道，她有一双神奇的手，她总能通过手的触摸轻松应对生活。她也能够自己上街，过马路。她不同于我认识的一些人，她们总喜欢无病呻吟。"

"你通常上午在那里工作？"

"是的。我大概九点半到十点之间到那里，在十二点离开，或者是做完工作后离开。"接着她突然问道，"你是不是要说什么东西被盗了？"

"正好相反。"想到了那四个时钟，探长说。

柯汀太太不解地看着他。

"发生什么事了吗？"她问道。

"今天下午一个男人被发现死在了威尔布拉汉新月街十九号的客厅里。"

柯汀太太瞪大了眼睛。欧尼·柯汀因为狂喜而扭来扭去，张着嘴说道"唔"，但一想到这会被人看到，那就糟了，立即又闭上了嘴。

"死了？"柯汀太太不敢相信，心里更加疑惑的是，"在客厅里？"

"是的。他是被刺死的。"

"你的意思是说有人杀了他？"

"是的，他杀。"

"凶手是谁？"柯汀太太追问道。

"事情就到这一步，其他的就不知道了。"哈卡斯特说，"我们认为也许你可以帮助我们。"

"我对这起谋杀毫不知情。"柯汀太太很肯定地说。

"不关谋杀的事，主要是有一到两个疑点问你。今天早上，有人到那里拜访吗？"

"我记得没有过。今天没有。他是一个什么样的人?"

"年约六十岁,穿着体面的深色西服。可能他自称一家机构的保险代理人。"

"我不会让他进来的,"柯汀太太说,"既没有保险代理人,也没有销售吸尘器或是大英百科全书的人来过。没有这种人。佩玛繻小姐不会容忍他们上门推销,我也不会。"

"根据那个男人带的名片显示的信息,他的名字叫寇里。你曾经听说过这个名字吗?"

"寇里?寇里?"柯汀太太摇了摇头,"听起来像是一个印度人的名字。"她猜疑着。

"噢,不是的,"哈卡斯特说道,"他不是印度人。"

"谁发现的他,佩玛繻小姐吗?"

"一位年轻的小姐,一位速记员,由于一场误会来到这里,她以为她被派到这里是要为佩玛繻小姐工作的。是她发现了尸体。佩玛繻小姐几乎在同一时间回到了家。"

柯汀太太深深地叹了一口气。

"怎么会这样,"她说,"怎么会这样!"

"我们想请你方便的时候,"哈卡斯特说,"去看看这个男人的尸体,告诉我们你是否在威尔布拉汉新月街见过他,或者他是否曾来拜访过佩玛繻小姐。佩玛繻小姐非常肯定他从来没有去过她家。现在还有几个疑点我想问问你,你能马上想起在她的客厅里有几个钟表吗?"

柯汀太太丝毫没有犹豫。

"那个大钟被摆在角落里,他们叫它老爷钟。还有一个布谷鸟钟挂在墙上,有只鸟会蹦出来叫'布谷'。难道它没有吓你一跳吗?"她迅速补充道,"我没有碰过它们中的任何一个,从来没碰过。佩玛繻小姐喜欢自己上发条。"

"这两个钟没有问题，"探长的话使她放心了。"你确信今天早上房间里就只有这两个钟吗？"

"当然是了。还应该有其他的吗？"

"例如，有没有一个方形的银钟，那种旅行钟。或者一个镀金的小钟，摆放在陈列架上，或者一个表面有印花图案的瓷质时钟。或者一个皮钟，在钟的一角写着'Rosemary'这几个字？"

"当然没有。我没见过这些东西。"

"如果它们在那里，你应该会发现的吧？"

"当然会了。"

"这四个钟的时间都比布谷钟和老爷钟快了一个多小时。"

"也许是外国的钟呢。"柯汀太太说，"我和我丈夫坐飞机去瑞士和意大利旅游过，那里的时间就比这里整整快了一个小时。肯定与全球化有关系。我不赞成全球化，柯汀先生也不赞成。对我来说英国的东西已经足够好了。"

哈卡斯特探长不愿谈论政治。

"你能告诉我今天早上你离开佩玛繻小姐家的确切时间吗？"

"十二点过一刻，就是这个时间。"柯汀太太说。

"那时佩玛繻小姐在家吗？"

"没在，她还没有回来。她通常在十二点到十二点半之间回来，但有时也不一定。"

"那她从家里离开是什么时候？"

"在我到达之前。我是十点钟到那里的。"

"好的，谢谢你，柯汀太太。"

"这些钟看起来确实很怪，"柯汀太太说，"也许佩玛繻小姐去了一个拍卖市场。它们是古董，对吗？通过你描述的来看，感觉有些像。"

"佩玛繻小姐经常去拍卖市场吗？"

"四个月前她去拍卖市场买了一卷山羊毛地毯。质量很好。她告诉我说，非常便宜。她还买了一些丝绒窗帘。虽然需要再裁剪一下，但是看起来和新的一模一样。"

"但是她通常不会在拍卖市场买小古董，画或瓷器等类似的东西吧？"

柯汀太太摇了摇头。

"自从我认识她以来就没有过，但是当然，很难说拍卖市场怎样，对吗？我是说，在那里你会失去自制力。当你回到家后你会对自己说'我买这些东西做什么'？我曾经买了六个果酱罐。一想到它，我就在想我本可以买到更便宜的。杯子和碟子也是。在星期三的市集我可以买到更好的。"

她微微摇了摇头。哈卡斯特探长感到他再没有问题要问，便离开了。这时欧尼就刚才谈论的话题开始感慨起来。

"谋杀！唉！"欧尼说道。

想征服太空的想法立刻就被今天激动人心的谈话占据了。

"佩玛繻小姐不可能杀人，对吗？"他大胆地分析着。

"不要乱讲话，"他的妈妈说。她的脑子闪过一个想法。"不知道我是否应该告诉他——"

"告诉他什么，妈妈？"

"不关你的事，"柯汀太太说，"其实，没什么事。"

第六章
柯林·蓝姆的叙述

1

我们在外面点了两块半生不熟的牛排,就着生啤酒咽下去之后,狄克·哈卡斯特满足地叹了一口气,宣布他感觉好多了,然后说道,

"死亡的保险代理人,奇怪的时钟,还有尖叫的女孩,都去见鬼吧!让我们谈谈你吧,柯林。我原本以为你从这世界上消失了。没想到你在克罗町的后街上闲逛。我可以向你保证,海洋生物学家在克罗町是找不到施展才华之处的。"

"难道你瞧不起海洋生物学吗,狄克?这是一个很有用的专业。但是只要一提起来就会使人们厌烦,他们生怕你谈起它,所以你无须为自己做进一步的解释。"

"没有机会让你展示你自己,嗯?"

"你忘记了,"我冷冷地说,"我是一名海洋生物学家。我在剑桥大学拿到了这个专业的学位。虽说并不是很好,但至少也是一个学位。这是一个很有趣的专业,总有一天我会再回去研究它。"

"当然,我知道你一直在做的工作,"哈卡斯特说,"祝贺你。拉金的审判下个月举行,对吗?"

"是的。"

"他设法将资料偷偷拿出去的方法真让人惊奇,还以为有人会怀疑呢。"

"不会有人怀疑的,这你知道。当你认定某个小伙子是个彻头彻尾的好人时,你就不会再去怀疑他了。"

"他肯定很聪明。"狄克评论道。

我摇了摇头。

"不,我不认为他聪明。事实上,我认为他仅仅做了他被告知要做的事。他可以接触非常重要的文件。他随身把它们带出来,让人拍完照,再还给他,然后在同一天内送回原来的存放处。一切都安排得十分妥当。他养成了在不同的地方吃午餐的习惯。我们以为他总是把外套挂在同一个地方,实际上那里是一件跟他的外套一模一样的衣服,而穿那件衣服的男人也不会总是同一个人。外套被调包了,但是调换外套的这个男人从来不和拉金说话,拉金也从来不跟他说话。我们想知道更多技术性细节。这个计划简直天衣无缝,时间也掌握得非常精确。这个人确实很有头脑。"

"这就是为什么你还在波特伯雷海军基地徘徊的原因吧?"

"是的,我们知道他们在海军基地的地点,也知道在伦敦的地点。我们知道拉金领取薪水的时间、地点和方式。但是这两点间却有一个鸿沟。在这两点之间有一个微小巧妙的联系。这就是我们想了解的地方,因为它就是大脑运作的厉害之处。在这里的某处有一个绝佳的司令部,有一条路,一条会让你不止一次、甚至是七次或八次陷入迷惑的路。真是个出色的计划。"

"拉金做这些是为了什么?"哈卡斯特好奇地问道,"政治理想?宣扬个人主义?或者是为了赚快钱?"

"他不是个理想主义者。"我说,"应该'仅仅是为了钱'"。

"如果你们早从这方面下手，不就可以更快找到他吗？他把钱花掉了吧？他不攒钱的。"

"哦，没错！他把钱都挥霍掉了。事实上，我对他下手有些过早。"

哈卡斯特表示理解地点了点头。

"我明白。你们先是跌了个跟头，然后再一点点地利用他。对吗？"

"或多或少吧。在我们发现他之前，他已经带出去一些很有价值的情报，所以我们让他传出更多的情报，显然都是很有价值的。在我供职的地方，我们有时不得不装得像个白痴一样。"

"我觉得我不喜欢你的工作，柯林。"哈卡斯特若有所思地说。

"这不是人们眼中那种激动人心的工作，"我说，"事实上，这份工作通常都是单调乏味的，但不仅仅是乏味。现在人们都有一种感觉，那就是没有什么东西是真正的秘密。我们知道他们的秘密，他们也知道我们的秘密。我们的情报员经常是他们的情报员，同时，他们的情报员也经常是我们的情报员。到最后，谁是双面间谍，谁就成就了一场噩梦！有时，我想，其实每个人都知道其他人的秘密，只是他们设下了阴谋，假装不知道而已。"

"我明白你的意思。"狄克亲切地说。

然后他好奇地看着我。

"我知道你为什么还在波特伯雷停留。但是克罗町离波特伯雷有足足十英里的距离。"

"其实我真正的目的，"我说，"是新月街。"

"新月街？"哈卡斯特看起来满脸疑惑。

"是的。或者说是，月亮，新月，初升的月亮等等。我从波特伯雷开始了我的探索。在那里有一家叫作'新月'的酒馆。我在那里花了很多时间。这听起来有点异想天开。然后就是'月亮和星星''初升的月亮''快乐的镰刀'以及'十字架和新月'——这家是在一个叫作西姆德的小地方。完全没有什么收获。于是我放弃了月亮酒馆,开始研究新月形的街道。在波特伯雷有几条这样的街道。有兰斯伯雷新月街,阿德端奇新月街,利弗米德新月街和维多利亚新月街。"

我突然看见狄克脸上迷惑的表情,开始发笑。

"不要如此茫然,狄克。有实实在在的东西等着我开始呢。"

我拿出了钱包,从里边抽出了一张纸,递给了他。这是一张旅馆专用信纸,上面画着一幅草图。

"这是一个叫汉伯雷的小伙子钱包里的东西。他为拉金的案子出了不少力。他是个不错的人,非常不错。他在伦敦被一辆车撞死了,肇事者逃逸。没有人看到车牌号。我不知道这是什么,这是汉伯雷草草记下的,或者说是抄下来的,因为他认为这很重要。这使他想到了什么吗?他看见或听见了什么?也许与月亮或新月有关系,还有数字六十一和大写的字母M。在他死后这张纸条落到了我的手里。我不知道我要找的是什么,但是我很确信一定会有所发现。我不知道六十一代表什么,也不知道M的含义。我一直在从以波特伯雷为中心,向外延伸的半径范围内搜索。我连着三个星期一直在辛勤地工作,却没有任何收获。克罗町位于我的计划之内。事情就是这样。坦白说,狄克,我对克罗町没有抱太大希望。在那儿只有一条新月街,就是威尔布拉汉新月街。在询问你是否找到一些能帮助我的信息之前,我打算沿着威尔布拉汉新月街走走,先看看我要找的六十一号是什么样子。这就是今天下午我所做的事,但是我没能找到六十一号。"

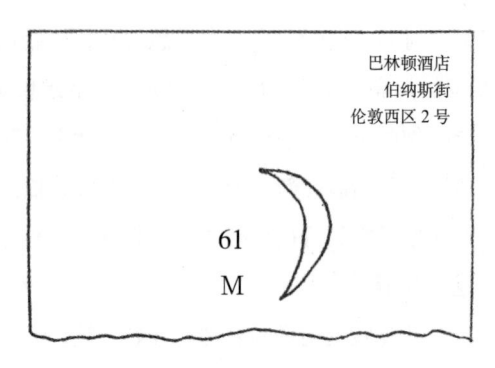

```
                    巴林顿酒店
                    伯纳斯街
                   伦敦西区 2 号


           61
           M
```

"我跟你说过,六十一号住着一位本地建筑师。"

"那不是我要找的。里面还住着外国人吗?"

"可能有。现如今许多人这样做的。如果真有,会登记在册的。我明天帮你查查。"

"谢谢你,狄克。"

"我明天两点要到十九号左右两边的住户那里做例行询问。问问他们有没有看见什么人去了那栋房子,诸如此类的问题。我会去十九号后面的那栋房子,就是花园和十九号的花园正好连着的那家。我好像记得六十一号正好是在十九号的后面。如果你愿意的话,我可以带你一起去。"

我迫不及待地答应了。

"我将是你的拉姆巡佐,负责速记工作。"

我们约好在第二天早晨九点半到警察局碰面。

2

我在第二天早晨按约定的时间准时到达,发现我的朋友正火冒三丈。

当他打发走那名愁眉苦脸的下属后,我小心翼翼地问他发生了什么事。

一时间哈卡斯特似乎无法言语。过了一会儿，他气急败坏地说："还不是那些该死的时钟！"

"又是时钟？这次怎么了？"

"其中的一个不见了。"

"不见了？哪一个？"

"皮革旅行钟。那个在一角写有'Rosemary'的。"

我叹了一声。

"真是太离奇了。到底怎么回事？"

"这群该死的笨蛋！实际上我也是其中一个，我想——"（狄克是一个非常诚实的人）"——你必须十分小心，否则事情就会变糟。嗯，昨天那些钟还好好地摆在客厅里。这些钟我让佩玛繻小姐都摸过了，看看她是否熟悉。她说都不熟悉。然后他们来移走了尸体。"

"然后呢？"

"我出去到大门口查看其他事，然后返回屋里，在厨房里和佩玛繻小姐说话，并告诉她我必须带走这些时钟，我会给她写一张收据。"

"我记得。我听到了你说这些话。"

"然后我告诉那位小姐，我会安排车送她回家，我请你送她到车里。"

"是的。"

"尽管佩玛繻小姐说不用写收据，因为那些钟表本来就不是她的，但我还是给她写了一张。然后我过来找你们了。我告诉爱德华，把客厅里的时钟小心打包，然后拿到这里来。除了布谷钟之外，所有的钟表都打包。当然，还有那座老爷钟。这就是我出错的地方。我应该非常确定地告诉他们,是四个时钟。爱德华说他立刻进去,按照我说的做了。但他坚持说除了那两座固定的时钟之外,只有三个钟。"

"整件事前后没有多少时间,"我说,"这意味着——"

"可能是佩玛繻干的。她很可能在我离开屋子之后包起那个钟,直接带去了厨房。"

"如果真是这样的话,那动机呢?"

"我们需要知道更多信息。还有其他人吗?是不是那个女孩做的?"

我思考着。"我觉得不会。我——"我停下来,突然想起了一件事。

"所以她有可能,"哈卡斯特说,"继续。是什么时候的事?"

"我们刚出来,向警车走过去的时候,"我闷闷不乐地说,"她忘了拿她的手套。我说'我帮你去拿',但是她说'噢,我正好知道放在哪里。我现在不介意去那个屋子,因为尸体已经被移走了'。然后她就跑回了屋子。但是她只离开了一分钟——"

"她回到你身边的时候戴着手套吗,还是拿在手里的?"

我迟疑了一下。"是的,是的,我想她是拿在手中的。"

"显然她没有,"哈卡斯特说,"否则你就不会犹豫了。"

"她很可能把它们塞进了包里。"

"问题是,"哈卡斯特指责道,"你爱上了那个女孩。"

"我没那么白痴,"我努力为自己辩护道,"我昨天下午才第一次见到她,再说这种见面完全不是你们所说的浪漫邂逅。"

"这我可不确定,"哈卡斯特说,"不是每天都有女孩以这种流行于维多利亚时期的方式尖叫着撞进一位年轻男士的怀抱,说救救她。这让男人感觉自己就是一位英雄,一位英勇的保护者。

你不要再维护那女孩了。你也知道,那个女孩已深陷于这次谋杀案中,并且自身难保。"

"你是说,这个瘦弱的小女孩用刀刺死了一个男人,然后把刀小心翼翼地藏起来,以防你们这些警探找到它,再故意冲出屋子,摆出一副尖叫的样子撞向了我?"

"如果你是我,你就不会觉得意外。"哈卡斯特阴沉着脸说。

"你难道不知道,"我愤怒地说道,"我的生活中随处可见来自各个国家的美女间谍。她们所有人都有足以使一个美国私家侦探忘记喝放在他的抽屉里的黑麦威士忌的三围尺寸。对于一切女性的诱惑,我是有免疫力的。"

"每个人在最后都会遇到他的滑铁卢,"哈卡斯特说,"主要看是什么样的类型了。希拉·韦伯似乎是你喜欢的类型。"

"不管怎样,我不明白你为什么那么肯定地把这件事算在她头上。"

哈卡斯特叹了口气。

"我没有把这件事算在她头上,但是我必须要着手开始调查。尸体是在佩玛繻的家里发现的。这件事牵扯到了她。是那个叫韦伯的女孩发现了尸体。我无须告诉你,第一个发现尸体的人几乎就是最后一个见到他还活着的人。除非真相水落石出,否则那两个女人是逃不开干系的。"

"当我在刚过三点的时候进入那个屋子时,那个人已经死了至少半个小时或更长时间。这怎么解释?"

"希拉·韦伯的午餐时间是从下午一点半到两点半。"

我恼怒地看着他。

"有关寇里的事调查得怎么样了?"

哈卡斯特的回答出乎意料地冷酷:"什么都没有!"

"你这是什么意思？什么都没有？"

"就是说他不存在，没有这个人。"

"大城市小地方保险公司怎么说？"

"他们没有什么可说的，因为根本没有这回事。大城市小地方保险公司根本不存在。没有寇里先生，没有丹佛街，没有七号或者其他任何门牌号。"

"真有趣，"我说，"你的意思是说他的名片是假的，上面印的名字、地址和保险公司也都是假的？"

"据推测是这样。"

"真是个了不起的主意，你觉得呢？"

哈卡斯特耸了耸肩。

"现在这些都是推测出来的。也许他在制造假象，也许这是他向别人介绍自己以便能进入屋子施展骗局的方法。他可能是一个骗子、一个善于行骗的魔术师、一个专门搜集无聊琐事的人，或者是一名私家侦探。我们不知道。"

"但是你会查出来的。"

"嗯，是的，我们总会知道是怎么回事。我们提取了他的指纹，看看是否有前科。如果有，这将是案件侦破的一大进步。如果没有，案件侦破将会有更多困难。"

"一位私家侦探，"我沉思着说，"我倒是相信这个。当真相大白的时候，很可能如此。"

"到目前为止我们了解到的都只是'可能'而已。"

"审讯是在什么时候？"

"后天。就是个形式而已，真正的审讯肯定要延后举行。"

"验尸结果如何？"

"嗯，用的是一把锋利的器具，像是一把厨房用的刀。"

"这有利于佩玛繻小姐,不是吗?"我仔细地想了想,"一个双目失明的女人是很难刺杀一个男人的。她确实失明,对吗?"

"嗯,是的,她是失明。我们检查过,而且和她所描述的完全一致。她曾是北部乡村学校的一名数学老师,于十六年前失明,后来接受了盲人点字的培训,最后在阿伦伯格学院找到了一份工作。"

"也许她有精神疾病?"

"因为着迷于时钟和保险代理人吗?"

"这简直是无法形容,太奇怪了。"强烈的好奇心促使我这么说,"就像阿里阿德涅·奥利弗在她境遇最糟糕的时候,或者是已故的加里·格雷格森在她著作巅峰的时刻——"

"继续尽情感慨吧。你不是在刑事调查组工作的那个可怜的负责人。你不用去讨好高级警司或者警察局长,还有其他人。"

"好吧!也许我们能从邻居那儿找到对我们有用的线索。"

"不好说,"哈卡斯特冷冷地说,"如果那个男人在前面的花园被杀,然后两个蒙面人把他抬进了房里。没有人望向窗外或者发现任何事情。这里不是乡村,我们的运气会很差。威尔布拉汉新月街是上流人的居住区。在一点钟的时候,每天做完工的那些女人已经回家。路上甚至连一辆手推车也没有——"

"没有整天坐在窗户边体弱多病的老年人?"

"我们倒是希望有,但那是不可能的。"

"那么十八号或者二十号的居民呢?"

"十八号住着华特豪斯先生——盖斯福特和史威腾汉姆事务所两位律师的助理,还有在业余时间过来照顾他的妹妹。至于二十号,我只知道那里住了一位养了十八只猫的女人。我不喜欢猫——"

我对他说,当警察可真是不容易。然后我们就出发了。

第七章

华特豪斯先生在威尔布拉汉新月街十八号的台阶上走来走去，焦虑地回头看着他的妹妹。

"你确定你是对的？"华特豪斯先生说。

华特豪斯小姐愤怒地哼了一声。

"我确实不明白你是什么意思，詹姆士。"

华特豪斯先生面露歉意。他一定是经常表示抱歉，因为他的脸上看起来隐约总有这种表情。

"嗯，我只是觉得，亲爱的，想想昨天隔壁发生了什么……"

华特豪斯先生准备出门去律师事务所上班。他是一个头发灰白的文雅男士，背有点驼，脸色是一贯的苍白而非粉红色，看上去倒丝毫没有不健康的样子。

华特豪斯小姐个子高挑，身材瘦削，是那种正经严肃且无法容忍别人不严肃的女人。

"詹姆士，因为隔壁的什么人被谋杀了，你就有理由认为我在今天会被谋杀吗？"

"嗯，伊迪丝。"华特豪斯先生说，"这要看凶手是个什么样的人？"

"你真的认为，有人沿着威尔布拉汉新月街来回晃荡，是想从每栋房屋里找一个谋杀对象吗？詹姆士，事实上，这确实是在亵渎神灵。"

"亵渎神灵,伊迪丝?"华特豪斯极为奇怪。这种话他永远也不敢说。

"逾越节的回忆,"华特豪斯小姐说,"让我提醒你一下,出自《圣经》。"

"我想这有些牵强了,伊迪丝。"华特豪斯先生说。

"我本应该想着看有什么人来这里试图谋杀我呢。"华特豪斯小姐情绪激昂。

她的哥哥暗暗反思着,这件事情似乎确实不可能发生。如果是他自己在选择谋杀对象,也绝不可能选择他的妹妹。如果有人试图做这件事,很可能这个行凶者会被拨火棍或是门闩打倒,浑身是血,在这种异常屈辱的情况下被交给警察。

"我只是说,"他脸上的歉意更浓了,"是的,这里确实有不良分子出现过。"

"对于发生的事情我们了解得并不多。"华特豪斯小姐说,"各种谣言正在四处蔓延。今天早上黑兹太太就说了一些莫名的事情。"

"但愿如此。"华特豪斯先生一边说一边看了看表。他无意去听女工们传出的这些闲言碎语。他妹妹从来都不会花时间去揭穿这些耸人听闻的段子,只是有片刻的愉悦而已。

"有人说,"华特豪斯小姐说,"这个男人是阿伦伯格学院的会计或者是一名受托人,因为账目上出了问题,所以他来找佩玛繻小姐询问情况。"

"然后佩玛繻小姐把他杀了?"华特豪斯先生似乎被逗乐了,"一个双目失明的女人?你确定——"

"她悄悄用一根电线缠绕他的脖子,然后把他勒死了。"华特豪斯小姐说,"他没有防备,你知道。谁会提防一个失明的女人?并不是说我相信这件事,"她继续说,"我确信佩玛繻小姐是一个有着优良品德的人。我和她对事物有很多观点不一致的地方,但这并不代表我已将她列为怀疑对象。我只不过认为她的观点十分狭隘固执。除了教育方面还有其他的问题。所有这些新建的语法学校,看起来很特别,教室都是由玻璃制成的。你也许会认为是因为要种植黄瓜或者番茄才修建成这样。我深信这对夏季时节上课的孩子绝对不利。黑兹太太亲口告诉我,她的女儿苏珊不喜欢学校里的新教室。说由于这些玻璃窗户的存在,你总想朝外看看,以至于不能集中精力专心上课。"

"噢,天呐!"华特豪斯先生说着,再次看看手表。"嗯,嗯,恐怕我要迟到很长时间了。再见,亲爱的。照看好你自己。记得锁好门啊!"

华特豪斯小姐又轻蔑地轻哼了一声。哥哥一走,她就关上了门。正准备上楼时,她停下来想了想,走到她的高尔夫球袋旁,然后拿出九号铁头球棒,把它放在了靠近前门口的一个显要位置上。"好啦。"华特豪斯小姐满意地说,"詹姆士就是在胡说八道。"不过,提前做好准备也是好的。这年头,精神病院的患者轻易地被释放,鼓励他们去过正常人的生活,在她看来,这对无辜的人而言是充满危险的。

当黑兹太太匆匆忙忙上楼梯时,华特豪斯小姐正在她的卧室里。黑兹太太身材矮胖,像一个橡皮球。她很享受生活中发生的任何大大小小的事。

"有几位绅士想见你,"黑兹太太急切地说,"不过,"她补充道,"他们可不是真正的绅士,他们是警察。"

她把名片向前递过来。华特豪斯小姐接过了它。

"哈卡斯特探长。"她说,"你把他们带到客厅里了吗?"

"没有。我让他们待在餐厅。我已经把早餐的餐具收拾干净了,我想那里更适合他们。我的意思是,他们只不过是警察而已。"

华特豪斯小姐并不是很赞成这种理由,然而她还是说:"我下楼吧。"

"我觉得他们是来询问你关于佩玛繻小姐的事的。"黑兹太太说,"想知道你是否发现了她的什么可笑的行为。他们说这些狂躁有时来得很突然,事先毫无征兆。但是通常可以通过某些事,比如,通过他们说话的方式得知,通过他们的眼睛得知。但是对一个双目失明的女人来说,这是不可能的,对吗?唉——"她摇摇头。

华特豪斯小姐向下走着,带着些许快乐的好奇心,实际上是她通常的好斗心理,进入了餐厅。

"是哈卡斯特探长吗?"

"早上好,华特豪斯小姐。"哈卡斯特起身说。对于和他一起来的一个高个子、皮肤黝黑的年轻人,华特豪斯小姐甚至都没打招呼。她丝毫没有注意到那一声低微的"蓝姆巡佐"。

"真希望我没有来得过早打扰到你,"哈卡斯特说,"但是我想你知道我们造访的原因。你已经听说了隔壁昨天发生的事吧。"

"在自家隔壁发生的谋杀从来都不会被忽视,"华特豪斯小姐说,"我甚至拒绝了几个来这里问东问西的记者。"

"你拒绝了他们?"

"那是自然。"

"你做得很对。"哈卡斯特说,"当然,他们喜欢悄悄地再次潜入,但是我相信,凭你的能力一定能处理好这种事的。"

对于如此的赞美,华特豪斯小姐允许自己流露出一丝喜悦。

"我希望你不介意我们问你同样的问题,"哈卡斯特说,"但是如果你确实看到了什么对我们有利的事,我们一定会对你的告知不胜感激。我想你当时是在房子里?"

"我不知道谋杀是什么时候发生的。"华特豪斯小姐说。

"我们认为是在一点半到两点半之间。"

"那会儿我在屋里,嗯,确实在。"

"你哥哥呢?"

"他不回来吃午饭。到底是谁被谋杀了?当地的报纸也没有提到。"

"我们还不知道他是谁。"哈卡斯特说。

"一个陌生人吗?"

"现在看来似乎是。"

"你不会告诉我,对于佩玛繻小姐来说他也是陌生人吧?"

"佩玛繻小姐很确信地告诉我们,她并没有和这个特别的客人有约,她也不知道他是谁。"

"她不可能那么确信,"华特豪斯小姐说,"她看不见。"

"我们给她很详细地描述了这个人的外貌特征。"

"他长什么样?"

哈卡斯特从信封里拿出一张照片,递给了她。

"就是这个人。"他说,"你对他有印象吗?"

华特豪斯小姐看着相片。"没有,没有……我从来没有见过他。天哪。他看起来是一个很体面的人。"

"是非常体面,"探长说,"他看着像一位律师或商人。"

"确实是。这张照片完全看不出惨状。他看起来像是睡着的了一样。"

哈卡斯特没有告诉她,这张照片是从众多的尸体照片中选出来的,是最不会让人感觉不适的一张。

"死亡有时也是一件平静的事。"他说,"我想这位男士根本没有想到接下来要发生的一切。"

"那么,关于这件事佩玛繻小姐是怎么说的?"华特豪斯小姐问道。

"她感到很突然。"

"这就怪了!"华特豪斯小姐评论道。

"现在,无论如何请你帮帮我们吧,华特豪斯小姐。如果你能回忆起昨天的事,试着想想你是否看到了窗户外面发生了什么,或者你正好在你的花园里,说说从十二点半到三点之间发生的事吧?"

华特豪斯小姐回忆着。

"是的,我当时在花园里……让我再想想。时间应该是一点之前。我在差十分一点的时候从花园进了屋子,洗了手,然后坐下来吃午餐。"

"你看到佩玛繻小姐进入或是离开屋子了吗?"

"我想她是回来了。我听到了大门打开时的吱吱声。是的,通常是在十二点半以后。"

"你没有和她说话吗?"

"噢,没有。只是门发出的吱吱声引得我抬起了头。这是她通常回家的时间。她应该是刚上完课。正如你们所知,她在残障儿童学校教课。"

"根据佩玛繻小姐的叙述,她在大概一点半的时候又出去了。你同意这个说法吗?"

"嗯,我没法告诉你确切的时间,但是,是的,我确实记得她从我家门前走过。"

"你说什么,华特豪斯小姐?你是说'她从你家门前经过'?"

"确实是。我当时在客厅里。客厅是面向街的,而餐厅不同,我们现在就坐在餐厅里,只能看到后花园。吃过午餐后我拿着咖啡坐在客厅里,一张靠近窗户的椅子上。我当时正在看《泰晤士报》,就在我正要翻向下一页时,无意中看到了佩玛繻小姐从门前经过。有什么特别的地方吗,探长?"

"没有什么特别的,没有。"探长微笑着说,"我知道佩玛繻小姐是要去购物并到邮局去,我想去商店和邮局最近的路应该是沿着新月街走的另一个方向吧。"

"这取决于你去哪家商店,"华特豪斯小姐说,"当然,最近的商店在那边,在奥尔巴尼路上有个邮局——"

"但是也许佩玛繻小姐经常在那个时间点经过你家的大门口?"

"嗯,事实上,我不知道佩玛繻小姐通常几点出去,或者是去什么方向。我从来不去观察邻居的行踪,探长。我很忙,有很多个人的事要处理。我认识的某些人倒是会整天趴在窗户旁边向外张望,看有什么人经过或有什么人去谁家拜访。这是体弱多病的人或者是那些无所事事的人的习惯。他们就喜欢推测和闲聊邻居的事。"

华特豪斯小姐说话如此尖刻,让探长感到她实际上在说她认识的某个人。他赶忙说:"确实是这样,确实是这样。"接着他问道:"既然佩玛繻小姐从你家前门经过,她或许是去打电话了,对吗?那边是有一个公用电话亭吧?"

"是的,在十五号的对面。"

"华特豪斯小姐,有一个重要的问题我要问你,你是否看到了这个人到达这里?就是早报中提到的那个神秘男人。"

华特豪斯小姐摇摇头。"没有,我没有看到他或者任何其他访客。"

"在一点半到三点之间你做了什么?"

"我花了约半个小时玩《泰晤士报》上的填字游戏,总之,玩到我不想玩为止,然后我去了厨房,洗了吃午饭用过的餐具。让我想想。我写了几封信,给一些账单填了支票,然后我就上楼了,挑拣出一些我要拿到干洗店洗的衣物。我想我是从卧室里听到了隔壁有骚动。我清晰地听见了某人的尖叫声,所以我本能地走到了窗户旁边。看见有一个年轻男人和一个女孩在大门口。他似乎是拥抱着她。"

蓝姆巡佐这时交换了双腿的位置,但是华特豪斯小姐没有注意到他,很显然没有想到他就是那个可疑的年轻人。

"我只能看见那个年轻人的后脑勺。他似乎在和那个女孩争执什么。后来,他让她靠着门柱坐下来。一件奇怪的事发生了——他大步向屋里走去。"

"在此之前你没有看到佩玛繻小姐刚刚回到屋里吗?"

华特豪斯小姐摇了摇头。"没有。因为刚开始我并没有向窗外看,直到听到了异样的尖叫声。然而,我没有太注意这些。年轻人常常如此,失声尖叫,你推我搡,咯咯傻笑,或者弄出其他什么噪音。这些都很正常,我完全没想到会有这么严重的事发生。直到我听到了开过来的警车鸣笛,这才意识到出事了。"

"然后你做了什么?"

"嗯,我出了屋子,站在台阶上,然后绕到了后院。我想知道发生了什么,但是从那个位置什么也看不见。当我又回到前面时,发现已经聚集了很多人。有人告诉我那栋房子里发生了谋杀案。这简直不可思议。太不可思议了!"华特豪斯小姐不断摇着头。

"你还能想到什么其他的事吗？想要告诉我们的事？"

"事实上，恐怕没有了。"

"最近有什么人写信给你建议你买保险，或者拜访过你，或者说要来拜访你吗？"

"没有，完全没有。詹姆士和我都已经在'互助保险协会'办理了保险单。当然平常总是收到一些推销产品或是广告之类的信件，但是没有你说的那种。"

"有没有署名是寇里的信？"

"寇里？没有，确定没有。"

"那么，寇里这个名字你一无所知？"

"是的。我应该知道什么吗？"

哈卡斯特笑了。"不，我不是那个意思。"他说，"那个被谋杀的男人正好这么称呼自己。"

"不是他的真实姓名吗？"

"我们推断这不是他的真名。"

"可能是骗子？"华特豪斯小姐说。

"除非找到证据证明确有此事。"

"当然，当然。我知道你们是很负责任的。"华特豪斯小姐说，"不像在这附近的一些人，他们什么都说。我很奇怪一直以来怎么没有人因乱说话被起诉呢。"

"诽谤。"蓝姆巡佐纠正道，这是他第一次说话。

华特豪斯小姐有些惊讶地看着他，好像刚发现他的存在似的。在这之前，她以为他只是哈卡斯特探长的陪同下属。

"对不起没能帮到你们，我很抱歉。"华特豪斯小姐说。

"我也觉得很遗憾。"哈卡斯特说，"依你的智慧、判断力和观察能力，如果能做我们的证人，将会对我们很有帮助。"

"我真希望我看见了什么。"华特豪斯小姐说。

这会儿她的语气听起来宛如一个年轻女孩,充满渴望。

"你的哥哥,詹姆士·华特豪斯先生呢?"

"詹姆士什么都不知道,"华特豪斯小姐带着讥讽说,"他永远都不会知道。不管怎样,当时他在海伊街的'盖斯福特和史威腾汉姆事务所'。噢,对了,詹姆士帮不上你们。就像我说的,他不回来吃午饭。"

"他通常在哪里吃午饭?"

"他通常在'三根羽毛'吃三明治,喝咖啡。非常体面温馨的地方,专门为专业人士提供快餐。"

"谢谢你,华特豪斯小姐。抱歉,我们耽误了你很长时间。"

他起身进入了大厅。华特豪斯小姐跟着他们。柯林·蓝姆拿起了立在门边的高尔夫球棍。

"真是根好的棍子,"他说,"头部很沉。"他把它举起又放下。"我明白你是有所准备的,华特豪斯小姐,为任何难以预测的事。"

华特豪斯小姐有点吃惊。

"事实上,"她说,"我也不知道这根球棍怎么会放在这里。"

她迅速地抢过球棍,放回了棒球袋。

"非常巧妙的防御。"哈卡斯特说。

华特豪斯小姐打开门,他们走了出去。

"唉,"柯林·蓝姆轻轻地叹息着,"我们从她这儿没有得到多少东西,尽管你总是恰到好处地恭维她。这是你常用的方法吗?"

"这种方法对她这种人比较管用。恭维之术恰好适用于这种强硬的人。"

"她像一只得到了一打乳酪的猫一样,满意地咕噜咕噜叫。"

柯林说，"不幸的是，她并没有给我们提供有价值的信息。"

"没有吗？"哈卡斯特说。

柯林迅速地看了他一眼："你想到了什么？"

"这是一个非常细微而且不引人注意的细节。佩玛繻小姐要去邮局和商店，但是她转向了左边而不是右边，根据马丁代尔小姐说的，电话是在一点五十八分的时候打过去的。"

柯林充满好奇地盯着他。

"尽管她否认，你还是认为她可能打了这通电话？她是那么肯定。"

"是的，"哈卡斯特说，"她是很肯定。"

他含糊其辞。

"但是如果真是她打的，那理由呢？"

"是啊，理由是什么呢？"哈卡斯特不耐烦地说，"为什么，为什么？为什么有这么多琐碎又互不关联的细节？如果佩玛繻小姐打了这通电话，为什么她要让那个女孩过去呢？如果是其他人打的，她们又为什么要陷害佩玛繻小姐呢？我们还是什么都没弄清楚。如果那个叫马丁代尔的女人亲自见过佩玛繻小姐，她肯定能辨认出那是否是佩玛繻小姐的声音，或者至少能区分是不是像佩玛繻小姐的声音。噢，好吧，我们从十八号这里并没有得到多少信息。让我们看看二十号是否会提供一些有用的信息。"

第八章

除了门牌号是二十之外,威尔布拉汉新月街的这栋房子有自己的名字——戴安娜小屋。为了防止不速之客进入,大门内侧缠有厚厚的铁丝网。几棵月桂树看起来无精打采的样子,枝丫修剪得参差不齐,让想进来的人更加不容易。

"如果曾经有房子被称为'月桂小屋',肯定就是它了。"柯林·蓝姆嘟囔道,"为什么叫戴安娜小屋呢?我很诧异。"

他带着审视的目光看了看四周。戴安娜小屋称不上干净,也不算是一个花圃。杂草丛生的灌木丛互相缠绕在一起,散发着刺鼻的猫尿骚味。这栋房子看起来摇摇欲坠,屋檐的雨水槽年久失修。唯一引人注意的就是一扇新被漆过的前门。明亮的湛蓝色更衬托出周围房屋和花园的凌乱。这里没有门铃,但是有一个门把手,显然是用来拉门的。哈卡斯特探长拉开门,从里边隐约传出刺耳的声音。

"这听起来像是,"柯林说,"像'玛丽安娜所住的田庄[①]'。"

他们等了一会儿,然后里边传出了声音,很奇怪的声音。一种大声的吟唱,边说边唱的那种。

"真是见鬼——"哈卡斯特忍不住了。

---

① Moated Grange 出自莎士比亚的喜剧《一报还一报》,朱生豪译。

唱歌的人出现了，慢慢朝着前门走来，可以听清唱的内容了。

"不，我的小宝贝。在这儿，我的心肝。沙——沙——咪咪。克丽——克丽佩脱拉。啊，噜——噜。"

里面一阵咔嗒作响之后，前门打开了。出现在他们面前的是一位妇人，穿着浅青绿色的天鹅绒茶会礼服，看起来很旧。她亚麻灰色的头发一小束一小束的，精致地打着圈，梳成了三十年前流行的那种发型。她的脖子上围着橘色的毛皮围巾。哈卡斯特探长有点迟疑地问道：

"你是黑姆太太吗？"

"我是黑姆太太。乖乖的，'阳光'，乖，淘气鬼。"

就在这时探长才看出来那条橘色的毛皮围巾竟然是一只真猫。而且不止这一只猫，廊道里另外还有三只，其中两只还在喵喵地叫。它们舒坦地待在那里，目不转睛地盯着访客，温柔地蜷缩在女主人的裙边。而同时，一股猫的气味蔓延开来，折磨着两位男士的鼻孔。

"我是哈卡斯特探长。"

"我知道你们为什么来，是因为那个'防止虐待动物协会'的讨厌鬼吧。"黑姆太太说，"真不知羞耻！我曾经写信告发过他。他说我的猫被养在不利于它们的健康和幸福的环境中！真是不知廉耻！我为猫而活，探长。它们是我生活中唯一的快乐。我愿为它们做任何事。沙——沙——咪咪。不要这样，我的小宝贝。"

"沙——沙——咪咪"没有理会那只来抓它的手，纵身一跃就跳上了客厅的桌子。它坐在那里，舔着脸，眼睛盯着陌生人。

"请进。"黑姆太太说，"噢，不，不是那间屋子。我忘记了。"

她推开了左边的门。那里的气味更加刺鼻。

"过来吧，我可爱的小东西，过来吧。"

这个房间里的椅子和桌子上，凌乱地摆着各式各样粘着猫毛的刷子和梳子。脏脏的、褪色的垫子上，至少还有六只猫。

"我为我亲爱的猫活着，"黑姆太太说，"它们能听懂我说的每句话。"

哈卡斯特探长迈着雄健的脚步走了进去。不幸的是，他正是那种对猫敏感的人。正如这种情况下常有的事一样，所有的猫立即向他围过来。一只跳上了他的膝盖，另一只亲密地在他的裤脚边蹭来蹭去。哈卡斯特探长，这个勇敢的男人，紧闭双唇，默默忍耐着。

"我是否能问你几个问题，黑姆太太，关于——"

"请尽管问，"黑姆太太打断了他，"我没有什么可隐瞒的。我可以给你看猫吃的东西。它们睡觉的窝，有五个在我的房间里，还有七个在这里。它们只吃最好的鱼，都是我亲手做的。"

"这件事和猫没关系，"哈卡斯特提高嗓门说，"我来这里是要和你谈隔壁发生的事情。你可能已经听说了吧。"

"隔壁？你是指约书亚先生的狗吗？"

"不是，"哈卡斯特说，"不是那个。我是指昨天在十九号发现有一个男人被谋杀了。"

"真的吗？"黑姆太太只是礼貌性地说着，并没有表露出任何兴趣。她的目光还是一直游走在她的猫身上。

"可否问一下，昨天下午你在家吗？我是指在一点半到三点半之间？"

"嗯，是的，确实在。我通常很早出门购物，以便回来能给我的宝贝们做午餐，然后给它们梳毛、打扮它们。"

"你没有发现隔壁有任何动静吗？警车、救护车之类的？"

"嗯，恐怕我没有从前窗向外看过。我从房子的后门去了后院，因为亲爱的阿拉贝拉不见了。它是一只小猫咪，它爬上了一棵树。我担心它有可能无法下来。我用一小碟鱼引诱它，但是它受了惊吓，可怜的小家伙。最后我不得不放弃了，回到了屋里。你相信吗，就在我要进门时，它下来了，并且跟着我进了屋。"她看看探长，又看看柯林，仿佛想确认他们是否相信她说的。

"事实上，我相信。"柯林说，他已无法再保持沉默。

"你说什么？"黑姆太太有些吃惊地看着他。

"我很喜欢猫，"柯林说，"所以我对猫的本性做过研究。你所讲的恰好完美再现了猫的行为方式。同样，你的猫聚集在我朋友的周围，实际上他并不喜欢猫，而它们却不注意我，尽管我极力哄诱。"

柯林几乎没有以一个巡佐该有的身份说话，黑姆太太是否发现了这一点呢？从她的表情来看她丝毫没有注意到，她仅仅含糊低语道：

"人家总是知道的，宝贝们，不是吗？"

一只漂亮的灰波斯猫把它的两只爪子放在了哈卡斯特探长的膝盖上，充满狂喜地望着他，用力用爪子向外抓着，做着揉捏的动作，仿佛探长是一个针垫。哈卡斯特探长再也无法忍受如此挑逗，站了起来。

"我想知道，夫人，"他说，"我是否可以看看你的后院。"

柯林咧着嘴，微微一笑。

"噢，当然可以，当然可以。你可以随意参观。"黑姆太太站起来说。

那只橘色的猫从她的脖子上下来了，她顺手把那只灰色的波斯猫放上去。她向屋子外面走去。哈卡斯特和柯林在后面跟着。

"我们以前见过。"柯林对这只橘色的猫说着，然后又对着另外一只灰色的波斯猫说,"你是一个美人,不是吗?"它正坐在桌上的一盏中式台灯旁边,微微挥动着它的尾巴。柯林轻轻抚摸着它,在它的耳朵后面挠痒痒,这只灰色的猫讨好似的发出了"咕噜咕噜"的声音。

"你们出去时,请关上门,先生。"黑姆太太在门厅里说,"今天有大风,我不想让我的宝贝们着凉。而且,还有那些淘气的男孩子。让我的宝贝们独自在花园里游荡,可不太安全。"

她走向门厅的尽头,打开侧门。

"那些淘气的男孩是怎么回事?"哈卡斯特问道。

"赖姆塞太太的那两个男孩。他们住在新月街靠南的那片。我们的花园正好连在一起。他们是不折不扣的小流氓,一点儿没错。他们有弹弓,也许早就有了。我坚持弹弓应该被没收。他们总是神出鬼没,夏天会打苹果。"

"太淘气了。"柯林说。

后院和前院一样杂草丛生,到处长着密密麻麻、未经修剪的灌木丛,还有比前院更多的不同种类的月桂树,但是十分斑驳,也有一些阴郁的大果柏。依柯林来看,哈卡斯特和他都在浪费时间。月桂、其他树木和灌木丛连成了细密的网,从这里望过去,佩玛繻小姐的花园什么也看不见。"戴安娜小屋"可以说是栋独立的宅子。对于里面的居民来说,根本没有邻居。

"你说的是十九号吗?"黑姆太太站在后院中央,犹豫地说着,"但是我想那栋房子里只住着一个人,一个双目失明的女人。"

"那个被谋杀的人没有住在房子里。"探长说。

"噢,我明白了。"黑姆太太说着,带着一副茫然的表情。"他为了被谋杀而来到这里。多么奇怪的事。"

"这,"柯林心想,"真是一种再准确不过的描述了。"

第九章

他们沿着威尔布拉汉新月街行驶,向右转上了奥尔巴尼路,然后再向右转,走到了威尔布拉汉新月街的另一半。

"就这么简单。"哈卡斯特说。

"一旦你知道。"柯林说。

"六十一号确实是在黑姆太太家的后面,但是它的一角又与十九号相连,这真是太好了。这将让你有机会看看你的布兰德先生。在没有外界帮助的情况下,顺便说一下。"

"所以那是一个美丽的理论。"车停了,两位男士下车。

"嗯,嗯,"柯林说,"看这些花园!"

这一片小小的花园,堪称城郊风景的完美典范。有由天竺葵和南非半边莲构成的花圃;有长得很茂盛,叶子肥厚鲜嫩的秋海棠;花园中还陈列着可爱的装饰物——青蛙、伞菌,还有滑稽的侏儒雕像和小精灵。

"布兰德先生一定是位和善的有钱人,"柯林说着打了一个冷战,"否则他不可能会有这么多不一般的念头。"当哈卡斯特按门铃时,他又说,"你觉得早晨的这个时间他会在家吗?"

"我打过电话了,"哈卡斯特解释道,"问过他是否有空。"

就在这时,一辆时髦的小型旅行面包车开过来,转弯进了车库,显然这辆车是刚买的。乔塞亚·布兰德先生走下车,关好车门，然后朝他们走来。他是一个身材中等，有些秃顶的男人，有一双蓝色的小眼睛。看起来热情友好。

"哈卡斯特探长吗？快请进。"他领我们进了客厅。房间的陈设显示出了主人的富有。房间里点缀着昂贵且华丽的灯饰，摆着一个法兰西第一帝国时代流行的写字台、一个闪闪发光的镀金壁炉架装饰品、一个镶嵌细工的橱柜，还有一个插满鲜花的花瓶摆放在窗台上。所有的椅子都是现代流行的式样，而且都带有华丽的软垫。

"请坐，"布兰德先生热情地说，"吸烟吗？或者你工作的时候是不吸烟的？"

"不，谢谢。"哈卡斯特说。

"也不喝点酒吗？"布兰德先生说，"嗯，好吧，我敢说这样对我们俩都好。现在说说有什么事吧？我想是关于十九号发生的事吧？我们的花园有一角是相连的，但是我们看不到彼此，除非是通过楼上的窗户向外看。这似乎是一件离奇的事——至少从今天早晨我读的本地报纸来看是这样。很高兴接到你的电话，因为这是一个获得真实消息的好机会。你们对漫天的流言蜚语根本没有办法。这使我的妻子很焦虑，她认为有一个凶手正逍遥法外。问题是如今他们怎么会让这些疯狂的人走出精神病院？是因获得假释送他们回家还是其他的什么理由？然后他们在其他人身上作恶，又被送回去关着。说起那些谣言！我是指我们的清洁工、送奶工还有报童私下议论的内容。你们会吃惊的。有人说他是被金属线勒死的，有人说他是被刀子捅死的，还有人说他是被短棍打死的。但不管怎么说，被害者是个男人吧？我的意思是说，不是那个上了年纪的女人被杀害了吧？报纸上说是一个无名男人。"

布兰德先生终于停了下来。

哈卡斯特微笑着，用不以为意的语气说：

"嗯，关于无名一说，他留了一张名片在他的口袋里，上面有一个地址。"

"看来这个故事又多了爆料的信息。"布兰德说，"但是你知道，人就是这样。我不知道是谁编造了这些事。"

"既然现在谈到了受害人，"哈卡斯特说，"也许你想看看这个。"

他再一次拿出了警方拍的照片。

"这就是他，对吗？"布兰德说，"他看起来完全是一个普通人啊，不是吗？就像你我一样普通。应该不是因为什么特别的理由被杀害的吧？"

"现在谈这个还早。"哈卡斯特说，"我想知道的是，布兰德先生，你曾经见过这个男人吗？"

布兰德摇了摇头。

"没有。我很擅长记住人们的面孔。"

"他没有因某种特别的原因拜访过你——推销保险或者真空吸尘器、洗衣机之类的东西？"

"没有，没有。确定没有。"

"我们也许应该问问你的夫人，"哈卡斯特说，"毕竟，如果他登门拜访，你的夫人会看到他。"

"是的，没错。我不知道，尽管……瓦莱丽的身体不是很好，你知道的。我不想让她感到难过。我的意思是，嗯，你们这张死者的照片，你觉得呢？"

"是的，"哈卡斯特说，"确实是这样。但不管怎样，这并不是一张会令人感觉不快的照片。"

"没有，完全没有。这张照片拍得很好。那家伙像睡着了一样。"

"你们正在谈论我吗,乔塞亚?"

通往隔壁房间的一扇门被推开,一位中年妇人走进来。哈卡斯特认为她一直都在隔壁仔细听着屋里的动静。

"呃,你来了,亲爱的,"布兰德说,"我以为你正在打盹儿呢。这是我夫人,哈卡斯特探长。"

"那个可怕的谋杀案,"布兰德太太喃喃低语,"我一想到它就会浑身颤抖。"

她轻轻叹了口气,在沙发上坐下来。

"抬起你的脚,亲爱的。"布兰德说。

布兰德太太照着做了。她是一个有着沙色头发的女人,说话有气无力,脸色苍白,看起来似乎挺享受她现在生病的状态。过了好一会儿,她让哈卡斯特探长想起了某个人。他努力回想那个人是谁,但没有想起来。那微弱而哀愁的嗓音继续说:

"我的身体状况不好,哈卡斯特探长,所以我的丈夫自然会让我回避一些会令我惊恐或担忧的事。我很敏感。你们正在谈论一张照片,我想,是关于那个被谋杀的男人。哦,天啊,这听起来多么可怕啊!我不知道我是否可以承受去看它!"

"其实很想看吧。"哈卡斯特心里暗自思忖着。

他带着稍许恶意地说:

"其实您最好还是不要那张照片,布兰德太太。我只是觉得也许您能帮助我们,看看这个人是否曾经上门拜访过。"

"我必须尽我的义务,对吗?"布兰德太太说着,露出了甜蜜而勇敢的微笑。她伸出了手。

"瓦莱丽,你有没有想过这会让你不安?"

"别那么愚蠢,乔塞亚。我当然要看。"

她是带着强烈的好奇心看这张照片的,探长也是这么想的,然而他大失所望。

"他看起来,真的,他看起来一点也不像死了。"她说,"完全不像被谋杀了。他不是被勒死的吗?"

"他是被刀子捅死的。"探长说。

布兰德太太闭上了眼睛,颤抖着。

"哦,天啊,"她说,"多么可怕。"

"你见过他吗,布兰德太太?"

"没有,"布兰德太太显得很勉强。"没有,没见过。他是那种上门推销东西的人吗?"

"他似乎是一名保险代理。"探长认真地说。

"噢,我明白了。没有,这种人从来没有出现过,我确信。你也不记得我提起过这类事,对吗,乔塞亚?"

"一点儿也没有。"布兰德先生说。

"他和佩玛繻小姐有什么关系吗?"布兰德太太问。

"没有,"探长回答,"她完全不认识他。"

"真是奇怪。"布兰德太太说。

"你认识佩玛繻小姐?"

"是的,我的意思是,因为我们是邻居,当然认识。她曾为打理花园,请我的丈夫给过她一些建议。"

"我猜你是一个很不错的花匠?"探长说。

"算不上,算不上。"布兰德不以为然地说,"没有时间,你知道。当然,就是懂一些皮毛而已。但是我有一个很好的伙计一星期来两次。他照看花园中的植物,除草接枝,并让它保持干净整洁。可以说我的花园是这一带最好的,但我不是一个真正的花匠,我的邻居才是。"

"赖姆塞太太吗?"哈卡斯特惊讶地问。

"不是，不是，是六十三号那边的麦克诺顿先生。他只为花园而活。他整天都待在花园里，疯狂地给花草上堆肥。在堆肥的问题上，他真是一个让人头疼的家伙，但是我想这不是你想谈论的吧。"

"也不见得。"探长说，"我只是想知道是否有人，你或者你的夫人，比如，昨天正好待在花园里。毕竟，就如你所说，你们正好挨着十九号，也许你能看见昨天发生了什么奇怪的事，或者听到什么。"

"中午，是这个时间吗？我是说谋杀是在这个时间发生的吧？"

"大概是在一点到三点之间。"

布兰德摇了摇头。"那个时间我什么都没有看见。我在这里，瓦莱丽也是。我们正在一起吃午餐，我们的餐厅窗户朝着马路，看不见花园里发生的任何事。"

"你们是什么时候用的餐？"

"大约一点。有时是一点半。"

"饭后你们就没有再去过花园吗？"

布兰德摇了摇头。

"事实上，"他说，"我夫人午饭后通常都是上楼休息，如果没有很多事要做的话。我会在那边的椅子上小睡一会儿。我必须在，嗯，我想是三点差一刻的时间出门。但很不巧，我没有再去花园。"

"噢，好吧，"哈卡斯特说着，叹了口气，"每个人我们都要去问一问。"

"当然，当然。真希望我能多帮一点忙。"

"这房子真不错，"探长说，"恐怕花了不少钱吧。"

布兰德快活地笑着。

"嗯，我们喜欢所有美好的事物。我的夫人很有品位。一年前我们得到了一笔意外之财。我的夫人从她的叔叔那里继承了一笔财产。她有二十五年没有见过他了。令人大吃一惊吧！这确实对我们影响不小，让我们可以过得更好，我们正计划在今年来一次巡游。去一些像希腊这样历史悠久的国家。有许多学者在演讲中都提起过。嗯，当然，我是一个白手起家的男人，没有那么多时间去研究这些事，但是我很感兴趣。那个发现了特洛伊古城的家伙，据说是一个杂货商，多么富有传奇色彩。坦白地说，我喜欢去外国，不是像平常那样去旅行，只是偶尔在巴黎过一个周末，就足够了。我有时会想变卖这里的财产，然后去西班牙或者葡萄牙，甚至是西印度群岛生活，当然就是想想而已。许多人都是这么做的，可以省下不少所得税，但是我太太并不喜欢这个主意。"

"我也喜欢旅行，但是我不想生活在英国之外的地方。"布兰德太太说，"我们所有的朋友都在这里。我的姐姐住在这里，很多人都认识我们。如果我们去了国外，会很陌生。还有，我们在这里有很好的医生，他很了解我的健康状况。我一点都不想找一位外国医生，我对那些人没有信心。"

"等着瞧吧，"布兰德先生兴高采烈地说，"当我们去旅行时，你就会爱上希腊的。"

布兰德太太一副不以为然的样子。

"我想，船上得有一位合适的英国医生。"她表示怀疑。

"当然会有。"她的丈夫说。

他送哈卡斯特和柯林来到大门口，再次表示由于没有帮到他们，他有多么遗憾。

"好了，"哈卡斯特说，"你怎么看他？"

"我不会让他给我盖房子。"柯林说,"一个不诚实的小建筑商不是我们要在意的人。我们要找的是一个有奉献精神的人。你接手的这起谋杀案,进展总是不顺利。现在如果布兰德为了继承妻子的钱财而给她下了砒霜,或者把她一把推进了爱琴海,然后娶了一个高雅的金发——"

"等这件事真的发生时,我们自会处理。"哈卡斯特探长说,"现在,我们还要继续这起谋杀案的侦查。"

第十章

在威尔布拉汉新月街六十二号,赖姆塞太太鼓励自己道:"现在只剩两天了,只剩两天。"她把前额处几缕湿发向后捋了捋。一声极大的碎裂声从厨房传过来。赖姆塞太太甚至不想过去看到底是什么发出的声音。如果她能假装没有听到这个声音就好了。噢,天哪!只剩两天了。她走着穿过了门厅,猛地推开了厨房的门,声音比三周前温和很多,

"你究竟做了什么?"

"对不起,妈妈。"她的儿子比尔说,"我们正在用这些罐子当保龄球玩儿,进行比赛,不知怎么有一些滚到了碗碟架的下面。"

"我们不是故意让它们滚到碗碟架下面的。"她的小儿子泰德兴冲冲地说。

"好吧,收拾起这些东西,把它们都放回碗碟架,把破碎的瓷器扫干净,倒进垃圾箱。"

"噢,妈妈,不是现在吧?"

"是的,现在就做。"

"泰德会做的。"比尔说。

"亏你说得出口,"泰德说,"总是让我去干。如果你不做,我也不做。"

"打赌你会去做。"

"打赌我不会做。"

"我会让你做。"

"你敢!"

两个孩子激烈地扭打起来。泰德被比尔用力推了一把,后背撞上餐桌,眼看装有鸡蛋的一个碗就要掉下来了。

"给我滚出厨房!"赖姆塞太太喊道。她推着孩子们出了厨房,关上门,开始收拾罐子,清扫瓷器的碎片。

"再有两天,"她想着,"他们将回到学校!对于母亲来说,这是多么令人愉快和幸福的事啊。"

她隐约地记起了一位专栏女作家的戏谑评论:

一个女人一年中仅有的六天幸福时光。

每逢假期的第一天和最后一天。多么真实啊,赖姆塞太太一边想着,一边清扫着心爱的餐具的碎片。在五周前,她是以多么愉快的心情在期待着孩子们回家啊!可是现在呢?"后天,"她不断重复着,"后天比尔和泰德就要回学校了。我几乎不敢相信。我等不及了!"

五周前在车站见到他们,那时是多么快乐啊。他们那热烈的、充满深情的见面礼!他们绕着房子和花园跑来跑去的样子。那为了搭配茶而特意准备的蛋糕。然而现在,现在她期待的是什么呢?平平静静过完一天。不用再忙着准备各种吃的,不用再不断地忙各种琐事。她爱这两个孩子。他们是好孩子,这一点毋庸置疑。她因有他们而骄傲。但是他们也让人筋疲力尽。他们的好胃口,他们的活力,还有他们那吵吵嚷嚷的声音。

就在这时,又响起了刺耳的喊叫声。她警觉地扭过头。这就对了，他们到外面花园去玩了。这会好一些，花园有充足的空间。不过他们可能会惹恼邻居。她祈祷他们离黑姆太太的猫远一点。坦白地说，这不是为猫着想，而是因为黑姆太太家的花园周围那些用铁丝围成的屏障很容易划破他们的短裤。她瞥了一眼急救箱，就放在旁边的梳妆台上。这倒不是因为她太过小题大做，事实上，出现这种事后她要说的第一句话永远都是——"我已经告诉过你们几百次了，不要把血弄在客厅里！直接去厨房，在那里我会擦干净油毡的。"

一声兴高采烈的尖叫突然中断了，而后则是一片寂静。这戛然而止的寂静让赖姆塞太太感到一阵突然的慌张。确实，这寂静是有不同寻常的原因的。她犹疑不决地站着，盛着瓷器碎片的簸箕还在她手里。厨房的门开了，比尔站在那里。他那张十一岁的小脸上露出了既畏怯又狂喜的表情，完全不同于平常。

"妈妈，"他说，"来了一位侦探，后面还跟着一个男人。"

"噢，"赖姆塞太太松了一口气，说道，"他来做什么，亲爱的？"

"他要找你，"比尔说，"应该是和那桩谋杀案有关。你知道的，就是昨天发生在佩玛繻小姐家里的。"

"我不明白他为什么会来找我。"赖姆塞太太有些心烦地说。

生活中的事情总是一件接一件地发生，她想着。她做爱尔兰炖肉的这些土豆该怎么办，探长怎么会在这个尴尬的时候来访呢？

"嗯，好吧，"她说着，叹了口气，"我想我最好过去。"

她把碎瓷器倒进了水槽下面的垃圾箱里，在水龙头下洗干净手，捋了捋头发，准备跟着比尔出去。他已经开始不耐烦了。"噢，快点，妈妈。"

赖姆塞太太进入了客厅，比尔紧靠她站在侧面。两个男人站在那里。她的小儿子泰德跟他们在一起,一双眼睛睁得大大的,盯着他们,露出羡慕的神情。

"赖姆塞太太吗?"

"早上好。"

"我想这些年轻人已经告诉你了吧?我是哈卡斯特探长。"

"真是让人尴尬。"赖姆塞太太说,"今天早上真不凑巧。我非常忙。您会占用很长时间吗?"

"只要一小会儿。"哈卡斯特探长试图安慰她,"我们可以坐下来吗?"

"噢,是的,请坐,请坐。"

赖姆塞太太坐在了一张直背椅上,不耐烦地看着他们。她想这绝不会只占用一小会儿。

"你们不用待在这里。"哈卡斯特亲切地对这两个孩子说。

"噢,我们不想走。"比尔说。

"我们不想走。"泰德附和道。

"我们想听你说。"比尔说。

"是的。"泰德说。

"现场有许多血吗?"比尔问道。

"是一个小偷吗?"泰德说。

"安静点,孩子们。"赖姆塞太太说,"难道你们没有听见吗?哈卡斯特先生说他不需要你们待在这里。"

"我们不想走,"比尔说,"我们想听。"

哈卡斯特向门口走去,打开门,看着这两个孩子。

"出去。"他说。

就这两个字,平静地脱口而出,却是一种权威的象征。不再多言,两个孩子起身,拖着步子走出了屋子。

"多么神奇。"赖姆塞太太想着,心里发出由衷的赞赏。"可是,为什么我没法做到呢?"

然后,她认真反思着,因为她是这两个孩子的母亲。她听说,这两个孩子在外面的行为和在家里时完全不一样。只有母亲才总会让事情这么棘手。但是也许,她反思着,宁愿他们像这样。如果在家里时是友善、安静、体贴而有礼貌的孩子,出去时却像小流氓,那将会更糟,是的,那样更糟。当哈卡斯特探长回来,再一次坐下时,她想起了他们此行的目的。

"如果是关于昨天在十九号发生的事,"她紧张地说,"我想我真的没有什么可说的,探长。我不知道有关它的任何事。我甚至不认识住在那里的人。"

"那栋房子里住着佩玛缡小姐。她双目失明,在阿伦伯格学院工作。"

"噢,是这样啊。"赖姆塞太太说,"恐怕我几乎不认识住在新月街下半段的人。"

"昨天十二点半到三点之间,你在这里吗?"

"噢,我在。"赖姆塞太太说,"我要做饭,还有其他的事。但是,我在三点之前出门了。我带着孩子们去了电影院。"

探长从口袋里拿出了照片,递给了她。

"请你告诉我,以前是否见过这个人?"

赖姆塞太太略带兴趣地看了看。

"没有,"她说,"没有,我想我没有见过。我不记得是否见过。"

"他没有因某种事件来拜访你吗?试图给你推销保险,或者类似的事?"

赖姆塞太太很肯定地摇了摇头。

"没有。没有,我确信他没有来过。"

"他的名字,我们似乎有一点线索,是叫寇里。R．H．寇里先生。"

他用询问的眼神看着她。赖姆塞太太再一次摇了摇头。

"恐怕,"她抱歉地说,"在假期中我确实没有时间去留意其他事。"

"这段时间总是很忙,对吧。"探长说,"你有两个好孩子。充满活力。有时他们会显得精力过于旺盛?"

赖姆塞太太笑了笑,表示赞同。

"是的,"她说,"有时有些累人。但是他们确实是好孩子。"

"我相信他们是,"探长说,"好孩子,他们两个都是。非常聪明。在我走之前我想和他们谈谈,如果你不介意的话。孩子们有时会发现大人们没有发现的事。"

"他们怎么会发现那些事呢?"赖姆塞太太说,"我们并不是邻居。"

"但是你们的花园背靠着背。"

"是的,这没错,"赖姆塞太太附和道,"但是它们之间是隔开的。"

"你认识住在二十号的黑姆太太吗?"

"嗯,那要看怎么说了,"赖姆塞太太说,"因为猫或者这样那样的事。"

"你喜欢猫?"

"噢,不,"赖姆塞太太说,"不是指这个。我的意思是说那些会遭到抱怨的事。"

"噢,我明白了。抱怨。有关什么的?"

赖姆塞太太脸红了。

"问题是,"她说,"如果人们像那样养猫——她养了十四只——他们会被搞糊涂的。这真是胡闹。我喜欢猫。我们以前也养过一只,一只花猫,很会抓老鼠。可是那个女人总是神秘兮兮的,特意给猫做吃的,几乎不让那些可怜的家伙出来享受自己的生活。所以这些猫总是想逃走。如果我是其中的一只猫,我也会逃走的。这两个孩子真的做得很好,他们没有欺负哪怕一只猫。我想说的是猫常常会很好地照顾自己。如果你对它们好,它们通常非常顺从。"

"你说得很对。"探长说,"你肯定很忙,"他继续说着,"因为在假期中要让孩子们过得快乐,吃得开心。他们什么时候回学校?"

"后天。"赖姆塞太太说。

"我希望接下来你能好好休息一下。"

"这意味着我要让自己变懒了。"她说。

一直在默默记笔记的另一个年轻人盯着她看了一会儿,突然开口说话了,这吓了她一跳。

"你应该找一个外国女孩,"他说,"互惠生,是这么叫的吧,来这里做一些杂事,她还能学习英语。"

"我希望我能试试看,"赖姆塞太太边说边考虑着,"我总认为外国人很难对付。我丈夫常常因此笑话我。但是在这件事上他毕竟比我知道得多。我不像他一样经常去国外旅行。"

"他现在在外面,是吗?"哈卡斯特说。

"是的。他在八月初去了瑞典。他是一位建筑工程师。多么遗憾他那会儿就走了,在假期刚刚开始的时候。他对孩子们是那么好。他甚至比孩子更爱玩电动火车。沿着铁路线、调度站,列车会顺利地穿过门厅,进入另一间房子。想不被它绊倒都难。"她摇了摇头,"男人也是孩子。"她带着几分宠溺的语气说。

"你知道他什么时候回来吗，赖姆塞太太？"

"我从来都不知道。"她叹了口气，"要想知道其实很难。"她的声音有些颤抖。柯林敏锐地看着她。

"我们不能再占用你的时间了，赖姆塞太太。"

哈卡斯特站了起来。

"也许你的孩子们可以带我们在花园里走走？"

比尔和泰德正在门厅里等着，立即对这个建议做出了回应。

"当然可以，"比尔抱歉地说，"但这花园不算大。"

看得出来，威尔布拉汉新月街六十二号的花园以前努力布置过，显得井然有序。园子的一边是大丽花坛和米迦勒节紫菀花坛，然后是一小片修建得不怎么平整的草坪。小径很需要用锄头翻动一下，飞机、航天发射器和其他代表现代科学的模型四处散置着，看起来已经磨损得不成样子。在花园的尽头有一棵苹果树，上面挂着红艳艳的苹果。旁边是一棵梨树。

"就是那家，"泰德说，他手指着苹果树和梨树之间的空间，从那里望过去，能清楚地看见佩玛繻小姐家房子的后面。"那就是发生谋杀案的十九号。"

"能很清楚地看见那幢房子，对吗？"探长说，"从楼上的窗户向外看，我想，会更清楚。"

"你说得对，"比尔说，"如果我们昨天正好在楼上，并且向窗外看去，可能会发现什么。但是我们没有。"

"我们在看电影。"泰德说。

"犯人有留下指纹吗？"比尔说。

"没有留下什么有用的指纹。你们昨天去过花园吗？"

"嗯，去过，整个早晨都进进出出的，"比尔说，"但是，我们没有听见任何声音，也没有看见任何事情发生。"

"如果我们下午待在那里，很可能会听见尖叫声。"泰德不无遗憾地说，"那是多么可怕的尖叫声啊！"

"你们认识佩玛缛小姐吗？就是那栋房子的女主人？"

两个孩子看着彼此，然后点了点头。

"她的眼睛看不见，"泰德说，"但是她能在花园里随便走，根本用不着拐杖之类的东西帮忙。有一次她将球扔回给我们，她扔得可真准。"

"昨天一天你们都没有看到过她？"

孩子们摇摇头。

"我们在早晨是见不到她的。她总是外出。"比尔解释道，"喝完下午茶后，她通常会出来在花园里待着。"

柯林正在探查一根从房间里水龙头上接出来的软管。它沿着花园的小径，一直延伸到梨树附近的角落处。

"从来都不知道梨树也需要浇水。"他说道。

"噢，那个。"比尔看起来有点难为情。

"若非如此，"柯林说，"如果你们爬上这棵树，"他看着两个孩子，突然咧着嘴笑了，"就可以对着猫呲水玩儿了，对吗？"

两个孩子用脚来回搓着地上的碎石子，到处张望，就是不看柯林。

"你们就是这样干的，对吗？"柯林说。

"噢，这个，"比尔说，"不会伤着它们，水管不会。"他很无辜地说，"像弹弓一样。"

"我想你们过去玩过弹弓吧。"

"不算吧，"泰德说，"我们从来没用它打过任何东西。"

"不管怎样，那根软管的确带给你们快乐。"柯林说，"然后黑姆太太就会跟着过来投诉吧？"

"她总是牢骚不断。"比尔说。

"你们曾经越过她家的围栏吗?"

"这边有铁丝,过不去。"泰德坦率地说。

"但是你们确实进过她的花园,对吗?是怎么做到的?"

"嗯,你可以穿过围栏,进入佩玛繻小姐家的花园。然后沿着一条小路走,在右边,你就可以推开篱笆进入黑姆太太的花园了。那儿的铁丝网上有一个洞。"

"闭上你的嘴,你这个傻子!"比尔说。

"我想自从谋杀案以后,你们就一直在寻找线索吧?"哈卡斯特说。

两个孩子面面相觑。

"看完电影回来后,听说发生了谋杀案,我打赌,你们一定穿过围栏去了十九号的花园,然后兴奋地看了个遍。"

"呃——"比尔提防地没有再多说什么。

"事情总是这么发生的。"哈卡斯特严肃地说,"你们可能已经发现了我们疏忽的东西。如果你们,嗯,捡到了什么并且可以把它给我看的话,我将会很感激。"

比尔下定了决心。

"去拿给他们,泰德。"他说。

泰德听话地跑开了。

"恐怕我们没有什么真正的好东西。"比尔坦白道,"我们只是假装它们重要。"

他不安地看着哈卡斯特。

"这个我很理解。"哈卡斯特说,"警察的工作大多都是这样。常常会有失望。"

比尔看起来松了一口气。

泰德跑了回来。递过来一块看起来很脏并且打着结的手帕,里边发出叮叮当当的响声。哈卡斯特打开结,摊开了里边的东西,两个孩子一左一右站在他身边。

有一个从杯子上掉下来的手柄,一片柳条状的瓷器碎片,一个坏了的抹子,一把生锈的餐叉,一枚硬币,一个晾衣夹,一小块虹彩玻璃和半把剪刀。

"一些很有趣的东西。"探长严肃地说。

他同情地看着孩子们热切的脸蛋儿,随手拿起了那片玻璃。

"我要这个。这也许会与某件事联系起来。"

柯林拿起了那枚硬币,仔细观察着。

"这不是英国钱币。"泰德说。

"没错,"柯林说,"这不是英国的。"他望着哈卡斯特。"我们也许还会带走这个。"他提议道。

"不要跟任何人说起。"哈卡斯特故作神秘地说。

孩子们高兴地满口应允了。

第十一章

"赖姆塞。"柯林若有所思。

"他怎么了?"

"我喜欢他的称呼,仅此而已。他常常出国,这点值得注意。他的妻子说他是个建筑工程师,但这似乎是她知道的有关他的一切。"

"她是一个好女人。"哈卡斯特说。

"是的,但不是一个幸福的女人。"

"很辛苦,就是这样。带孩子总会让人很辛苦。"

"我想不仅仅是这个。"

"我确信你要找的人肯定不会是那种拖家带口的人。"哈卡斯特表示怀疑地说。

"你不会知道的,"柯林说,"用孩子做掩护有多好用,如果你知道,一定会感到惊讶的。一个穷寡妇带着几个孩子,应该是很愿意被人照顾的。"

"我可不认为她是那样的人。"哈卡斯特一本正经地说。

"我不是指生活在罪恶中,我亲爱的朋友。我的意思是她同意化名为赖姆塞太太,并且还提供了她的背景信息。当然,他给她编了一个巧妙的故事。比如,他正在做我方间谍活动之类的。总之都是因为强烈的爱国主义精神。"

哈卡斯特摇摇头。

"你生活在一个奇怪的世界里，柯林。"他说。

"是的，确实如此。我想，你知道的，有一天我必须要离开……有人根本忘记了是非对错。这些人当中有一半都是以这两种目的而工作的，但是到最后，他们都不知道自己真正的立场。标准会让事情变得混乱。噢，算了，让我们回到正题吧。"

"我们最好去拜访一下麦克诺顿家，"哈卡斯特说着，停在了六十三号的大门口。"他的花园有一小角是与十九号相连的，像布兰德家一样。"

"关于麦克诺顿，你知道什么？"

"不多，他们在一年前搬来了这里。一对年迈的夫妇，都是已退休的教授。麦克诺顿先生懂园艺。"

花园的前面是一片玫瑰花丛，窗户下的花坛里盛开着秋水仙。

一个满脸愉悦、穿着鲜艳的印花罩衫的年轻女人给他们开了门，

"是你们在敲门吗？有什么事吗？"

哈卡斯特低语道："终于找到有外国人的人家了。"然后将名片递给了她。

"警察！"年轻女人说着，向后退了两步，盯着哈卡斯特，仿佛他是个恶魔。

"麦克诺顿太太在家吗？"哈卡斯特问道。

"麦克诺顿太太在这边。"

她带他们进了客厅，从这里可以俯瞰后花园。客厅里空无一人。

"她在楼上。"年轻女人不再笑了。她走进大厅，然后喊道，"麦克诺顿夫人，麦克诺顿夫人。"

从远处传来一个声音:"嗯。什么事?格蕾泰尔。"

"警察来了。两个警察。我让他们在客厅等候。"

楼上隐约传来一阵慌乱的脚步声。"噢,天哪。噢,天哪,接下来怎么办?"然后是一片脚步声,很快,麦克诺顿太太进来了,显得忧心忡忡。哈卡斯特很快就感觉出,麦克诺顿太太一定常常都是这种忧虑的神情。

"噢,天哪。"她又说,"噢,天哪。探长,这是怎么了,哈卡斯特。噢,是的。"她看着名片。"但是你为什么要见我们?我们不知道任何事。我的意思是那起谋杀案,是为了这事吧?我想,你们不会是因为电视执照的事吧?"

哈卡斯特对她说明了来意。

"这似乎很不寻常,对吗?"麦克诺顿太太情绪好了起来。"大概是中午时分。在如此奇怪的时间进屋行窃,正好是人们都在家的时间。但是现在这种事常常发生,都是在大白天。啊,我有几个朋友,他们出去吃午饭,来了一辆可搬运家具的大货车,这些人直接进门,拿走了所有的家具。整条街上的人都看到了,但是他们都以为这没什么错。你知道,昨天我确实听见了什么人在尖叫,但是安格斯说那是赖姆塞太太家那两个淘气的孩子在叫。他们常常在花园里模仿宇宙飞船发出的声音跑来跑去。你知道的,或者是火箭的声音,或者是原子弹的声音。有时听起来真的很吓人。"

哈卡斯特再一次拿出照片。

"你见过这个人吗,麦克诺顿太太?"

麦克诺顿太太急切地盯着照片。

"我几乎能确信我见过他。是的。是的,我很确信。那么,这是怎么回事?这是那个上门问我是否想买十四卷本新百科全书的男人吗？还是那个拿着最新款真空吸尘器上门的人？我们和他一点关系也没有，他去了前花园那边，在那里惹得我的丈夫很恼火。安格斯正在种一些鳞茎植物。你知道的，他不想被打扰，但这个男人不停地跟他介绍他带的东西。你知道的，讲它是如何上下来回清理窗帘的，如何清理门阶、楼梯、座垫以及做大扫除。所有的东西，他几乎说到了所有的东西。然后安格斯抬起头看着他，说，'它能种鳞茎植物吗？'我必须说这让我大笑不止，因为这句话迫使那个男人突然退后，接着离开了。"

"那么你真的能确定这个男人就是照片中的人吗？"

"嗯，不，我不能确定，"麦克诺顿太太说，"因为那是一个更年轻的男人，现在让我再想想。但是不管怎么说，我想我以前见过这张面孔。是的。我越看就越确定他来过这里，并且让我买过东西。"

"也许是保险？"

"不是，不是，不是保险。这些我的丈夫都已经办好了。我们已经全面投保。不是。但是总之，是的，我越看这张相片……"

哈卡斯特并没有因此而受到鼓励，相反也许更糟。从他以往丰富的经验来看，他认为麦克诺顿太太过于希望自己见过和谋杀案有关的人。所以她看那张照片越久，就越相信自己能记起照片中的那个人。

他叹了口气。

"他开着一辆大货车，我想，"麦克诺顿太太说，"但是我想不起是什么时候看见他的了。是一辆面包店的货车，我想。"

"你昨天没有看见他，是吗，麦克诺顿太太？"

麦克诺顿太太的脸色沉了一下。她把她看起来很脏的灰色卷发从前额处向后捋了捋。

"不，不，不是昨天，"她说，"至少——"她停下来，"我认为不是。"然后她的脸色又好了起来。"也许我的丈夫会记得。"

"他在家吗？"

"噢，他在外面的花园里。"她指了指窗外，一个年纪稍大的男人正推着独轮手推车沿着小路走。

"也许我们应该出去和他谈谈。"

"当然可以。请跟我来这边。"

她领他们穿过侧门，进入了花园。麦克诺顿先生这会儿看起来满脸都是汗水。

"这两位先生是从警察局来的，安格斯。"他的妻子气喘吁吁地说，"来了解发生在佩玛繻小姐家的谋杀案。这里有一张死者的照片。你知道吗，我肯定在哪里见过他。他是不是上周来过，当时问我们有没有要处理的古董，是那个人吗？"

"让我看看，"麦克诺顿先生说，"你拿着给我看就行。"他对哈卡斯特说，"我的手上沾着泥土，不能碰东西。"

"你的邻居说你很喜欢园艺。"哈卡斯特说。

"谁跟你说的？不是赖姆塞太太吧？"

"不是。是布兰德先生。"

安格斯·麦克诺顿哼了一声。

"布兰德不懂什么是园艺。"他说，"挖坑，这就是他所做的。然后把秋海棠、天竺葵和南非半边莲种下去。这不是我认为的园艺。那种花在公园里一样可以活。你对灌木感兴趣吗，探长？当然，现在不是栽种灌木的时节，但我这里有一两株灌木，你也许会对我能栽活它们感到吃惊。据说灌木只在德文郡和康沃尔可以长得很好。"

"恐怕我不算是一个园丁。"哈卡斯特说。

麦克诺顿看着他,就像是一位艺术家看着一位不懂艺术却知道自己喜好的人。

"也许我要开始谈那个不怎么让人愉快的话题了。"哈卡斯特说。

"当然。是昨天发生的事吧。当时我在花园里。"

"真的?"

"嗯,我的意思是说,当我听见那个女孩的声尖叫时,我在这里。"

"你当时在做什么?"

"嗯,"麦克诺顿先生像受到惊吓似的说,"我什么事都没做。事实上我以为是那两个要命的赖姆塞太太家的孩子。他们总是大叫,尖叫,制造噪音。"

"但是这尖叫声是从其他方向传过来的啊?"

"是的,如果这些男孩一直待在他们自家的花园里的话。但是他们不会,你知道的。他们经常穿越别人家的围墙和篱笆。他们追着黑姆太太家那些可怜的猫到处乱跑。没有人去管他们,这就是麻烦。他们的妈妈性格温和。当然,在家里没有男人的时候,孩子们就会变得无法无天。"

"我知道赖姆塞先生经常出国。"

"据我所知,他是位建筑工程师,"麦克诺顿先生含糊地说,"总是到处跑。是水坝方面的工作[①]。我绝没有骂人的意思,亲爱的,"他向他的妻子担保。"我是指这种修建大坝,或者是铺石油管道之类的工作。我也不知道实际的情况。他一个月前又匆忙赶去了瑞典。留下一堆活儿给孩子的妈妈——做饭和家务。嗯,难怪他

[①] 在英语中水坝(dam)和咒骂(damn)发音相同。

们会变野。他们本质不坏,只是需要管教。"

"你自己没有看到什么事吗?我的意思是除了听到尖叫声?是什么时候听到的,顺便问一下?"

"不清楚。"麦克诺顿先生说,"我进花园之前,通常会把手表摘下来。前几天水管被碾坏了,花了不少工夫才修好。那是什么时间,亲爱的?你也听到了,对吗?"

"肯定是两点半左右,是我们吃过午饭后的至少半小时。"

"我明白了。你们什么时候吃午饭?"

"一点半,"麦克诺顿先生说,"如果运气不错的话。我们的那个丹麦女孩可没有时间概念。"

"然后呢?你会小睡一会儿吗?"

"有时会。但今天没有。我需要接着做还没有完成的事。我清理了许多废料,然后把它们加在了堆肥里。"

"真是棒极了,做堆肥。"哈卡斯特一本正经地说。

麦克诺顿先生立即高兴了起来。

"太对了。再没有什么能比得上自家做的堆肥了。我让许多人改变了他们的观念。用那些化学肥料不等于自毁吗?让我带你看看吧。"

他热情地拉了拉哈卡斯特的胳膊,沿着小路推着小推车,走到了围墙边,这堵围墙把他的花园和十九号的花园分开了。堆肥四周环绕着紫丁香,让它呈现出了迷人的诱惑力。麦克诺顿先生把小推车推到了旁边的一个小棚里。小棚里整齐地摆放着各种工具。

"你把所有的东西都摆放得井然有序。"哈卡斯特评论道。

"一定要爱惜你的工具。"麦克诺顿说。

哈卡斯特仔细观察着十九号。在围墙的另一边是一条满是玫瑰的小径，一直通到屋角。

"你做堆肥的时候，有没有看见有人在十九号的花园里，或者是在屋里朝窗外张望，或者任何诸如此类的事？"

麦克诺顿摇了摇头。

"我什么也没有看到。"他说，"对不起没有帮到你，探长。"

"你知道的，安格斯，"他的妻子说，"我相信我确实看到了一个人影躲在十九号的花园里。"

"我认为你没有，亲爱的。"她的丈夫肯定地说，"我也没有。"

"那个女人一会儿说看见这个，一会儿又说看见那个，好像什么都能被她发现似的。"回到车里后，哈卡斯特喃喃地抱怨着。

"你难道不认为她认出了照片中的人吗？"

哈卡斯特摇了摇头。"我表示怀疑。她仅仅是在设想自己见过他。我太了解这种证人了。当我要她把事情说清楚些时，她就哑口无言了，对吗？"

"可不。"

"当然她也可以说在公交车上或者是在什么地方，那人就坐在她对面。但是如果你要问我是怎么回事，我觉得这仅仅是她一厢情愿的想法。你认为呢？"

"我也是这么想的。"

"我们没有了解到什么。"哈卡斯特叹了口气，"当然，有些事情似乎很奇怪。例如，黑姆太太，不管她如何将自己与猫混为一谈，也不应该毫不了解她的邻居佩玛繻小姐，这似乎不可能。还有，她对谋杀事件也是如此糊涂，显得漠不关心。"

"她就是一个糊里糊涂的女人。"

"没有头脑！"哈卡斯特说，"当你碰到这种愚蠢的女人，什么失火、偷盗和谋杀就是发生在她们周围，她们也不会去注意的。"

"她用钢丝网做的围墙很管用。那些维多利亚式的灌木丛让人几乎什么也看不见。"

他们回到了警察局。哈卡斯特咧嘴笑着,对他的朋友说:

"嗯,蓝姆巡佐,我现在可以准许你下班了。"

"不用再去走访了吗?"

"目前不用了。稍后我还要去走访几家,但不会带着你。"

"好吧,那么谢谢你今早带我一起。你会把我做的这些记录找人打出来吗?"他递上文件夹,"你说审讯是在后天吗?什么时间?"

"十一点。"

"好的。那时我会回来。"

"你要走了吗?"

"明天我要去伦敦作报告。"

"我能猜到是谁。"

"不许乱说。"

哈卡斯特咧嘴笑了。

"向那个老兄问好。"

"还有,我可能会去见一位专家。"柯林说。

"一位专家?做什么的?你这是怎么了?"

"没什么,除了脑袋太笨之外。不是那种专家。他也是干你们这行的。"

"苏格兰场?"

"不是。一位私家侦探,是我父亲的一位朋友,也是我的朋友。你这些不可思议的工作正好合他的胃口。他喜欢这种事。这会让他兴奋。我想他需要刺激。"

"他叫什么名字?"

"赫尔克里·波洛。"

"我听说过他。我以为他已经死了。"

"他还在世。但我感觉他无事可做。这比死更糟糕。"

哈卡斯特好奇地看着他。

"你真是一个奇怪的家伙,柯林。有这种奇怪的朋友。"

"也包括你。"柯林说着咧嘴笑了。

第十二章

打发走了柯林之后,哈卡斯特探长看了看整齐地写在笔记本上的地址,点了点头。然后又悄悄地把这个本子放回口袋,开始处理堆积在他桌上的日常文件。

他忙了整整一天。他派人出去给他买咖啡和三明治,收到了格雷巡佐的报告——没有找到有帮助的线索。在火车站和巴士站没有人认出寇里先生的相片。实验室有关衣物的检查结果也徒劳无功。西服是由一位技术很好的裁缝制作的,但是那个裁缝店的标签已被剪掉。想要隐藏的信息是寇里先生的身份?还是凶手的身份?死者牙齿的详细报告已经被分发到各处,这很可能是最有用的线索。它需要花一些时间,但终会有结果的。除非,寇里先生是一个外国人?哈卡斯特设想着,很可能这位死者是法国人,但是他的衣服却非法国制,上面也没有洗衣店的标记可供查询。

哈卡斯特并非没有耐性。确认身份常常是一项缓慢的工作。但到最后,一定会有人出面确认,也许是洗衣店老板、牙医、医生或是女房东。死者的照片将会被送到各个警察局,会被刊登在报纸上。不久,寇里先生的真正身份就会被查出。

同时,还有其他工作要做,不仅仅是寇里的案件。哈卡斯特一刻不停地工作到五点半。他再次看了看手表,认为现在正是去拜访另外几家的合适时间。

根据格雷巡佐的报告，希拉·韦伯已经回到卡文迪什文书打印社工作了，在五点时，她和住在麻鹬酒店的普迪教授有约，直到六点以后她才会离开那里。

那位姨妈的名字叫什么？罗顿，罗顿太太。住在帕默斯顿路十四号。他没有开警车，而是选择了步行走近路去。

据说帕默斯顿路从前是一条没有生气的道路。哈卡斯特注意到，大多数房子都被改建成了公寓或者是小屋子。当他转过拐角处时，一个女孩正沿着人行道向他走来，她似乎迟疑了一下。探长当时正想着其他事，他以为她是想问路。但是，如果真是那样，女孩怎么会改变主意，又继续从他身边走过？他想知道为什么突然间他就想到了鞋子。鞋子……不是，是一只鞋。这个女孩让他隐约感到有些面熟。她是谁？他最近见过的某个人……也许是她认出了他，想跟他说话吧？

他停下来，回头看着她。她这会儿走得很快。问题是，他在想，她的脸并没有什么明显的特征，很难让人记住，除非有什么特别的原因。她有蓝色的眼睛、白皙的皮肤和微微张开的嘴。嘴。这又让他想到了什么。她的嘴在做什么？说话？涂口红？没有。他对自己有些懊恼。哈卡斯特是以能记住人的脸部特征为荣的。他敢说，他永远不会忘记那些他在被告席和证人席上见过的人，但是毕竟他接触到的不仅仅是这些人。他不可能记得，比如，每一个曾经服务过他的女服务员。他也不可能记得每一位公交车女售票员。所以他决定先不想这件事了。

他来到了十四号。门是半开的，门边有四个铃，铃的下方写有姓名。他看见了罗顿太太。她住在底层的公寓里。他走进去，摁响了大厅左边门上的门铃。过了几分钟他才听到有动静。不久，他听到从里边传出了脚步声。一个高高瘦瘦的女人开了门，她的黑头发散乱着，穿着一件大罩衫，看起来似乎有些气喘吁吁。从屋里散发出洋葱的气味，显然是从厨房传过来的。

"是罗顿太太吗？"

"有什么事吗？"她带着怀疑的眼光看着他，有些不悦。

她大约四十五岁，长的有点像吉卜赛人。

"有什么事吗？"

"能允许我耽误你一点时间谈谈吗？"

"好吧，什么事？我现在非常忙。"她马上说道，"你不会是记者吧？"

"当然不是，"哈卡斯特用同情的语气说，"我猜想你是不是被记者打扰过很多次了？"

"确实是。一会儿敲门，一会儿摁门铃，然后问各种各样的愚蠢问题。"

"这非常惹人心烦，我知道，"探长说，"我希望我们能为你解忧，罗顿太太。我是哈卡斯特探长，顺便说一句，负责记者经常来烦扰你的那个案件。如果可以的话我们会尽量阻止那些事的发生，但是我们在这件事上也无能为力，你知道的，新闻界有他们自己的权利。"

"像他们那样给别人添麻烦，真是不应该。"罗顿太太说，"还说他们必须要为大众报道新闻。我曾经在报纸上看到他们的报道，全是一派胡言。据我了解，他们只会捏造事实。还是请你进来说吧。"

她向后退了几步，探长走过门阶，她关上了门。门口的垫子上有好几封信。罗顿太太正要弯腰捡起来，探长礼貌地抢先一步。递给主人之前，他的目光在那些信封上扫了一遍，看了看地址。

"谢谢你。"

她把它们放在了大厅的桌子上。

"去客厅吧,好吗?至少你先从这个门进去,我马上就来。厨房里的东西要煮好了。"

她急匆匆地赶去厨房。哈卡斯特探长最后留意看了一眼大厅桌上的那些信。一封是寄给罗顿太太的,另外两封是给R.S.韦伯小姐的。他按照罗顿太太所指进了房间。这是一个小屋子,非常脏乱,家具破旧,到处是污渍和不确定是什么的斑斑点点。房间里摆放着一个引人注目的、昂贵的威尼斯彩色浇铸玻璃皿,一个抽象的模型,两个色彩鲜艳的天鹅绒靠垫还有一个异国造型的大陶器浅盘。他想,姨妈或外甥女,两人之中有一人还蛮有品位。

罗顿太太回来了,比之前喘得更厉害。

"我想现在一切都安排妥当了。"她说,似乎还有些不确定。

探长再一次向她表示歉意。

"很抱歉,我的来访给你带来了诸多不便。"他说,"我是正好碰巧来到这一带,想就这个案件展开进一步调查。你的外甥女不幸被牵扯进来。我希望她不会受到这个事件的不利影响。对于任何一个女孩来讲,这都无异于晴天霹雳。"

"是的,确实是这样。"罗顿太太说,"希拉回来后状态很糟糕。但是今天早晨她就恢复了,还回去上班了。"

"噢,是的,我知道,"探长说,"听到她外出为某位客户工作,我不想因此打断她的工作,所以我想如果我来这里,在她自己的家里找她谈谈,是不是更好一些。但是她还没有回来,对吧?"

"她今晚可能会很晚才回来,"罗顿太太说,"她在为普迪教授工作。希拉说过一些关于普迪教授的事,他是一个没有时间概念的人。他总是说'这最多再花十分钟,所以我想我们还不如将它做完',然后,当然就是花费了将近四十五分钟的时间。他是一个很友善的人，总是心存歉意。有一两次，他极力劝她留下来一起吃饭。他看起来似乎很不安，因为他占用了她太多预料之外的时间。是的，这有时确实让人心烦。有什么我可以告诉你的事情吗，探长？也许希拉会被拖到很晚才回来。"

"嗯，也许吧。"探长微笑着说，"当然，我只是在几天前记下了一些微小的细节，我也不确定记下的这些东西是否正确。"他拿出笔记本，做出了想进一步查证的样子。"让我看看，希拉·韦伯小姐——这是她的全名，还是她还有另外的教名？对于这些事我们必须做到精确无比，你知道的，要作为庭审时的记录。"

"庭审是在后天，对吗？她收到了通知单。"

"是的，但是她不必担心，"哈卡斯特说，"她只需陈述发现尸体的经过。"

"你们还不知道那个人是谁吗？"

"不知道。恐怕现在还为时过早。他的口袋里有一张名片，最初我们以为他是一位保险代理人。但是现在看来那张名片似乎是别人给他的。也许他正在考虑为自己投保呢。"

"噢，是这样啊。"罗顿太太看起来并不热心。

"现在我写的这些名字看起来是正确的吧，"探长说，"我想我是把它写成希拉·韦伯小姐还是希拉 R. 韦伯小姐。我不记得全名了，是罗莎莉吗？"

"罗丝玛丽（Rosemary），"罗顿太太说，"她的教名是罗丝玛丽·希拉，但是希拉认为罗丝玛丽这个名字太奇特，所以她除了希拉之外没叫过其他名字。"

"我明白了。"哈卡斯特的声音听起来并没有因为他的预感获得证实而显得兴奋。他注意到另外的一个细节。罗丝玛丽这个名字没有引起罗顿太太的焦虑。对于她来说，罗丝玛丽仅仅是她的外甥女不再使用的一个教名而已。

"那么现在我直接进入主题了。"探长微笑着说,"我获悉你的外甥女是从伦敦来的,在过去约十个月里,她一直在卡文迪什文书打印社工作。我想你不知道确切的时间吧?"

"是的,确实不知道,我现在没法告诉你。是去年十一月的事。我想更接近于十一月底。"

"好的。这没有那么重要。在来卡文迪什文书打印社工作之前,她没有和你住在这里吧?"

"没有。这之前她住在伦敦。"

"你有她在伦敦的地址吗?"

"有,但我把它放在哪里了?"罗顿太太带着茫然的表情,四处看着这平日里就一团糟的房间。"我记性不好,"她说,"似乎是阿林顿格罗夫,我想是那里。从富勒姆路口出去。她和另外两个女孩合租一套公寓。对于年轻女孩来说,伦敦的房租真是太高了。"

"你记得她在那里工作的公司名称吗?"

"嗯,记得。霍普古德和特伦特。是一家房地产公司,在富勒姆路上。"

"谢谢你。所有事情都清楚了。据我了解,希拉·韦伯是一个孤儿?"

"是的。"罗顿太太说。她有些不安地动了动。她的眼睛不由自主地看了看门,"你介意我再去一下厨房吗?"

"当然可以。"

他为她开了门。她出去了。他怀疑他最后的那个问题是不是扰乱了罗顿太太的心情。她一直都是很乐意回答的。在等待罗顿太太回来这段时间里,他一直都在想这件事。

"很抱歉,"她充满歉意地说,"你知道的,做饭就是这样。所有的事情现在都做完了。你还有什么想要问我的吗?我记起来了,顺便说一下,那不是阿林顿格罗夫。而是卡林顿格罗夫,门牌号是十七。"

"谢谢你,"哈卡斯特说,"我刚才正在问你韦伯小姐是不是孤儿?"

"是的,她是孤儿。她的父母都去世了。"

"很久以前吗?"

"当她还是孩子的时候,他们就不在了。"

在她的说话声中显然有一种被冒犯的不快。

"她是你姐姐的孩子还是你哥哥的?"

"我姐姐的。"

"呃,好的。那么韦伯先生是做什么的呢?"

罗顿太太在回答之前停住了。她紧咬着嘴唇,然后说:"我不知道。"

"你不知道?"

"我的意思是我不记得了,这已经是很久之前的事了。"

哈卡斯特等着,知道她会再接着说的。她果然说了。

"这些与谋杀案有关吗?我的意思是她的父母是谁,她父亲的职业,她来自哪里等等诸如此类的问题,这些和谋杀案有什么关系呢?"

"我想这确实不重要,罗顿太太,不仅仅是在你看来。但是要知道,现在情况很特殊。"

"你这是什么意思?情况很特殊?"

"嗯,我们有理由相信昨天韦伯小姐去了那幢房子,是因为有人向卡文迪什文书打印社特意点名要找她。因此,这是一次蓄意的安排,有人要让她去那里。这个人也许——"他犹豫了一下说,"对她怀恨在心。"

"我无法想象有人会对希拉怀恨在心。她是一个非常乖巧的女孩,待人非常友好。"

"是的,"哈卡斯特温和地说,"这我早应该想到。"

"我不想听见别人对她说三道四。"罗顿太太不甘示弱地说。

"你说得极是。"哈卡斯特继续微笑着安抚她,"但是你必须意识到,罗顿太太,你的外甥女现在被设计成了受害人。就像他们在电影中说的一样,她被安排去了现场。某人安排她去了那个有死人的房间里,而且那个人才刚刚死去。从表面上看来,这件事性质很恶毒。"

"你的意思是,你的意思是说有人想故意陷害是希拉杀了那个人?噢,不,我难以相信。"

"是很难相信,"探长附和着说,"但是我们必须弄清楚事情的真相。会不会是,比如,某个年轻人,也许爱上了你的外甥女,而她也许并不在意?年轻人有时会做出一些过激的报复行为,特别是在他们心理很不平衡的时候。"

"我想不会发生这样的事。"罗顿太太皱着眉头,陷入了深思中。"希拉有一两个关系较好的男性朋友,但都是普通朋友关系。谁都没有认真过。"

"也许她住在伦敦的时候有过呢?"探长猜测着,"毕竟,我想你不会了解那里她所有的朋友。"

"不会的,不会的,不可能……好吧,还是你自己问她吧,哈卡斯特探长。可我从来没有听她说过任何此类事。"

"或者也可能是另一个女孩呢,"哈卡斯特暗示着。"也许和她一起住的女孩中,有人嫉妒她呢?"

"我猜想,"罗顿太太不敢肯定地说,"也许有个女孩想陷害她,但是绝不会严重到让她卷入谋杀案。"

这是一场敏锐的分析,哈卡斯特发现罗顿太太绝不是一个好糊弄的人。他很快说道:"我知道这一切听起来很不可信,但是整个案件就是这么荒谬。"

"肯定是有什么人发疯了。"罗顿太太说。

"即使是疯狂的行动,"哈卡斯特说,"在疯狂的背后也会有一个明确的意图。由这种意图引起的后续事件。这就是——"他继续说,"我找你了解希拉·韦伯的父母的原因。你会吃惊地发现,引起事件发生的动机,往往都根植于他们很久之前的经历。因为在希拉·韦伯还是个孩子时,她的父亲和母亲就去世了,自然,她无法告诉我关于他们的事情。所以我才找了你。"

"嗯,我知道,但是,好吧……"

他发现她的声音中再次出现了疑惑。

"他们是否在一次意外中,或是类似的事件里同时死亡的?"

"不,不是意外。"

"那他们是死于自然的原因了?"

"我,嗯,这个,我的意思是说,我真的不知道。"

"我想你知道的肯定比你告诉我的要多,罗顿太太。"他只好漫天猜测。"他们也许离婚了?诸如此类的事?"

"没有,他们没有离婚。"

"告诉我吧,罗顿太太。你知道,你肯定知道你姐姐是怎么死的吧?"

"我不知道怎么……我的意思是,我说不出口。重提那件事很困难,还是不要重提的好。"她的眼神飘忽不定,似乎陷入了绝望的困境。

哈卡斯特敏锐地看了她一眼，然后温和地说："希拉·韦伯是不是非婚生子？"

他看到她脸上先是出现了惊慌失措的表情，接着就释然了。

"她不是我的孩子。"她说。

"她是你姐姐的私生子？"

"是的。但是她自己不知道。我从来都没有告诉过她。我告诉她说她的父母亲很早就去世了。所以这就是为什么……嗯，你明白……"

"噢，是的，我明白，"探长说，"我向你保证，除非必须询问这条特别的线索，否则我不会去问希拉·韦伯这方面的问题。"

"你的意思是说你不会告诉她？"

"不会，除非案件中有什么事牵扯到这件事，我才可以说。看起来似乎不可能。但是我确实需要了解你知道的所有实情，罗顿太太，我向你保证，我会尽力保密，不会让其他人知道。"

"这不是什么光彩的事，"罗顿太太说，"这件事令我很痛苦。我姐姐是我们家最聪明的孩子。她是一名学校教师，并且工作出色。很受人尊敬，几乎该有的她都拥有。可是——"

"嗯，"探长巧妙地应了一声，"事情总是这样。她认识了这个男人，这位韦伯——"

"我甚至不知道他的名字，"罗顿太太说，"我从来都没见过他。但是有一天她来看我，告诉了我发生的一切。说她已经怀孕了，但那个男人不能，或者不想和她结婚。我一直不知道是哪种情况。她很有事业心，如果这件事情泄露出去就意味着她必须放弃她的工作。所以，理所当然的，我说我可以帮助她。"

"你的姐姐现在在哪里，罗顿太太？"

"我不知道，一点也不知道。"她强调着。

"可是她还活着吧?"

"我想是的。"

"但是你和她没有保持联系?"

"这是她要求的。她认为彻底一刀两断对于孩子和她都是最好的,所以就这么做了。我们两都有一些母亲留下来的额外收益。安把她这份收益的一半转给了我,用于抚养和教育孩子。她说,她将继续她的教育事业,但是会换一所学校。后来,她好像作为交换教师去国外了,去了澳大利亚或者其他什么地方。哈卡斯特探长,这是所有我知道的,也是我可以告诉你的全部事情。"

他看着她,沉思着。这真的是她知道的一切?一时间很难确信这些信息。这当然是她愿意讲出来的一切,但也可能她知道的就只有这些。从这些细微的描述中,哈卡斯特心中对她的姐姐有了这样一种印象,她是一个性格坚强又冷酷的女人,那种绝不会因一次错误而毁掉自己一生的女人。在保持头脑异常冷静的情况下,她为孩子的成长和幸福生活做好了安排。从那一刻起,她切断了自己的不幸,再一次开始了新生活。

他想,她对这个孩子的感觉是可以想象的。但是她的姐姐呢?他温和地说:"这似乎很奇怪,她竟然都没有给你们写过信,她不想知道孩子的成长情况吗?"

罗顿太太摇了摇头。

"如果你了解安,就不会这么想了。"她说,"她做事从来不拖泥带水,而且她和我并不是非常亲密。我比她小十二岁。就像我说的,我们一直都不是很亲近。"

"你丈夫对这种收养是怎么看的?"

"那时候我是个寡妇,"罗顿太太说,"我很年轻的时候就结婚了,丈夫死在了战场上。当时我经营着一家糖果店。"

"当时你们住在哪里？不是在克罗町这里吧。"

"不是。我们当时住在林肯郡。我曾经来这里度假。我很喜欢这里，就卖掉了糖果店，搬到这里生活。后来，当希拉长大要开始上学时，我在'罗斯科和韦斯特'找到了工作，那是一家很大的服装零售商公司。我现在还在那里工作。那里的人都很友好。"

"这样啊，"哈卡斯特说着，站了起来。"非常感谢你，罗顿太太，谢谢你坦诚地告诉我这一切。"

"但是你还没有和希拉谈话呢？"

"不必了。除非以后有必要，如果过去的一些事情经证明与威尔布拉汉新月街十九号的这起谋杀案有关，我才会再来找她。关于这个，我想，不太可能。"他从口袋里拿出了那张已经给无数人看过的照片，给罗顿太太看。"你不认识这个人吧？"

"他们已经给我看过了。"罗顿太太说。

她接过了相片，仔细辨认着。

"不认识。我确信，非常确信。我以前从来没有见过这个人。我想他不住在这附近，否则我是能够记起来的。当然——"她仔细看着。停了一会儿后，她接着又出乎意料地说，"我想他看着像个好人，一位绅士，对吗？"

在探长的经验里，这是已经过时的用词了，但是罗顿太太很自然地说了出来。"在乡下长大的人，"他想了想，"他们仍然是那么想的。"他再一次看着那张照片反思着，有一点惊讶，他竟然从没有这样想过。死者是一个好人吗？他一直都认为他是个坏人。也许是无意识的假设，也许是因为受了一些事的影响，在他的口袋里发现了名片，上面印着被证实是虚假的姓名和地址。但是他刚刚给罗顿太太的解释，如今看来很可能是真的。可能这张名片上印着的根本是一家假保险公司，而且这张名片也不是他们放的。他苦苦地思索着,这让整件事变得更加难以解决了。他再次看了看手表。

"我不能再耽误你做饭了,"他说,"但是你的外甥女还没有回来——"

罗顿太太回头看了看壁炉架上的时钟。"谢天谢地,屋里只摆着一个时钟。"探长暗自想着。

"是的,她是比平时回来得晚了。"她说道,"真是奇怪。还好伊娜没有多等。"

看到哈卡斯特脸上有些迷惑的表情,她解释道:"是她们公司的一个女孩。今天晚上她来这里找希拉,她等了一会儿,后来她说她不能再等了。她还约了人。她说明天或者其他时间再来。"

这让探长突然想到了什么。那个他在街上遇到的女孩!他现在知道了为什么她会让他想起鞋子。当然。这就是那个在卡文迪什文书社接待他的女孩吧,那个在他离开的时候,手里举着一只掉了跟的鞋子,一直在痛苦地思索该如何回家的女孩吧。他记得那是一个普通女孩,不十分漂亮,说话的时候嘴里嚼着糖。在街上当她从他身边经过时,尽管他没有认出她,她却认出了他。她在犹豫,好像有话对他说。他很想知道她到底想要说什么。她是想解释她去找希拉·韦伯的原因,还是她以为他要和她说话?他问道:"她是你外甥女的好朋友吗?"

"噢,不算什么特别的朋友,"罗顿太太说,"我的意思是说,她们只是同事而已,而且她是一个无趣的女孩,不是非常活泼。她和希拉也不是很要好。事实上,我想知道为什么她今晚那么急切地想见希拉。她说发生了一些她无法理解的事,她想问问希拉该怎么办。"

"她没有告诉你发生了什么吗?"

"没有,她说不是很重要的事。"

"知道了。好了,我必须要走了。"

"这真是奇怪,"罗顿太太说,"希拉没有打电话。如果时间晚了,她通常会这么做的,因为教授有时会请她共进晚餐。噢,希望她很快就会回来。有时乘坐公共汽车会排很长的队,麻鹬酒店又正好在海滨大道的尽头。你没有,没有什么信息要留给希拉吗?"

"我想没有。"探长说。

他向外走时随口问道:"顺便问一下,谁为你的外甥女选的这个基督教名,罗丝玛丽和希拉?你的姐姐还是你自己?"

"希拉是我们的母亲的名字。罗丝玛丽是我姐姐选的。实际上这是个很奇特的名字。充满幻想。但是我姐姐一点也不喜欢幻想,也不怎么多愁善感。"

"就这样吧,晚安,罗顿太太。"

探长从大门口转弯走进街道时,他想:"罗丝玛丽,嗯……罗丝玛丽是因为回忆?浪漫的回忆?或者很特别的其他事?"

第十三章
柯林·蓝姆的叙述

我走在查令十字路上,拐进了像迷宫一样的街道,在新牛津街和科芬园之间绕来绕去。这里有各种各样你想不到的商店:古董店、玩偶医院、芭蕾舞鞋店和外国熟食店。

我抵抗住了玩偶医院那一双双形态各异的蓝色或棕色玻璃眼睛的诱惑,最后来到了此行的目的地。这是一家昏暗的街边书店,离大英博物馆不远。在外面托盘上通常都摆放着书,有古典小说、旧教材以及各种各样的杂书,分别标明售价。其中有一些书几乎页码完整,甚至偶尔还会有品相极佳、完整无损的书。

我侧身穿过门廊。因为每天堆在入口两侧的书越来越多,随时都有倒塌的可能,所以不得不侧身而过。走到店里,你会发现这些书占据了所有的空间。到处都是书,或平放或竖立,姿态各异,显然是一碰就会倒的样子。书架之间的距离是如此狭窄,以至于你要花费很大力气才能走过去。这一堆一堆的书暂时搁置在架子或桌子上。拐角处的一个凳子被书包围着,上面坐着一位老人,戴着平顶卷边帽,长着一张平坦的脸,就像是一条酿馅鱼。他神态萎靡,就像那种放弃为不平等而斗争的萎靡。他试图掌控那些书,但是很显然是那些书成功掌控了他。他是书籍世界中的克努特国王①，在书潮涌动之前选择了退场。这是所罗门先生，书店老板。他认出了我，冷淡的眼神变得温和了一些，朝我点了点头。

"有没有我要的书？"我问。

"你得自己上去看看，蓝姆先生。还是在研究海藻之类的东西吗？"

"是的。"

"噢，那你知道位置。海洋生物学、化石、南极洲，在三楼。前天我收到了一个新包裹。虽然打开了，但是还没有整理好。就在那边的角落里，你自己看看。"

我点了点头，侧着身子走着，来到了书店后面一段脏脏的、不稳当的楼梯处。我上到二楼，这里有东方史、艺术、医学以及法国古典文学书籍。这一层的每个角落都拉着帘子。这是一个不为大众所知的有趣角落，但对专家学者却是开放的。这里就是那些被称为"奇珍异宝"的书籍的专属存放地。我走过去，继续上到了三楼。

在这里，各种考古学、博物学和其他受人推崇的卷宗随意地分类摆放着。我避开了学生、年老的陆军上校和牧师，转过了书架的拐角处，跨过地板上放着的很多已经打开的包裹，里边装满了书，这时我发现，我的路被一对紧紧相拥、陶醉在二人世界中的情侣挡住了。他们站在那里来回晃动着。

"对不起。"我用力将他们推到了一边，撩起遮住门的窗帘，利落地从我的口袋里拿出钥匙，转动着开了锁，然后走了进去。我发觉自己很不协调地站在门廊处。刷了水粉的干净的墙上挂着高原牛的版画，门上还装着闪闪发亮的门环。我小心地轻叩门环，

---

① 一〇一四至一〇三五年间的英国国王，一度兼任丹麦和挪威国王。

门开了，出来一位头发灰白的中年妇人，戴着一副奇特的老式眼镜，穿着一条黑色裙子，出人意料地搭配着一件薄荷绿柳条针织套衫。

"是你，对吗？"她没有寒暄，开门见山。"他昨天才问起了你。他不高兴。"她看着我摇了摇头，就像一个年长的家庭女教师对令人失望的孩子摇头似的。"你可以尝试做得更好一些。"她说。

"噢，饶了我吧，南妮。"我说。

"不要叫我南妮。"中年妇人说，"这很粗鲁。我以前跟你说过的。"

"这是你的错，"我说，"你不应该把我当作小孩子一样跟我说话。"

"你也该懂事了。快进屋，好好干吧。"

她摁了一下电铃，从桌子上拿起了电话听筒，说："柯林先生……是的，我带他进来。"她挂了电话，向我点头示意。

我穿过屋子最里面的一个门，进入了另一个房间，这里到处弥漫着香烟的气味，浓浓的烟雾让人什么也看不见。被烟熏得刺痛的眼睛好不容易能睁开后，我发现了组长庞大的身躯坐在一把陈旧的、没人要的老爷椅里。它的旁边是一张老式书桌，或者说是一张可旋转的写字台。

贝克上校摘下了他的眼镜，推开放着一本大书的旋转书桌，不大高兴地看着我。

"你终于来了？"他说。

"是的，长官。"我说。

"有什么收获吗？"

"没有，长官。"

"呃！没有用的，柯林，已经跟你讲过了，没有用的。新月形，真是的！"

"我还在琢磨。"我开始说话了。

"好吧。你还在琢磨。但是我们不能无期限地等你了。"

"我承认这是基于直觉。"我说。

"没有坏处。"贝克上校说。

他是一个喜欢争辩的人。

"我办过得最好的案件都是基于直觉。唯独你的直觉这次似乎没起什么作用。去过小酒吧了吗？"

"是的，长官。正如我告诉你的，我已经从新月街开始查了。我的意思是说新月街的房屋。"

"我可没认为你在说摆放着法式小面包的蛋糕房，但是，细想一下，也没有什么理由让我不去这么想。有些地方盲目迷恋法式新月形面包，但是做出来的面包的确没有法式面包的味道。把这些面包像现如今的其他东西一样冰冻。这就是为什么现在任何东西吃起来都没有味道的原因。"

我等着看他是否会就这个话题一直扯下去。这是他的嗜好。看到我对他期待的神情，贝克上校竟然忍住没有再说。

"已经查过一遍了吧？"他问道。

"差不多。但是还剩下一点点。"

"你需要更多的时间，对吗？"

"是的，我需要更多的时间，"我说，"但是我这会儿不想去其他地方了。那里发生了一些巧合，可能，只是可能意味着什么。"

"不要胡扯。说正经事。"

"调查主题，威尔布拉汉新月街。"

"什么都没查出来！还是有了眉目？"

"我说不好。"

"我要明确的信息，伙计。"

"碰巧有人在威尔布拉汉新月街被谋杀了。"

"谁被谋杀了？"

"还不知道他是谁。在他的口袋里有一张写有名字和地址的名片，但那是假的。"

"呃。也许是暗示。调查受到阻碍了？"

"那倒没有，长官，但是……"

"我知道，我知道。还是……嗯，你来这里有什么事？想得到允许，在威尔布拉汉新月街上继续调查，不管那荒唐的地方究竟在哪里？"

"是那个叫克罗町的地方。离波特伯雷有十英里。"

"是的，是的，非常好的地方。但是你来这里做什么？你通常都不会征求上级意见的。你不是喜欢一意孤行吗？"

"是的，长官，恐怕是的。"

"好的，那么，你有什么事？"

"我想调查几个人。"

贝克上校叹了口气，把旋转书桌拉回了原位，从口袋里拿出了圆珠笔，朝它吹了吹，然后看着我。

"说吧。"

"房子叫作'戴安娜小屋'。实际上是威尔布拉汉新月街二十号。住着一位叫黑姆太太的妇人和她的十八只猫。"

"戴安娜？呃，"贝克上校说，"月亮女神！戴安娜小屋。对。她是做什么的，这位黑姆太太？"

"什么都不做，"我说，"她只关心她养的猫。"

"真是一个极好的掩饰，我敢说，"贝克欣赏地说，"很可能如此。还有其他的吗？"

"没有了。"我说,"有一个叫赖姆塞的人住在威尔布拉汉新月街六十二号。据说是一位建筑工程师,经常出国。"

"听起来不错,"贝克上校说,"听起来很不错。你想了解他,是吗?没问题。"

"他有位太太,"我说,"非常好的一位太太,以及两个淘气任性的孩子。男孩。"

"嗯,这没什么,"贝克上校说,"这种事我知道。你还记得彭德尔顿吗?他有妻子和孩子。非常好的妻子,却是我见过的最愚蠢的女人。她自己都不知道,她的丈夫根本就不是东方图书交易中受人尊重的人物。想起来了,现在我记得,彭德尔顿还有一个德国太太和几个女儿。他在瑞士也有一个太太。我不知道他的这些太太的具体情况,是他个人的过度放纵还是仅仅是伪装。当然,他会说她们是用来做掩护的。嗯,不管怎样,你是想了解赖姆塞先生。还有其他的事吗?"

"我不确定。在六十三号还有一对夫妻。丈夫是一名已经退休的教授,名字叫麦克诺顿,苏格兰人,上了年纪,喜欢花时间做园艺。没有理由认为他和他的妻子有问题,但是——"

"好的。我们会去查。这些都是什么人,顺便问一下?"

"他们的花园紧挨谋杀案发生的那栋房子的花园,或是有部分相接。"

"像是法国人的做法,"贝克说,"我叔叔的尸体在哪里?在我姨妈外甥女的花园里。那么十九号本身呢?"

"屋主是一位双目失明的妇人,以前是一位学校教师。她在盲人学校工作,警察已经对她做了全面的调查。"

"独自居住吗?"

"是的。"

"你是怎么看其他这些人的?"

"我的想法是,"我说,"如果是这些人中的任何一个,在这些房子中的任一栋里行凶,就像我提到的,尽管有些冒险,但要在一天中的某个时间把死尸运到十九号,真是太容易了。这只是一种可能性而已。就是这样。还有一样东西我想给你看。这个。"

贝克伸手接过我递给他的那枚粘有泥土的硬币。

"一枚捷克硬币?你在哪里发现它的?"

"是在十九号的后花园里找到的。"

"有趣。在坚持不懈地追逐新月街和那上升的月亮时,你终究会发现些什么的。"他若有所思地又加了一句,"在这条街旁边的另一条街上,有一家酒吧叫作'升起的月亮'。为什么你不去那里碰碰运气呢?"

"我已经去过了。"我说。

"你总是有备而来,对吗?"贝克上校说,"来根雪茄吗?"

我摇了摇头。"谢谢,但今天我没有时间。"

"还要回到克罗町吗?"

"是的。有个庭审要参加。"

"它一定会延期的。确定不是去克罗町追女孩吗?"

"确定不是。"我机警地说。

贝克上校出乎意料地咯咯笑了起来。

"要小心谨慎些,兄弟!爱的冲动正在抬起它可恶的头颅。你认识她多久了?"

"哪有的事。我的意思是,的确有一个女孩,是她发现了尸体。"

"发现尸体时,她做了什么?"

"尖叫。"

"非常好,"上校说,"她跑着冲向了你,趴在你的肩膀上哭泣,告诉你这件事。对吗?"

"我不知道你在说什么。"我冷冷地说,"请你看看这些。"

我递给他一些警察拍的相片。

"这是谁?"贝克上校询问道。

"死者。"

"十之八九是你倾心迷恋的那个女孩杀了他。对我来讲整个故事听起来都很荒谬。"

"你还没有听过这个故事,"我说,"我没有跟你讲过。"

"我不需要别人告诉我。"贝克上校晃了晃雪茄。"快去参加你的庭审吧,我的小伙子,当心那个女孩。她的名字是不是叫作戴安娜,或者叫阿尔忒弥斯,或是任何如新月一样的名字?"

"不,不是的。"

"噢,记住,很可能是!"

第十四章
柯林·蓝姆的叙述

我已经很久没来过怀特黑文大厦了。几年前,这里还是一栋宏伟的现代公寓建筑。现在,路的两边矗立着许多栋异常壮观且更具现代化特色的建筑。走进去,我发现,这栋楼最近刚做了翻新装修。墙面都重新被涂上了淡黄色或淡绿色的漆。

我坐电梯上楼,按响了二〇三房间的门铃。给我开门的是那位彬彬有礼的男仆,名叫乔治。他的脸上露出了欢迎的微笑。

"柯林先生!好久没有看到你了。"

"是啊。你还好吗?乔治。"

"我身体很好,谢谢你,先生。"

我压低了声音。"他怎么样?"

乔治也压低了自己的嗓音,尽管似乎没有必要,因为他从一开始就已经很小心谨慎地在说话。

"我想,先生,他的情绪有些低落。"

我同情地点了点头。

"这边走,先生——"他接过了我的帽子。

"请这样通报吧,柯林·蓝姆先生。"

"好的,先生。"他打开了门,用清晰的声音传着话。"柯林·蓝姆先生来看您了,先生。"

他向后退，让我走过去，接着我进入了房间。

我的朋友，赫尔克里·波洛，坐在壁炉前一张他常坐的又宽又大的扶手椅上。我注意到一个长条形的矩形电火炉发着红光。刚到九月初，天气还挺暖和，但是作为第一个意识到秋天寒意的人，波洛很早就做好了防护工作。在他左右两侧的地板上整齐地堆着一摞书，更多的书放在了他左边的书桌上。在他的右手边放着一个还冒着热气的茶杯。我猜想那是一杯草药茶。他喜欢草药茶，还经常向我极力推荐。它们喝起来令人作呕，闻起来也很刺鼻。

"不要起来了。"我说。但是波洛已经站了起来。他张开双臂，向我走来，脚上一双漆皮鞋，闪闪发亮。

"啊哈，是你，就是你，我的朋友！我年轻的朋友，柯林。但是你为什么要自称蓝姆呢？现在让我想想。有一个俗语或是谚语。好像是老羊扮羔羊①，就是比喻老年妇人试图打扮得像年轻漂亮的女人一样。这用在你身上不合适。啊哈，有了。你是披着羊皮的狼，对吗？"

"不是那样的，"我说，"这仅仅是因为在我的工作中用真名不好，因为这会或多或少牵扯到我的父亲。因此就叫蓝姆。简短又好记，也合适。我有点自夸，别介意。"

"是这样吗？"波洛说，"我的好朋友，你父亲怎么样了？"

"老人家挺好，"我说，"整天在忙他的蜀葵，或者是菊花？一年四季过得真快，我现在都记不清那时开的是什么花了。"

"那么他一直在忙他的园艺吗？"

"每个人老了似乎都会这样。"我说。

"但不包括我。"赫尔克里·波洛说，"我曾经爱种西葫芦，

---

① Lamb 一词首字母大写时是姓氏，小写时则为羔羊之意。

是的,但是不会再有了。如果你想要最好的鲜花,为什么不去花房买呢?我想那个好警官要去写他的回忆录了?"

"他已经开始了,"我说,"但是他发现有很多东西必须得删除,到最后他得出了结论,剩下的没有被删除的反而都是些令人无法忍受的乏味之物,都不值得写下来。"

"做这一行的必须养成谨慎的习惯,是的。这很不幸。"波洛说,"因为你的父亲能讲一些很有趣的事。我很崇拜他。你知道,他的方法对于我来说,非常有趣。他总是那么坦率。他用的都是以前没人用过的方法。他会设置一个陷阱,很明显的陷阱,因此他想抓的人常常会说,'这太明显了,这不可能是真的。'接着他们就都落入了陷阱!"

我笑了。"是的,"我说,"如今已经不流行儿子仰慕父亲了。他们大多数似乎会坐下来,用笔尖发泄怨恨,记住他们能记住的所有不堪往事,然后满足地将它们写下来。但是就我个人而言,我很尊重我的父亲。我甚至希望和他一样出色,当然并不是要亦步亦趋地走他的老路。"

"可是也很相近了,"波洛说,"几乎是非常接近了,虽然你需要在幕后工作,而他不用。"他轻轻地咳了一下。"我想我应该祝贺你,最近取得了如此惊人的成功。拉金事件,不是吗?"

"现在看来事情进行得还算顺利,"我说,"然而我要做得远比这要多。而且,我今天来这里并非要找你谈这件事。"

"当然了,当然了。"波洛说。他挥手示意我坐到一把椅子上,递给我一杯草药茶,我立即拒绝了。

乔治这会儿恰好进来,手里拿着一瓶威士忌、一个酒杯和一根吸管,他把这些东西放在了我的手边。

"最近你都在做什么?"我问波洛。

我扫了一眼堆在他周围的各种各样的书,说:"看起来你像是正在做什么研究?"

波洛叹了口气。"你可以这么说。是的,从某方面来说确实如此。最近我急切地想找个问题。什么问题并没有关系,我对自己说,就像是歇洛克·福尔摩斯。香芹浸在黄油里的深度。最关键的是应该有个问题。我需要锻炼的不是肌肉,你明白的,而是脑细胞。"

"只是保持健康的问题。我理解。"

"正如你说的。"他叹息着,"但是,亲爱的,这个问题却不易获得。上个周四有人就给我带来了这样的问题。我的伞架上无缘无故地出现了三片干橘皮。它们是怎么到这里来的?它们怎么可能会出现在这里?我自己不吃橘子。乔治从来不会将干枯的橘皮放在伞架上。来拜访的客人也不可能随身携带三片橘皮。呵,这确实是一个问题。"

"你解出这个问题了吗?"

"是的。"波洛说。

他说话时,声音里更多的是悲伤,而非骄傲。

"最后的结果并不是非常有趣。因为原来的清洁女工被新来的人替代了,而新来的是带着她的一个孩子一起来的。这违反了规定。尽管这听起来不太有趣,然而,这需要一种执着的追求,来揭开各种伪装和谎言。这个问题还算令人满意,但不是什么大问题。"

"真让人失望。"我说。

"总之,"波洛说,"我这个人比较谦虚。但说实在话,杀鸡大可不必用牛刀。"

我严肃地摇了摇头。波洛继续说:"我后来花时间读了现实生活中各种不同的未解决的神秘事件。我应用自己的方法去解这些问题。"

"你是指类似布拉沃案件,阿德莱德·巴特利特案件和其他的案件吗?"

"正是。在某方面来说这很容易。我很确信是谁谋杀了查尔斯·布拉沃。也许还会有其他的人被卷入,但是她肯定不是整个事件的关键人物。然后就有了那个不幸的少年,康斯坦斯·肯特。她亲手勒死这个她深爱的小兄弟的真正动机,总是令人难以捉摸。但是对于我来说却不是这样。我一读到这个案件就发现了疑点。我心里很确信地知道答案是什么。唉,到目前为止,恐怕他们都已经去世了。"

我暗自思量,照以前发生的众多事件来看,谦虚并不是赫尔克里·波洛的优点。

"接下来我要做什么?"波洛继续说。

我猜想最近很少有人和他说话,所以他正陶醉在他的说话声中。

"我从现实生活转向了小说。你可以看到摆放在我左右两边的这些不同种类的犯罪小说。我一直在追溯过往的历史,这里——"当我进来时,他拿起了椅子扶手上的那本书。"这里,我亲爱的柯林,是《利文沃兹案》。"他把书递给了我。

"这要回到很久以前了,"我说,"我记得我的父亲提到他小时候读过这本书。我想我也应该读过它。现在读这个似乎已经过时了。"

"这本书好极了,"波洛说,"你可以仔细体会那个时代的大环境,还有它精心的安排和深思熟虑的情节。那些对于金发美女埃莉诺、月光美女玛丽的描述是多么丰富动人啊!"

"我必须再读一遍,"我说,"我已经忘记有关这些美女的情节了。"

"有一个女仆汉娜,非常典型,还有一个杀人犯,简直就是最佳的心理研究对象。"

我感到自己正置身于一堂讲座中,平心静气地听了起来。

"接下来我们来谈谈《亚森·罗宾冒险记》,"波洛继续说,"多么富有传奇色彩,多么虚幻的故事!但是这部作品所呈现出的内容又是如此有活力,如此生机勃勃,如此形象生动!故事可以说是荒谬的,但却经得起炫耀。这也是一种幽默。"

他放下了《亚森·罗宾冒险记》,拿起了另一本书。"这是《黄色房间的秘密》。啊,这本书是真正的经典之作!从头至尾,我一直都是这个看法。运用得如此自如的逻辑推理!那些批评它的声音,我记得,说它违反规则,我亲爱的柯林。不,不,也许有点,但绝不过分。只是有些细微的不同而已。不。贯穿全篇有个真理,但被细微而巧妙的言辞包裹住了。当你走到三条走廊的交叉点时,所有的事情在此刻都会水落石出。"他虔诚地断言,"名副其实的杰作,但是,我几乎已经忘光了。"

波洛一下又跳回到二十多年后,那些晚期作者的作品。

"我也读过,"他说,"阿里阿德涅·奥利弗夫人的一些早期作品。她算是我的朋友,也是你的朋友,我想。我不是很认同她的作品,请注意。她的作品讲述的事情都是极不可能发生的。为事件能达到高潮而做了过于冗长的铺垫,运用得很不自然。作为那个时期的年轻作家,她很笨拙地创造了她作品中的侦探,一个芬兰人,但是除了对西贝柳斯的作品有所了解之外,很显然她对芬兰人或芬兰毫不知情。她有原创的习惯,她偶尔会创作一部深刻的推理作品。在后期她学到了很多以前不知道的东西。譬如,警察办案的程序。关于轻武器的主题，她现在阐述得也不错。她现在最需要的是找一位律师或出庭律师做朋友，能让她写出关于法庭审讯中的确切内容。"

他放下了阿里阿德涅·奥利弗夫人的作品，拿起另一本书。

"现在是西里尔·奎恩先生。啊，他是一位大师，专门提供不在犯罪现场的证词。"

"如果我没有记错的话，他是一个非常无趣的作家。"我说。

"这倒是真的，"波洛说，"在他的书中没有特别令人惊骇的事。当然，会有一具尸体，偶尔会有更多。但是故事情节总是围绕着不在现场证明，列车时刻表，公交车路线和横越全国的设计展开。我承认，我喜欢这种错综复杂的、精心设计的不在场证明。我很喜欢拆穿西里尔·奎恩先生的设计。"

"我想你总是成功的。"我说。

波洛很诚实。

"不是每次，"他坦白地说，"不，不是每次。当然，在一段时间之后你会发现他的书都有些相似。尽管不在场的证明每次都发生在不同的事上，但是设计布局都很相似。你知道，亲爱的柯林，我设想西里尔·奎恩就坐在他的房间里，抽着烟斗，正如照片中的他一样，坐在那里，在他的周围散落着ＡＢＣ字母表、大陆火车时刻表、航空线路小册子和各种时刻表，甚至还有班轮的运行时刻。你想要怎样做，柯林，西里尔·奎恩先生总有他的办法。"

他放下了西里尔·奎恩的书，拿起另一本书。

"现在是加里·格雷格森先生。恐怖小说的作者，产量惊人。他的作品已有六十四部，我知道。他似乎与奎恩先生正好相反。在奎恩先生的作品里，事情总是缓缓发生着；而在加里·格雷格森的作品里，太多的事情总是同时发生。故事情节让人难以置信，并且由于大规模的混乱，总是找不到头绪。它们都被赋予鲜活的色彩。鲜血，小屋，尸体，线索，不断累积的恐惧膨胀着。一切都很可怕，一切都不是真实的生活。正如你说的，他不是我的茶。他，实际上，根本就不是一杯茶。他更像是这些美国鸡尾酒中的一种，那种更晦涩的酒，而它的构成部分非常值得怀疑。"

波洛停了一下，叹口气，然后继续他的演讲。"现在让我们来谈谈美国的作家。"他从左手边的那堆书里抽出一本，"这本是佛罗伦萨·艾克丝的，她的作品讲究秩序与方法，场面热闹。是的，什么都有。丰富多彩的情节，简洁明快的节奏。她这个人脑筋灵活，只是像许多美国作家一样，对于杯中物似乎有癖好。你知道，我是个品酒行家。故事里若能加一点当地而且年份够的红葡萄酒或是勃艮地葡萄酒，那实在是令人喜悦的事。然而若像美国恐怖小说中的侦探，每一页都要喝定量的黑麦酒和波本威士忌的话，就乏味无趣了。不论他饮一品脱或半品脱的酒，我都觉得对故事没有影响。然而美国书里的这种饮酒动机，却是到处可见，无法避免。"

"你是如何看待硬汉派的？"我问道。

波洛挥了挥手，仿佛在赶走一只无故闯入的苍蝇或蚊子一样。

"为暴力而暴力？从什么时候开始对这个感兴趣了？刚开始做警察时，我就目睹过许多暴力事件。你可能也读过一本医学教科书。然而，总的来说，我给予美国犯罪小说很高的评价。我认为相较于英国小说而言，它更加足智多谋，且富有想象力；相较于大多数法国作者而言，没有过于强调感情和气氛。现在就以路易莎·奥马利为例。"

他又一次埋头专心去找一本书。

"她的作品简直就是学术写作的优秀范本，然而读者却会因她的作品时而兴奋、时而担忧。瞧,那些位于纽约用褐石建成的高档住宅区。然而,什么是褐石?我从来都不知道?那些禁止他人入内的公寓,那些势利的行为,那些隐藏深处的犯罪行为,都在偷偷潜入。这些罪恶会发生,也确实发生了。她是了不起的作家,路易莎·奥马利,她确实是一位了不起的作家。"

他叹了口气,向后靠靠,摇摇他的头,喝完了剩下的草药茶。

"然后,总是会有你最喜欢的。"

他再一次专心去找书。

"《歇洛克·福尔摩斯探案集》,"他亲切地低语着,甚至于虔诚地说着这个词,"一代宗师!"

"歇洛克·福尔摩斯?"我问道。

"啊,不,不,不是歇洛克·福尔摩斯!是它的作者,亚瑟·柯南·道尔爵士,我向他致敬。有关歇洛克·福尔摩斯的这些故事在现实生活中遥不可及,充满了谬误和人为的策略。但是这种作品的艺术,啊,是完全不同的。让人充分享受语言之美,尤其是那位出色的华生医生。啊,那真是一大成功。"

他叹息着摇摇头,低语着,显然是无意中想到了什么:

"亲爱的黑斯廷斯。我的朋友黑斯廷斯,你经常听我提到的。我已经很久没有他的消息了。他竟然去了南美洲,在那里隐姓埋名,多么荒谬的做法,那里总在闹革命。"

"这不仅仅发生在南美洲,"我说,"当今全世界都在闹革命。"

"我们不要谈论这个爆炸性的问题,"赫尔克里·波洛说,"即使不得不谈论,也不要谈论这个。"

"实际上,"我说,"我来是想和你讨论完全不同的事情。"

"啊!你要结婚了,是吗?我很高兴,亲爱的,很高兴。"

"你怎么会想到这个,波洛?"我问道,"没有这种事。"

"这是常有的事,"波洛说,"这种事每天都会发生。"

"也许会有,"我坚定地说,"但不会是我。事实上我来是想告诉你,在谋杀案中我遇到了一个极小的问题。"

"真的?谋杀案中的一个小问题?你把它带来问我。为什么?"

"嗯——"我有点难为情。"我,我以为你会乐于帮忙。"我说。

波洛若有所思地看着我。他用他那体贴的手仔细抚摸着胡须,然后说话了。

"主人,"他说,"对他的狗经常都是很友善的。在外面,他会扔球给狗玩。狗,当然,对它的主人也很好。狗会捕捉兔子,或者老鼠,然后它把兔子或老鼠叼到主人跟前,放在主人脚下。然后它会做什么呢?它会摇尾巴。"

我忍不住笑了。"我正在摇我的尾巴吗?"

"我想你是的,我的朋友。是的,我认为你正在这么做。"

"好吧。"我说,"然后主人说了什么?他想看看小狗捉来的老鼠吗?他想知道这一切吗?"

"当然了,那是自然的。你认为我会对这个案子感兴趣,对吗?"

"主要是,"我说,"这个案子怎么都讲不通。"

"那不可能,"波洛说,"任何事情的发生都是有原因的。所有的事。"

"那好,你试试看吧。我失败了。我和这案子其实没什么关系,只是偶然碰到而已。你要知道,一旦死者的身份被确定,整个案件就很简单了。"

"你说话缺乏方法或逻辑。"波洛严肃地说,"请你给我列出事实。你说这是一起谋杀案,对吗?"

"没错,是一起谋杀案,"我向他确认,"嗯,事情是这样的。"

我详细地向他描述了发生在威尔布拉汉新月街十九号的事。赫尔克里·波洛向后靠着椅子。一边听我讲,一边闭着眼睛,并且用食指轻轻地敲打着座椅的扶手。当我终于讲完时,他并没有立即说话,好一会儿之后,他仍然闭着眼睛,问道:"不是开玩笑吧?"

"噢,千真万确。"我说。

"了不起。"赫尔克里·波洛说。他用舌头玩味着这个词,然后一个音节一个音节地重复着。"了——不——起——"说完,他的手指继续在扶手上轻敲着,并慢慢点头。

"嗯,"在等了好一会儿之后,我不耐烦起来。"你想说什么?"

"那么你想让我说什么?"

"我想让你告诉我解决方法。我从你这里知道,只要背向后靠着椅子,然后想想整个事件,就会得出答案。完全没有必要去问人,到处跑着寻找线索。"

"我一贯都是这样的。"

"啊,你这是吹牛,"我说,"我已经告诉你事实了,现在我想要答案。"

"就这些,啊?但是还有更多的事情要分析的,我的朋友。现在我们只是站在整个事件的开端。不是吗?"

"我还是想让你指出点什么来。"

"我明白。"他想了一会儿。"有一件事是确定的,"他断言,"这肯定是一个非常简单的案子。"

"简单?"我吃了一惊。

"自然是。"

"为什么说它肯定是简单的?"

"因为它看起来是那么复杂。如果它必须看起来是复杂的,那么它就一定是简单的。你能理解吗?"

"我不太明白。"

"真是奇怪。"波洛沉思着,"你刚才告诉我的,我想,是的,有些情节我很熟悉。现在我要想是在哪里,什么时间,我遇到了这些事……"他停下了。

"你的记忆,"我说,"肯定是一个宽广的犯罪案件储藏所。但是你不可能记得住所有事,对吗?"

"很不幸,是不可能。"波洛说,"但是这些回忆不时会有帮助。我记得,曾经在列日①有一个煮皂工。他为了娶一个金发速记员而毒死了自己的妻子。这成了一个典型案件。后来,很久以后,又发生了这种事。我察觉到了。这次发生在一只被绑架的哈巴狗身上,但是方法是一样的。我找到了与金发速记员和煮皂工一案的相同点,瞧! 就是那种事。现在在你告诉我的这起案子中,我有同样的似曾相识感。"

"时钟?"我满怀希望地提醒他,"假冒的保险代理人?"

"不,不是。"波洛摇着头。

"双目失明的妇人?"

"不,不,不。不要扰乱我。"

"我对你失望了,波洛,"我说,"我以为你会直接告诉我答案。"

"但是,我的朋友,你现在告诉我的只是一个模式。还有许多事等着去查明。假设这个人的身份被确定了。警察总是很擅长这种事。他们有犯罪记录,他们可以用死者的照片登广告找人,他们可以接触到失踪人群的清单,可以拿死者的衣服去做科学检

---

①列日,地处欧洲的中心,是比利时的大都市。

测等等。噢，是的，还有上百种其他的方法供他们使用。不用怀疑，这个人的身份肯定会被查出来的。"

"所以这会儿没有什么事可做了。你是这么想的吗？"

"总会有事要去做。"赫尔克里·波洛严肃地说。

"比如呢？"

他对我摇摆着他有力的食指。

"跟邻居谈一谈。"他说。

"我已经那么做了，"我说，"我和哈卡斯特一起去的，他问过了他们。他们不知道任何有用的信息。"

"啊，切，切，你就是这么想的。但是我向你保证，事情不是那样的。你去找他们，你问他们，'你看到什么可疑的事了吗？'他们说没有，然后你就认为事情真是这样的。但是我说让你和邻居谈话不是这个意思，我的意思是和他们聊天。让他们和你聊天。从他们的谈话中你总会在某处发现一条线索。他们会谈他们的花园，他们的宠物，他们的发型，他们的裁缝，他们的朋友或者是他们喜欢的食物。总之谈着谈着某句话就会暴露信息。你说在那些谈话中没有有用的信息。我说不可能是那样。如果你能给我一句一句重复他们说过的话……"

"嗯，这就是实际上我能做的，"我说，"我将所有的对话做了速记，我扮演的是巡佐的角色。然后我找人整理、打印了出来，带来给你。在这里。"

"啊，你真是一个好小伙，你确实很棒！你做得真是对极了。真的是。非常感谢。"

我感到很难为情。

"你还有其他的建议吗？"我问。

"是的，我总会有建议的。这个女孩，你可以和她去谈谈。

去看看她。你们已经是朋友了,不是吗?当她惊慌失措地从屋里冲出来时,你没有把她紧紧拥在怀里吗?"

"你已经受到加里·格雷格森作品的影响了,"我说,"你正在用戏剧的风格。"

"也许你说得对,"波洛承认道,"人被影响,那是真的,会受他一直所读作品的风格影响。"

"对于那个女孩——"我欲言又止。

波洛疑惑地看着我。

"怎么了?"他说。

"我不应该,我不想……"

"呃,原来是这么回事。你心里还是认为她与这起案件有些关系。"

"不,我不那么认为。她纯粹是因为很偶然的情况去了那里。"

"不,不,我的朋友,这不是纯粹的偶然。你很清楚。你已经告诉过我了。是因为有人打来电话指明要她过去的,特别指明的。"

"但是她不知道是为什么。"

"你无法确信她知不知道原因。很可能她知道原因,只是隐瞒了不说。"

"我认为不是那样的。"我固执地说。

"甚至于有可能在你和她谈过之后,你会发现原因,只是她自己没有意识到。"

"我真不明白该怎么办,我的意思是,我几乎不认识她。"

赫尔克里·波洛再一次闭上了眼睛。

"有时候,"他说,"异性相吸是很正常的事,只是人们不愿面对罢了。她是个漂亮的姑娘,我想?"

"嗯，是的，"我说，"很漂亮。"

"你得去和她谈谈，"波洛安排着，"因为你们已经是朋友了，你要再去，找借口看看那个双目失明的妇人。你要和她谈谈。你要去打印社，假装有什么手稿要打。你要和在那里工作的其他女孩交朋友。你要和所有的这些人谈谈，然后再来见我，告诉我他们跟你讲了什么。"

"可怜可怜我吧！"我说。

"一点儿不需要，"波洛说，"你会很享受这个过程的。"

"你似乎没有留意到我还有自己的工作要做。"

"你如果有一些放松的时间，你的工作会干得更好。"波洛向我保证道。

我站起来，笑了。

"好吧，"我说，"你是导师！还有什么智慧之言指教吗？你对这起奇怪的钟表案是什么看法呢？"

波洛又向后靠着椅子，闭上了他的眼睛。

他出乎意料地说出了这些话。

"时间已经来到，海象说，
去谈谈那许多事情。
关于鞋子、船还有封蜡，
以及卷心菜和国王。
为什么海水是滚烫的
猪是否长着翅膀。"

他再一次睁开眼睛，点了点头。

"你理解了吗？"他说。

"选自《爱丽丝镜中奇遇记》①中的《海象与木匠》。"

"没错。这就是目前我能做的,我的朋友。好好想一想吧。"

---

① 《爱丽丝镜中奇遇记》,英国作家刘易斯·卡罗尔创作的儿童文学作品。

第十五章

很多民众参加了庭审。由于谋杀案引起的恐慌,克罗町的人们对那个耸人听闻的事件表现出了极大的热情。然而,庭审的过程却不如想象中的有趣。希拉·韦伯无需惧怕对于她的严酷考验,因为就只有短短几分钟而已。

有一个电话打到了卡文迪什文书打印社,直接找她,让她去威尔布拉汉新月街十九号。她到了那里,按照提前被告知的指示进入了客厅。在那里她发现了死者,尖叫着冲出屋子求救。没有要问的问题或者要求进一步地详尽阐述。同时,马丁代尔小姐提供了证据,她的问讯时间更短一些。她接到一个电话,声称来自佩玛繻小姐,要求安排一位速记员去威尔布拉汉新月街十九号,指明要希拉·韦伯小姐,而且明确指示了进屋后该怎么做。她记录了电话打进来的时间是一点四十九分。这样,马丁代尔小姐也过关了。

接下来是佩玛繻小姐,她坚决否认了以上陈述。那天她没有打电话给卡文迪什文书打印社要求任何一个打字员去她那里。哈卡斯特探长做了简短的像例行公事一样的陈述。他一接到电话就去了威尔布拉汉新月街十九号,在那里他发现了死者的尸体。验尸官接着问他:

"你查出这个死者的身份了吗?"

"还没有,先生。由于这个原因,我请求这次审讯延期。"

"的确应当如此。"

接下来是提交医学证据。代表警方的里格医生对自己的工作和专业资质做了简单介绍,讲了他到达威尔布拉汉新月街十九号的经过,还有对死者做的检查。

"你能估测一个大概的死亡时间吗,医生?"

"我在三点半的时候对他做了检查。我推断死亡的时间应该是在一点半到两点半之间。"

"能否说得更精确一些?"

"恐怕做不到。据猜测,最可能的时间应该是两点或者更早一些,但是要考虑许多因素。如年龄及健康状况等等。"

"你验过了尸体?"

"是的。"

"死亡原因是什么?"

"被害者被一把薄而尖锐的刀子刺死。也许是一种法式烹饪刀具,尖端的刀刃逐渐变细的那种。这种刀的尖端扎进去……"医生娴熟地描述着匕首刺进心脏后的精确位置。

"死者是立即死亡的吗?"

"大约是几分钟之内就死亡了。"

"死者没有喊叫或者挣扎吗?"

"根据他被刺的情况来判断,没有。"

"你可以给我们解释一下吗,医生,这句话是什么意思?"

"我检查过他的内脏器官,并且做了一些实验。我要说的是,当他被刺杀时,正处于昏迷的状态,这是由于一种药物的作用。"

"你能告诉我们这种药物是什么吗,医生?"

"可以。它叫水合氯醛。"

"你能讲讲它是如何起作用的吗?"

"我只能猜测,它是混在酒精之类的东西里被喝下去的。水合氯醛的药效非常快。"

"就像在酒里掺了麻醉药,我想。"验尸官低声说。

"正是那样,"里格医生说,"他毫无怀疑地喝了这种液体,不一会儿就感到眩晕,然后就失去意识了。"

"以你的看法,他是在毫无意识的情况下被刺杀的?"

"我是这么认为的。这也可以解释为什么现场没有挣扎的痕迹,还有他死时外表安详。"

"他失去意识之后多久遇害的?"

"这个我无法精确地说出来。这主要取决于被害者的个人体质。但他肯定在半小时之内不会苏醒,很可能比半个小时要久。"

"谢谢你,里格医生。你有证据证明死者最后一次用餐的时间吗?"

"如果你是这个意思的话,他并没有吃午餐。他至少有四个小时没有吃固体食物。"

"谢谢你,里格医生。我想我没有问题了。"

然后验尸官环顾四周,说道:"审讯将休庭十四天,九月二十八日再次开庭。"

审讯结束了,人们开始向法庭外移动。伊娜·布伦特和卡文迪什文书打印社的其他女孩在一起。在要出门的时候,她犹豫了一下。打印社今天上午不用上班。其中一个女孩莫林·韦斯特对她说:

"怎么了,伊娜?我们去蓝鸟吃午餐吧?还有很多时间。无论怎样,你都有时间的。"

"我没有你那么多时间,"伊娜委屈地说,"沙猫告诉我让我最好在轮第一班时吃午餐。她真残忍。我原以为我有额外的一小时去购物或者做其他的什么事。"

"这就是沙猫,"莫林说,"真是小气,对吗?我们两点钟开始上班,大家都要到。你正在找什么人吗?"

"在找希拉。我没有看到她出来。"

"她很早就离开了,"莫林说,"一提供完证词就走了,是和一个年轻人一起,但是我没看清楚他是谁。你要一起吗?"

伊娜还是犹豫着无法确定。"你们先走,我无论如何得去买点东西。"

莫林和另一个女孩一起离开了。伊娜闲逛着。最后她鼓起了勇气,走向站在入口处的一位金发年轻警察。

"我可以再进去吗?"她怯怯地问,"我想和来我们办公室的那位什么探长说话。"

"哈卡斯特探长?"

"正是。那个人在今天早晨提供了证词。"

"嗯。"年轻警察望向法庭,看到探长正和验尸官跟郡警察局长商讨事情。

"他现在看起来很忙,小姐,"他说,"如果你可以过一会儿再来拜访,或者如果可以的话请留下你的信息……是很重要的事情吗?"

"哦,其实也不是很重要,"伊娜说,"这个,嗯,我只是不知道她说的是不是真的,因为我的意思是……"她转身离开了,仍然为难地皱着眉头。

她从谷物市场一路晃悠,走上了大街。她还是心神不定地皱着眉头,想着事情。思考从来都不是伊娜的强项。她越是想把事情搞清楚,她的大脑就会变得越糊涂。

她一度想大声说：

"但是不可能是那样的……不可能是她说的那样的……"

突然，像下定了决心似的，她从大街上转弯，走上了通向威尔布拉汉新月街的奥尔巴尼路。

自从媒体报道了在威尔布拉汉新月街十九号发生了一起谋杀案，每天都有大量的人聚集在那栋房子前面想看个究竟。在这种情况下，就连砖块和灰浆对围观的人群而言也成了一种真实存在的神秘的东西。在案发后的二十四小时，有一位警察在这里站岗维持行人的秩序。之后，虽说人们兴趣有所减退，但还没有完全消失。厢式送货车经过这里时会放慢速度；推着婴儿车的妇人在对面的人行道上会停留四五分钟，眼睛直直地盯着佩玛繻小姐整洁的居所，心里暗自思忖着什么；提着篮子外出购物的主妇睁着贪婪的眼睛，停下来，愉快地和朋友聊着闲话。

"就是那栋房子，有人在那里被……"

"尸体就在客厅里……不，我想客厅应该是靠前的那个房间，左手边的那一间……"

"杂货店的人告诉我，是右手边的那一间。"

"嗯，也许是吧，我曾经去过那里的十号，我很清楚地记得餐厅在右边，客厅在左边……"

"这可一点都不像是会发生谋杀案的地方，对吗？"

"那个女孩，我想，尖叫着从屋里跑出来，为了摆脱……"

"他们说她的精神现在还不正常，自从……过度的惊吓，当然……"

"大家都说，他是从后面破窗而入的。那个女孩进去，发现他的时候，他正在往袋子里装银器。"

"这栋房子的女主人是一个瞎子。可怜的人。所以，她当然不知道发生了什么。"

"噢,但是事情发生时她不在那里……"

"噢,我以为她在,我以为她在楼上,听到了他的声音。噢,亲爱的,我必须去买东西了。"

这种类似的对话随时都能听到。好像是被磁铁吸引一样,各种各样的人来到威尔布拉汉新月街,停下来,注视,然后走开,有些发自内心的渴望是需要被满足的。

这里,伊娜·布伦特还是迷惑不解。她发现自己被推挤着,夹在五六个人当中走着。他们正沉浸在观察凶宅的乐趣中。

伊娜总是容易受影响的,她也开始盯着看起来。

那么这就是那栋发生了谋杀案的房子!窗户上挂着网眼帘。看起来是那么温馨。然而,一个男人在那里被杀害了,被一把菜刀杀害了,一把普通的菜刀,几乎家家厨房都有一把菜刀……

像是被她周围人们的行为迷惑了,伊娜也瞪着眼,停止了思考……

她几乎忘记了自己是为什么来到了这里……

当一个声音在她耳边响起时,她吓了一跳。

她转过头一看,露出满脸的惊愕。

第十六章

柯林·蓝姆的叙述

1

希拉·韦伯悄悄从死因裁判法庭溜出去时，我发觉了。她的证词提供得很到位。事实上，很自然，她看起来有些紧张，但不是过度紧张。（贝克说什么来着？"表演得很出色。"我能听见他这么说！）

听完里格医生的证词后，我感到有些惊讶（狄克·哈卡斯特没有告诉我这个，但是他肯定知道）。然后我跟在她后面追了出去。

"毕竟这还不算太差，对吗？"当我赶上她之后说。

"不。实际上很容易。验尸官很和善。"她犹疑着，"接下来会发生什么呢？"

"会休庭，为了找出更多的证据。可能是两个星期，或者直到他们能确定死者的身份为止。"

"你认为他们会查出来吗？"

"噢，是的，"我说，"他们一定会查出他的身份。不用怀疑。"

她打了个冷战。"今天挺冷的。"

其实还不是非常冷。实际上，我认为天气还是很暖和的。

"去吃早午餐怎么样？"我提议，"你先不用回打印社,是吧？"

"不用。上午不上班，下午两点钟才上班。"

"那么一起吧。你感觉中国菜怎么样？我知道沿着这条街走，有一家中国小餐馆。"

希拉看起来有些犹豫。

"我得去买一些东西。"

"你可以稍后再去买。"

"不，不可以。有些商店在一点到两点之间关门。"

"好吧。那么一会儿再见面吧？半小时之后？"

她说可以。

我沿着海岸走着，然后坐到了一个棚子下。在这里，海风迎面吹过。我需要好好想想。当别人了解你的程度比你自己还多时，你往往会被激怒。但是老贝克、赫尔克里·波洛和狄克·哈卡斯特，他们确实都清楚地发现了那件我不想承认的事，其实是事实。

我在意这个女孩，以一种以前从未对任何女孩有过的方式在意着。

不是因为她的美貌。她的确很漂亮，不是普通的那种漂亮。也不是她的性感，我经常遇到性感的女人，已经能自如应对。

仅仅是因为，几乎是从第一次开始，我就认为她是我心目中的女孩。

然而我对她却丝毫不了解！

2

时间刚过两点，我走进了警察局，去找狄克。他正坐在办公桌后面，快速地翻着一堆东西。他抬起头来，问我对庭审有何看法。

我告诉他，我认为可以称得上秩序井然。

"我们国家很擅长这类事情。"

"你怎么看医学证据?"

"真是个意外。为什么你之前没有告诉我?"

"你离开了啊。你咨询过你的专家吗?"

"是的,我问过了。"

"我不大记得他的长相了。似乎留着一撮胡子。"

"很浓密,"我附和着,"他以那个胡子为傲呢。"

"他肯定很老了。"

"是老,但不糊涂。"我说。

"为什么你执意要去见他?仅仅是因为人类的善良天性?"

"你真是拥有警察特有的喜欢怀疑的思维,狄克!主要是这个原因。但我承认,还由于好奇心作祟。我想听听他对我们做出的特别行动计划的看法。你明白,他总在说,他只要坐在椅子里,把他的指尖对称地放一起,闭上他的眼睛,然后思考,就可以轻易破案。我是想诱使他交出底牌。"

"他这样从头到尾做给你看了吗?"

"他做了。"

"那么他说什么?"狄克好奇地问道。

"他说,"我告诉他,"这肯定是一起非常简单的谋杀案。"

"简单,我的天啊!"哈卡斯特站了起来,"为什么说简单?"

"据他所说,"我说,"因为整个计划安排得太复杂了。"

哈卡斯特摇摇头。"我不明白他的意思,"他说,"这听起来像是年轻人在切尔西①说的斗智斗勇的故事,但是我不懂。还有其他的吗?"

---

①切尔西(Chelsea)为伦敦自治城市,坐落在泰晤士河北岸。随着十九世纪三十年代一些知名作家的到访,这里逐渐成为文艺界人士的聚居地。

"嗯，他告诉我去跟邻居们谈谈。我向他保证我们已经那么做过了。"

"鉴于医学证据显示的结果，邻居那边的发现现在看来更重要。"

"据推测，他先被别人用药麻醉了，然后移到十九号被杀害的？"

这些话听起来似曾相识，我不禁一惊。

"那像是，什么太太，那位养猫太太说的话。当时她说了一句很有趣的话，让我很惊讶。"

"那些猫，"狄克哆嗦着说，他继续说，"我们已经找到了凶器，顺便说一下。就在昨天。"

"你们找到了？在哪里？"

"在那户养猫的人家里。大概是凶手杀了人之后扔到了那里。"

"没有指纹吧，我想？"

"被仔细地擦过了。它是一把普通的刀子，没怎么用过。看样子是最近才磨利的。"

"所以事情就像你说的。先有人将他麻醉，然后他被带到了十九号？用车子吗？怎么运过去的？"

"他很可能是从与十九号有着相邻花园的房子中的一间里被搬运过去的。"

"这有点冒险，不可能那么做吧？"

"这需要胆量，"哈卡斯特说，"而且还需要很了解周围邻居的生活习惯。用车搬运的可能性更大。"

"那也是在冒险。人们会发现有辆车。"

"没有人看到。但是我同意凶手不可能保证他们不会被人撞见。那天一定有路人注意到十九号门前停着一辆车——"

"我想知道是否有人注意到，"我说，"每个人看到车都认为那是习以为常的事。除非，当然，是一辆十分豪华的车，很不寻常的那种，但是那不可能——"

"当时还是午餐时间。你明白了吗，柯林，这又要想到蜜勒莘·佩玛繻小姐了？似乎很难让人设想一个四肢强壮的男人被一个双目失明的女人刺杀。但如果是在麻醉的情况下呢——"

"换句话说，'如果他是到这儿来找死的。'就像黑姆太太所说，他在毫不怀疑的情况下，如约到访，喝了一杯雪利酒或是鸡尾酒。这种混有麻醉药的酒很快就起了作用，接着，佩玛繻小姐就行动了。然后她洗了酒杯，麻利地将尸体放到地板上，把匕首扔进了邻居的花园里，跟往常一样又出去了，就像什么事情都没发生过一样。"

"在路上给卡文迪什文书打印社打了电话——"

"为什么她会这么做？特意要求找希拉·韦伯？"

"我希望我们知道。"哈卡斯特看了看我，"她知道吗？那个女孩自己知道吗？"

"她说她不知道。"

"她说她不知道，"哈卡斯特刻板地重复着，"我正想问你，你怎么看这件事？"

我有片刻没说话。我在想什么？我现在必须做出决定。真相终会大白。如果希拉真的是我相信的样子，她就不会受到伤害。

我从口袋里拿出一张明信片，从桌上递过去，让它滑到哈卡斯特那边。

"希拉从邮局收到了这个。"

哈卡斯特仔细看着它。这是一套有关伦敦建筑的明信片中的其中一张。图案是中央刑事法庭。哈卡斯特把它翻过来。右边是打印上去的地址。很整齐地写着：苏塞克斯，克罗町，帕默斯顿路十四号，R.S.韦伯小姐。左边也是打印上去的，写着"记住"两个字，底下写着四点十三分。

"四点十三分，"哈卡斯特说，"这是那天闹钟显示的时间。"他摇了摇头，"一张中央刑事法庭的照片，两个字'记住'，一个时间，四点十三分。这一定与什么事有着密切的联系。"

"她说她不知道这代表什么意思。"我接着又补充了一句，"我相信她说的话。"

哈卡斯特点了点头。

"继续就此查下去。我们也许可以查出些什么。"

"希望如此。"

这时我们之间的气氛变得有些尴尬。为了缓解气氛，我说："你有很多文件要处理吧？"

"和往常一样，大部分都没什么用。死者没有犯罪记录，他的指纹没有存过档。实际上，所有这些信件都来自一些自称认出他的人。"他读起来：

"亲爱的先生，报纸上刊登的这个人，我几乎可以肯定地说就是前两天在威尔斯登车站赶火车的那个人。当时他嘴里不断咕哝着什么，看起来极度兴奋，当时我就觉得有些不对劲。"

"亲爱的先生，我想这个人看起来很像我丈夫的表哥约翰。他出国去了南非，可能现在回来了。他出去时留着小胡子，但是当然，他也可以把它剃掉。"

"亲爱的先生，我昨晚在地铁里看到了报纸上的这个男人。当时我就在想，一定有什么不寻常的事发生了。"

"当然，女人们都以为自己认得她们的丈夫。其实，似乎她们并不能清楚地记得丈夫的长相。还有一些满怀希望的母亲，认为她们还认得已有二十年未见面的儿子。

"这是一张失踪人员的名单，但帮不到我们。'乔治·巴罗，六十五岁，从家中走失。他的妻子认为他肯定失忆了。'下面还留有一张便条，'欠了很多钱。有人看见他和一个红发寡妇一起四处游荡。已然逃之夭夭。'

"下一封：'哈格雷夫斯教授，原定上周二演讲。但没有出现，既没有打电话说明缺席的原因，后续也没有任何理由告知。'"

哈卡斯特似乎并没有认真地想哈格雷夫斯教授的事是怎么回事。

"不管演讲是在这周之前还是这周之后，"他说，"很可能他已经告诉了管家他要去哪里，却没有去成。我们收到过很多类似的信件。"

哈卡斯特桌上的电话响了。他拿起听筒。

"是的？……什么？……谁发现她的？她有留下姓名吗？……我知道了。继续吧。"他放下听筒。这时他把头转向我，我看到了一张由于愤怒而完全扭曲的脸。

"有人在威尔布拉汉新月街的一个电话亭里发现有个女孩死了。"他说。

"死了？"我瞪大了眼睛看着他，"怎么死的？"

"被勒死的。用她自己的围巾！"

我突然感到全身一阵冰冷。

"哪个女孩？不会是——"

哈卡斯特向我投来冷冷的、带着审视的眼神，这让我感到不舒服。

"不是你的女孩，"他说，"如果你正在担心她的话。那里的警员说似乎认识死者。他说是和希拉·韦伯同一间办公室的姑娘。她的名字叫伊娜·布伦特。"

"是谁发现她的？那里的警员吗？"

"是华特豪斯小姐发现了她，住在十八号的那个女人。好像是因为家里电话坏了，她去电话亭打电话，然后发现那个女孩缩成一团倒在地上。"

门开了，一个警察走进来说：

"里格医生打来电话说，他正在路上，长官。他会在威尔布拉汉新月街与你碰面。"

第十七章

一个半小时之后,哈卡斯特探长在他的办公桌后坐下来,喝着一杯茶,稍微松了口气。他看起来依然是冷酷且愤怒的。

"打扰一下,长官,皮尔斯说他有话跟你说。"

哈卡斯特站起来。

"皮尔斯?噢,好的。让他进来。"

一位看起来满面愁容的年轻警察走了进来。

"对不起,长官,我想也许我应该告诉你。"

"嗯?告诉我什么?"

"是在审讯之后,长官。我正在门口执勤。这个女孩,就是被杀害的这个女孩。她过来跟我说过话。"

"她跟你说话,是吗?她说了什么?"

"她说想找你谈谈,长官。"

哈卡斯特坐直身子,突然警觉起来。

"她想找我谈谈?她说了原因吗?"

"没有说,长官。对不起,长官,如果我,如果我当时按照她的要求做就好了。我问她是否可以留言,或者,或者是否可以过会儿再来警察局。你知道的,当时你很忙,正在和郡警察局局长及验尸官讲话,我以为——"

"该死!"哈卡斯特压低着嗓音说,"你为什么不告诉她,让她等我忙完？"

"对不起，长官。"这个年轻人脸红了，"如果我能想到的话，就会这么做的。但是我想应该不是什么重要的事。我想她也认为不是要紧的事。她只是说她心里有些疑惑。"

"疑惑？"哈卡斯特说。他沉默了一会儿，脑子里反复想着相关的事。这就是在去罗顿太太家的路上和他擦身而过的那个女孩；那个想见希拉·韦伯的女孩；那个认出了他，在经过他身边时，犹豫着要不要停下来和他说话的女孩。她一定有什么心事。是的，就是这样。她心里一直在想着什么事。他失算了。在工作中他不够机警。脑子里一直想要了解更多有关希拉·韦伯的背景情况，而忽视了一个重要的线索。这个女孩在疑惑什么呢？为什么呢？现在，也许他们永远都不会知道答案了。

"继续说下去，皮尔斯。"他说，"告诉我所有你记得的事。"他和善地说，因为他也是一个讲道理的人。"你可能不知道她要说的有多么重要。"

他知道，将自己的愤怒和沮丧归咎于这个年轻人是毫无意义的。这个年轻人怎么会知道？他的工作职责中的一部分就是要遵守纪律，确定其他人与他的上司说话的合适时间和地点。如果这个女孩说这件事是重要的或是紧急的，那么事情就会不一样。但是她没有说，他想着想着，记起了第一次在办公室见到这个女孩的情景。她是那样的一个女孩，反应迟钝，一个对自己一直在琢磨的事也是半信半疑的女孩。

"你能准确地记起事情的经过，还有她对你说过什么吗，皮尔斯？"

皮尔斯看着他，眼中充满了深切的感激之情。

"是的，长官，在人们退场时她正好来找我。当时，她犹豫了一会儿,向周围看着,像是在寻找什么人。不是你,长官,我认为不是,而是别人。然后她向我走来,说是否可以和一位警官聊聊,就是当天提供了证据的那位。所以,正如我说的,我看到你正忙着和郡警察局局长讲话,就向她解释说你现在正忙,请她留言或者过一会儿再来警察局找你。她说那样也可以。我说是不是什么特别的事……"

"她怎么说?"哈卡斯特向前倾了倾。

"她说不是很重要。只是有点事。她说,她不明白为何她会那样说。"

"她不明白为何她会那样说?"哈卡斯特重复道。

"是的,长官。我不太确信原话的内容。也许是:'我不知道她说的到底是不是真的。'她皱着眉头,看起来迷惑不解的样子。但是当我问她时,她说不是十分重要的事。"

不是十分重要,这个女孩说。同一个女孩,不久后就被人勒死在了电话亭……

"她和你说话的时候周围还有其他人吗?"他问。

"嗯,有很多人,长官,正在陆续退场,你知道的,来旁听庭审的人有很多。这起谋杀案经过报纸的报道已经引起了轰动。"

"你不记得当时在你附近有什么特别的人吗?例如,出庭做证的某个人?"

"我恐怕想不起来了,长官。"

"好吧,"哈卡斯特说,"不指望它了。那么,皮尔斯,如果你又想起了什么,立刻过来找我。"

当只剩下自己的时候,他努力平息着来自心中的愤怒和自责。那个女孩,看起来胆小得像兔子一样的女孩,知道什么事。不,也许还不能说知道,但她一定是看到了什么或是听到了什么。是这些事让她担忧。在参加完庭审之后,这种担忧又进一步加剧了。它到底是什么?和证词有关吗?很可能与希拉·韦伯的证词有关?两天前她去希拉姨妈家,是专门去找希拉的吗?很显然她其实可以在办公室里和希拉谈话,为什么想私下里找她?是她知道有关希拉·韦伯的什么事正在困扰着她吗?是她想私下里找希拉问清楚这件事,而不是当着其他女孩的面?看起来是这样的,肯定是这样的。

他打发皮尔斯出去。然后给了格雷巡佐一些指示。

"你认为这个女孩去威尔布拉汉新月街是为了什么?"格雷巡佐问道。

"我也一直在想这个事,"哈卡斯特说,"很可能,当然,她只是出于好奇心,想去看看那个地方是什么样子的。这也没什么奇怪的,克罗町有一半的人似乎都有这样的想法。"

"难道我们会不知道。"格雷巡佐很有感触地说。

"换句话说,"哈卡斯特慢条斯理地说,"她可能想去看看住在那里的某个人……"

当格雷巡佐出去后,哈卡斯特在他的吸墨纸上写了三个数字。

"二十,"他写着,跟着在它后面打了一个问号,他又写下,"十九?"然后"十八?"他写下了对应的名字。黑姆、佩玛繻和华特豪斯。这三栋房子都是临街的,都在新月街的上半段。想要看这其中的任何一栋,伊娜·布伦特都不需要经过新月街的下半段。

哈卡斯特研究着这三个数字的可能性。

他首先研究二十号。谋杀用的原始工具——刀是在这里被发现的。似乎很可能刀是经由十九号的花园直接扔过去的,但是无法确定。也有可能是二十号的主人把它塞进了灌木丛里。当问起这个问题时，黑姆太太的反应总是充满了愤恨。"是哪个可恶的人把这样一把肮脏的刀子扔向我的小猫的！"她说。黑姆太太和伊娜·布伦特之间有什么关系呢？没有关系，哈卡斯特探长确信。他转而研究佩玛缛小姐。

伊娜·布伦特去威尔布拉汉新月街是为了拜访佩玛缛小姐吗？佩玛缛小姐在审讯中给出了证词。是这些证词中的某处引起了伊娜的怀疑吗？但是她在审讯前就已经开始忧心忡忡了。难道她对佩玛缛小姐另有所知？比如，她知道佩玛缛小姐和希拉·韦伯之间有某种关系吗？这不就印证了她对皮尔斯所说的话："她说的不一定就是真的。"

"猜测，全部都是猜测。"他生气地想着。

是十八号吗？华特豪斯小姐发现了尸体。哈卡斯特探长对发现尸体的人都有些出于职业的偏见。发现尸体意味着要想证明她是凶手会有很多困难，免于遭受有意安排不在犯罪现场证明的危险，有些她的指纹也可以被忽略。从许多方面来看这都是一个极安全的位置，只有一个附带条件。那就是得没有显著的动机。显然华特豪斯小姐没有杀害伊娜·布伦特的显著动机。华特豪斯小姐没有出庭做证。尽管她很可能去了审讯现场。也许是伊娜有什么理由知道了，或者认为是华特豪斯小姐模仿佩玛缛小姐的声音，打电话要求安排一名速记员到十九号去的？

更多的猜测。

也可能是，当然，希拉·韦伯自己……

哈卡斯特的手伸向了电话。他接通了柯林·蓝姆所在宾馆的电话，很快就听到了柯林的声音。

"我是哈卡斯特。你和希拉·韦伯今天几点吃的午饭？"

电话那边先是一阵沉默，然后说："你是怎么知道我们一起吃午饭的?"

"只是猜测而已。你们在一起,不是吗?"

"为什么我不应该和她一起吃顿午饭?"

"没有任何理由。我只是想知道吃饭的时间。你们审讯结束后直接去吃的饭吗?"

"没有。她先去买东西了。我们一点钟在市场街那家中国餐厅见的面。"

"我知道了。"

哈卡斯特低头看了看他的记事本。伊娜·布伦特死于十二点半到一点之间。

"你不想知道我们的午餐吃了什么吗?"

"冷静点儿。我只是想知道确切的时间。要做记录用。"

"我知道了。希望是这样。"

又是一阵沉默。哈卡斯特努力缓和着气氛——

"如果你今天晚上没有什么事情可做——"

另一边打断了他的话。

"我要外出。正在收拾东西。我看到了留言,必须去国外一趟。"

"你什么时候回来?"

"这谁也说不准。至少一星期,也许更长时间,或许是永远!"

"那太糟糕了,不是吗?"

"我不知道。"柯林说完,挂断了电话。

第十八章

1

哈卡斯特到达威尔布拉汉新月街十九号的时候,佩玛繻小姐正要出门。

"对不起要耽误你一会儿,佩玛繻小姐。"

"噢。你是——哈卡斯特探长?"

"是的。我能和你谈谈吗?"

"我不想去学校迟到了。要很长时间吗?"

"我保证只需要三四分钟。"

她向屋里走去,他跟在后面。

"你听说今天下午发生的事了吗?"他说。

"发生了什么事?"

"我以为你听说了。有一个女孩在沿着这条路往下走的电话亭里被杀了。"

"被杀了?什么时候?"

"两小时四十五分钟以前。"他看着老爷钟说。

"我没有听人说起过,完全没有。"佩玛繻小姐说。她的声音突然听起来有些生气。似乎是那个女孩的不幸让她心里有些难受。

"一个女孩,被杀了!什么样的女孩?"

"她的名字叫伊娜·布伦特,她在卡文迪什文书打印社工作。"

"又是一个从那里来的女孩!她也和那个女孩一样是被安排到这里来的吗,她的名字是希拉什么?"

"我想不是的,"探长说,"她没有来这里找过你吧?"

"来这里?没有。当然没有。"

"如果她来过这里的话,你当时在吗?"

"我不确定。你说的是什么时间?"

"大概是十二点半或者更晚一点。"

"在的,"佩玛繻小姐说,"那时侯我在家里。"

"庭审结束后你去了哪里?"

"我直接回到了这里。"她停下来,然后问道,"为什么你认为这个女孩可能会来找我?"

"嗯,今天早晨她参加了审讯。她看见了你。她来威尔布拉汉新月街肯定有什么原因。据我们所知,她不认识这条路上的任何人。"

"但是为什么仅仅是在审讯会上看到了我,她就要来找我呢?"

"嗯——"探长微微笑了一下,然后为了掩饰这层笑意又很快地说起话来,因为他发现佩玛繻小姐很不喜欢他这种套近乎的方式。"永远都没有人会知道原因了。她也许仅仅是想要一个签名呢,或者类似的什么。"

"一个签名!"佩玛繻小姐声音充满了轻蔑,然后说,"是的……是的,我猜想你是对的。这种事情也确实会发生。"然后她又迅速地摇了摇头。"但我可以向你保证,哈卡斯特探长,这种事在今天没有发生,自从我参加完审讯回来后,没有人来过这里。"

"嗯，谢谢你，佩玛繻小姐。我们以为最好能查验一下每一种可能性。"

"她多大了？"佩玛繻小姐问道。

"我想她只有十九岁。"

"十九岁？非常年轻。"她的声音略微有些变化，"很年轻……可怜的孩子。是谁想杀害一个这么年轻的女孩？"

"但事情确实发生了。"哈卡斯特说。

"她漂亮……迷人……性感吗？"

"不，"哈卡斯特说，"我想，她希望自己是那样的，但不是。"

"那就不是因为这个原因了，"佩玛繻小姐说完又摇了摇头，"对不起，实在是对不起，哈卡斯特探长，我没能帮到你们。"

他走出去了，就像之前一样，又一次对佩玛繻小姐的个性刮目相看。

2

华特豪斯小姐也在家。她还是那个样子，突然把门打开，似乎在故意引诱别人做出不该做的动作。

"噢，是你们！"她说，"事实上，我已经告诉了你们的人所有我知道的事。"

"我确信你已经回答了所有问过你的问题，"哈卡斯特说，"但是所有问题不可能一次问明白的，你知道的。我们是想了解一些事情的细节。"

"我不明白为什么。整件事都令人震惊。"华特豪斯小姐一边说，一边用一种近乎挑剔的眼神看着他，就像这一切都是他造成的似的。"请进，请进。你不可能整天都站在门垫上啊。进来吧，请坐，问你想问的问题吧，尽管事实上有些问题我并不知道。就如我说的，我出去打电话，一推开电话亭的门，就发现了那个女孩。我这一生中从来还没有受过那么大的惊吓。我急忙跑出去，去找警察。在那以后，如果你想知道，我回到了这里，喝下了相当于药用剂量的白兰地，药用的。"华特豪斯小姐激烈地说。

"你真是非常明智，夫人。"哈卡斯特探长说。

"事情就是这样。"华特豪斯小姐最后说。

"我想问问你是否很确信以前从未见过这个女孩？"

"可能见过她很多次，"华特豪斯小姐说，"但是不记得了。我的意思是说，她也许在沃尔沃斯①为我服务过，或者曾在公交车上坐在我旁边，或者在电影院给我售过票。"

"她是卡文迪什文书打印社的一名速记打字员。"

"我想我还没有机会用过速记打字员。也许她在我弟弟的'盖斯福特和史威腾汉姆事务所'工作过。这是你们想要知道的吗？"

"不，不，"哈卡斯特探长说，"与那个没有什么联系。我只是想知道今天早上在她被杀害之前，她有没有来找过你。"

"来找我？没有，当然没有。她为什么要那么做呢？"

"嗯，这个我们也不知道，"哈卡斯特探长说，"但是有人说今天早上看到她推开院门来到你家的大门口，难道是看错了吗？"他用无辜的眼神看着她。

"有人看到她来到我家大门口？胡说。"华特豪斯小姐说。她吞吞吐吐起来。"除非——"

"怎么样？"哈卡斯特警觉起来，但没有表露出来。

"嗯，我猜想她可能从门缝里塞进来一张传单，或者其他什

---

①英国著名的连锁百货公司。

么……午饭的时候我看到了一张传单,是有关核裁军的会议。我想。这年头每天都会有事情发生。她很可能来过,往信箱里放了什么东西,但是你不能因此责怪我,对吗?"

"当然不会。现在谈谈你的电话。你说你的电话坏了。据电话交换局说,没有这样的事。"

"电话交换局什么都能说出口!我拨电话的时候,里面传出了奇怪的嘈杂声,不是忙音,所以我就去了电话亭。"

哈卡斯特站了起来。

"对不起,华特豪斯小姐,很抱歉以这种方式打扰你,但是这个女孩来新月街可能真的是为了拜访某个人,并且去了离这里不远的一栋房子。"

"所以你们应该沿着新月街问一遍。"华特豪斯小姐说,"我认为她最可能去的是隔壁的这一家——我指的是佩玛儒小姐。"

"为什么你认为这是最可能的?"

"你说她是一名速记打字员,而且来自卡文迪什文书打印社。当然,如果我没记错的话,听说就在前几天,也就是那个男人被杀的那天,佩玛繻小姐还找过一名速记员去她那里。"

"据说是那样,但是她否认了。"

"嗯,如果你问我,"华特豪斯小姐说,"我想说也许她有一点古怪——我指的是佩玛繻小姐。我想,也许,她确实打过电话到打印社,要求找一位速记员去她那里。然后,也许,她忘记她所做的这些事了。"

"你不会认为她是凶手吧?"

"我从来没有猜想过她会去谋杀某人或者做类似的事情。我知道有人在她的房子里被杀了,但是我一点也没有暗示过这与佩玛繻小姐有什么关系。没有。我只是在想她也许和其他人一样有什么奇怪的偏好。我知道有个女人总打电话到糖果店,要一打蛋白糖饼。但实际上她根本不需要,糖饼送到后,她说她没有订。就是这种事。"

"当然,什么情况都有可能。"哈卡斯特说。他和华特豪斯小姐告别之后离开了。

他想她只是想用最后的话来撇清自己的嫌疑。换句话说,如果她相信有人看见那个女孩进入她家,那么她暗示那个女孩进入十九号,就变成这种情况下的巧妙掩饰了。

哈卡斯特看了一眼手表,认为他还有时间去一趟卡文迪什文书打印社。他知道,午休之后那里下午两点钟会继续上班。他也许可以从那儿的其他女孩那里得到些帮助,而且他还能见到希拉·韦伯。

3

当他进入办公室时,其中一个女孩立即站了起来。

"你是哈卡斯特探长,对吗?"她说,"马丁代尔小姐正在等你。"

她把他带到了里面的办公室。一进门就是马丁代尔小姐披头盖脸的指责。

"这太丢人了,哈卡斯特探长,简直太丢人了!你必须得查个水落石出,你必须立即查个水落石出!别再吊儿郎当了!警察的职责就是保护大众,我们办公室现在就需要这个。保护。我希望我的姑娘们能得到保护,我们现在迫切需要保护!"

"当然可以,马丁代尔小姐,那个——"

"你要否认我的两个姑娘成为受害者了吗?事情已经是明摆

着的，某个不负责任的人，具有某种，就是今天说的那种变态心理，专门针对速记员或者文书打印社下手。他们故意折磨她们。先是希拉·韦伯被无情地捉弄，被派去发现一具尸体，这种事或许会让一个神经过敏的女孩发疯的。现在又发生了这件事。一个如此单纯善良的女孩竟然在电话亭里被谋杀了。你必须彻底查清楚，探长。"

"现在我最想做的事就是把这件事查个水落石出，马丁代尔小姐。我来是想看看你能否给我一些帮助。"

"帮助！我能给你什么帮助？如果我能给你帮助的话，我在这之前早该去找你了！你们必须查出是谁杀了这个可怜的女孩，伊娜，又是谁对希拉玩的这个无情的把戏。我对我的姑娘们要求很严格，探长，我要求她们专心工作，不允许她们迟到或衣着不整。但是我无法容忍她们被杀害或者卷进谋杀。我想保护她们，我一定要看到那些拿着国家薪水的人能够保护她们，让她们安心工作。"她怒视着他，看起来就像一只暴怒的母老虎。

"给我们一些时间，马丁代尔小姐。"他说。

"时间？就因为那个傻孩子死了，我猜你们以为你们拥有全世界的时间。下一个被谋杀的又会是这些女孩中的另一个。"

"我想你不需要担心这个，马丁代尔小姐。"

"我想今天早上起床的时候，你也没有猜到这个女孩会被杀害吧，探长。如果你预料到的话，你就会提前采取预防措施来保护她了。当我的女孩中的一个被杀害时或者被陷于某种可怕的危及声誉的境况中时，你也是一样吃惊吧。整件事情都是那么特别，不可思议！你必须承认这是一个疯狂的预谋。也就是说，可能人们在报纸上读到的那件事是真的。比如那些钟表。我发现今天早上庭审时，没人提到它们。"

"今天早上的庭审要尽量少提问题,马丁代尔小姐。这仅仅是一个要延期的审讯,你知道的。"

"所以我想说的就是,"马丁代尔小姐再一次怒视着他说,"你们对这件事必须要采取行动了。"

"你没有想要告诉我的吗,伊娜没有给过你任何暗示?她没有表现出对某些事情很忧虑?她没有找你谈过吗?"

"我想即使她很忧虑也不会找我谈心的,"马丁代尔小姐说,"但她在担心什么呢?"

这正好是哈卡斯特探长想知道的,他知道他不可能从马丁代尔小姐这里得到答案。所以他说:"我想和这里的每个姑娘谈谈,我明白伊娜·布伦特不会把她的恐惧或忧虑对你说,但是她也许会对她的这些同事说。"

"这倒是很有可能,"马丁代尔小姐说,"她们常常在一起讲闲话——这些女孩。一听到我的脚步声在外面的走廊里响起,所有打字机就立刻开始工作。但是在这之前她们一直在做什么呢?聊天,叽叽喳喳,说个没完!"心情稍微平静了一会儿后,她说,"办公室里现在只有三个女孩。你是想现在和她们谈谈吗?其他人都因工作安排外出了。我可以给你她们的名字和家庭住址,如果你需要的话。"

"谢谢你,马丁代尔小姐。"

"我希望你最好跟她们单独谈谈,"马丁代尔小姐说,"如果我站在这里旁观,她们会感觉不自在的。因为,你明白的,这样的话她们就得承认她们一直在闲聊,在浪费时间。"

她离开座位,打开了门,进入了外面的办公室。

"女孩们,"她说,"哈卡斯特探长想和你们聊聊。你们先停下手头的工作。好好地跟探长谈谈,看看是不是能帮助他找出杀害伊娜·布伦特的凶手。"

她回到自己的办公室，用力关上了门。三个像是受了惊吓的少女望着探长。其中一个是金发，戴着眼镜，看起来很老实。她是可信赖的，他想，但不是很聪明。一个看起来俏皮，肤色发黑，头发也是黑色的女孩，她的发型乱得让人以为她刚经历了大风暴。她的眼睛忽闪忽闪地在注视着这里的什么东西。她所说的话，恐怕不太可信。所有的事情都要小心处理。第三个是个天生爱笑的女孩，他确信，对别人说的任何事情她都会毫无疑义。

他平静地说着，很随意。

"我想你们都已经听说发生在你们同事伊娜·布伦特身上的事了？"

三个脑袋猛烈地点了点。

"顺便问一下，你们是怎么知道的？"

她们看看彼此，似乎在决定谁应该先发言。经过一致同意，由那个金发女孩发言。她的名字好像是珍妮特。

"伊娜在两点的时候没有像往常一样回来上班。"她解释道。

"沙猫非常生气，"黑发女孩莫林说，然后又改口道，"我的意思是，马丁代尔小姐。"

第三个女孩咯咯地笑起来。"沙猫是我们私下对她的称呼。"她解释道。

"不是个坏名字。"探长想。

"她凶起来的样子很可怕，"莫林说，"狠狠地训斥你。她问我们伊娜有没有说过她今天下午不来办公室，并且说她至少应该给个理由。"

金发女孩说："我告诉马丁代尔小姐，她和我们一起去了庭审会场，但是后来我们没有再看见她，不知道她去了哪里。"

"这是事实,对吧?"哈卡斯特问,"她离开庭审会场之后,你们不知道她到底去了哪里。"

"我提议大家一起去吃午饭,"莫林说,"但是她似乎在想其他的事。她说她不确定是不是应该吃午饭。或者是买些东西在办公室里吃。"

"所以她的意思是,然后会回到办公室?"

"噢,是的,当然。我们都得回来上班。"

"你们有人注意到这几天伊娜·布伦特和往常不一样吗?她看起来是不是有些烦恼,好像在想什么事?她告诉过你们是什么事让她烦心吗?如果你们知道些什么,我恳求你们一定要告诉我。"

她们看看彼此,互相的交流中没有试图隐藏什么。似乎仅仅是模糊的推测。

"她经常一副心事重重的样子,"莫林说,"她会把事情搞乱,做错事。她的反应总是比别人慢半拍。"

"似乎总会有麻烦事发生在伊娜身上,"爱笑的女孩说,"记得前几天她的细鞋跟掉了?这种事常会发生在伊娜身上。"

"我记得。"哈卡斯特说。

他记得那个女孩非常可怜地站在那里,沮丧地看着她手里的鞋跟。

"你知道,今天下午两点钟伊娜还没有回来的时候,我就有一种不祥的预感。"珍妮特沉着脸点了点头。

哈卡斯特带着些许厌恶地看了看她。他通常都不喜欢在事后表现聪明才智的人,他确信当时这个女孩一定没有这样的想法。

"你们是什么时候知道这件事的?"他再次问。

她们看看彼此。那个爱笑的女孩突然脸红了。她的目光转向了一边,看着马丁代尔小姐的办公室。

"嗯,我,哦,我就溜出去了几分钟,"她说,"我想买一些油酥点心带回家,等到下班所有的店也都关门了。当我到拐角的那家店时——在那里他们都认识我。那个女人说:'她是在你那里上班吧,对吗,亲爱的?'我说:'你说的是谁?'然后她说:'就是那个被他们发现死在电话亭里的女孩。'噢,这让我极为恐惧!所以我急忙跑了回来,告诉了其他的人,最后我们一致同意必须告诉马丁代尔小姐这件事时,她突然从办公室里冲出来,对我们说,'你们现在在做什么?没有一个打字员在工作。'"

金发女孩接着说:

"然后我说:'真的不能怪我们。我们听到了关于伊娜的可怕消息,马丁代尔小姐。'"

"然后马丁代尔小姐说什么?"

"嗯,她首先不相信我们说的话,"黑发女孩说,"她说,'胡说,你们说的是小店里传出来的愚蠢闲话。肯定另有其人。为什么会是伊娜呢?'然后她迈着大步回到了她的办公室,给警察局打了电话,发现这是真的。"

"但是我不明白,"珍妮特几乎是神情恍惚地说,"我不明白有什么人会想要杀害伊娜呢?"

"事情不像是因为男朋友而引起的,她好像没有男朋友。"黑发女孩说。

所有三个女孩都满怀希望地看着哈卡斯特,好像他能告诉她们问题的答案。他叹了口气。他在这里没有什么收获。也许只有这群女孩中的最后一个人可以帮他了。那就是希拉·韦伯本人。

"希拉·韦伯和伊娜·布伦特是要好的朋友吗?"他问。

她们茫然地彼此对视。

"不算是什么特别的朋友,我认为不是。"

"韦伯小姐在哪里,顺便问一下?"

她们告诉他,希拉·韦伯在麻鹬酒店,普迪教授那里。

第十九章

电话铃响了，普迪教授中断了他的口述。听筒里的声音听起来有些生气。

"是谁？有什么事？你的意思是说他现在就在这里？那么，问问他明天可以吗？噢，好吧，好吧，让他上来。"

"总会有事，"他恼火地说，"总是受到干扰，我们还如何期待能做一些重要的工作呢。"他不大高兴地看了看希拉·韦伯，然后说，"我们说到哪里了，亲爱的？"

希拉刚要回答，砰砰的敲门声响了起来。普迪教授好不容易把他自己从大约三千年前拉回到现实中来。

"你是？"他不耐烦地说，"噢，请进，有什么事吗？我特意提醒过他们今天下午不要让人来打扰我。"

"十分抱歉，先生，确实很抱歉，我们也是迫不得已。晚上好，韦伯小姐。"

希拉·韦伯站了起来，把她的笔记本放到了一边。哈卡斯特疑惑是不是自己看错了，因为他看见她的眼中闪过一丝忧虑。

"发生了什么事？"教授又一次急切地问道。

"我是哈卡斯特探长。"

"好吧，"教授说，"好吧。"

"我只是想和韦伯小姐说几句话。"

"你不能等等嘛？这个时间真的不合适，非常不合适。我们正进行到关键之处。韦伯小姐只需要再多一刻钟，噢，也许是半个小时。差不多就是这样。噢，亲爱的，已经六点了吗？"

"十分抱歉，普迪教授。"哈卡斯特语气坚定。

"噢，好吧，好吧。是什么事？是汽车驾驶违章？这些交通警察是多么爱管闲事啊。前几天一个人坚持说停车计时器显示我离开我的汽车四个半小时。我确信没有这样的事。"

"这件事比违规停车更严重，先生。"

"呃，是的。呃，是的。你没有车，对吗，亲爱的？"他不确定地看着希拉·韦伯。"是的，我记得，你是坐公交车到这里的。好吧，探长，什么事？"

"是关于一个叫伊娜·布伦特的女孩。"他转过去对着希拉·韦伯，"我想你已经听说了吧。"

她注视着他。迷人的眼睛，浅蓝色的眼睛。这双眼睛让他想起了某个人。

"伊娜·布伦特，你是说她吗？"她皱起了眉头，"噢，是的，我认识她，当然。她怎么了？"

"看来你还不知道。你在哪里吃的午餐，韦伯小姐？"

她的脸颊慢慢变红了。

"我和一个朋友在胡东餐厅，这，这与你说的事情有关吗？"

"之后你没有回办公室？"

"你的意思是到卡文迪什文书打印社？我打电话回去，他们告知我两点半的时候直接去找普迪教授。"

"是这样的，"教授说着点了点头。"两点半。从这个时间开始我们一直在工作，一直。亲爱的，我应该叫茶过来的。真是对不起，韦伯小姐，恐怕你已错过喝茶的时间了。你应该提醒我一下。"

"噢,没有关系,普迪教授,不用介意。"

"我真是考虑不周,"教授说,"太过急慢。但是现在我必须停下了,因为探长要问你一些问题。"

"那么你不知道伊娜·布伦特出什么事了?"

"她怎么了?"希拉情绪有些激动,她的嗓音突然升高了。"她出什么事了?你什么意思?她出了车祸还是其他什么事?她被撞了?"

"真是危险,都是由于超速。"教授插嘴道。

"是的,"哈卡斯特说,"她确实是出事了。"他停了一下,接着近乎失去理智地说,"在大约十二点半的时候,有人发现她被勒死在一个电话亭里。"

"在一个电话亭里?"教授说着,似乎对这件事很有兴趣。

希拉·韦伯什么都没有说。她盯着他,嘴巴微微张着,眼睛瞪得大大的。"要么你是第一次听到这个消息,要么你就是一个绝佳的演员。"哈卡斯特心里暗自想着。

"天哪,天哪,"教授说,"在电话亭里被勒死。对我来说这似乎太离奇了,非常离奇。我可不会选这种地方。我是说,如果我打算做这种事。我不会选这种地方,确实不会。哎,哎,可怜的女孩。她真是太不幸了。"

"伊娜被杀了!但是为什么?"

"你知道吗,希拉小姐,伊娜·布伦特在前天很想见你,她去了你姨妈家找你,等了一会儿,想着你能回来。"

"又是我的错,"教授内疚地说,"那天晚上我让韦伯小姐一直工作到很晚,我记得。确实是很晚。我现在还因这件事感到十分抱歉。你必须得时刻提醒我注意时间的,亲爱的。你确实很有必要这么做。"

"我姨妈告诉我这件事了，"希拉说，"但是我不知道她找我有什么特别的事。是伊娜有了什么麻烦吗？"

"我们不知道，"探长说，"我们可能永远都不会知道了。除非你能告诉我们。"

"我告诉你？我怎么会知道？"

"你也许知道一点，伊娜·布伦特为什么来找你？"

她摇了摇头。"我不知道，我一点也不知道。"

"她没有给过你任何暗示，在办公室里跟你说她遇到了什么麻烦事吗？"

"没有，没有，确实没有。昨天一天我都不在办公室。我去兰迪斯湾见我们的一个合作作者，一整天都在那里。"

"你感觉她最近有什么烦恼的事吗？"

"嗯，伊娜常常看起来都有些忧虑或困扰。她的想法，怎么说呢，总是飘忽不定。我的意思是，她从来都无法确定她想要做的事是对还是错。有一次，她为阿曼德·莱文的书稿打字时少打了整整两页，当时她非常担心，不知道该怎么办。因为在发现这个问题之前，书稿已经寄给作者了。"

"我了解。然后她征询你的意见，问你她该怎么做吗？"

"是的。我让她最好尽快写一个便条给作者补救，因为他们不会马上阅读这些打字稿的。她可以写明发生了什么，并且请他不要向马丁代尔小姐投诉这件事。但是她说她不喜欢这么做。"

"当有这种问题出现时，她通常都会来找你，向你咨询建议吗？"

"噢,是的,总是这样。但是问题是,当然,关于她应该怎么做,我们的想法总会不一样。然后她就依然不知该怎么办。"

"所以如果她有问题的话,她就会很自然地会找你们中的一个来帮忙?这种事经常发生?"

"是的。是的,经常有。"

"你认为这次会是什么更重要的事呢?"

"我想不会吧。可能会是什么重要的事呢?"

探长在想,希拉·韦伯是在故意装出一副轻松的样子吗?

"我不知道她想跟我说什么。"她继续说着,语速越来越快,而且喘着粗气。"我不知道。我确实不知道为什么她想去我姨妈家找我,并且想在那里和我谈话。"

"似乎是,也许是她有什么话不想在卡文迪什文书社跟你说?不想当着那些女孩的面。我说的对吗?也许是她只想让你知道的事。会是这样的情况吗?"

"我认为这不可能。我确信这一点儿都不可能。"她的呼吸变得更加急促。

"所以你无法帮到我,韦伯小姐?"

"是的。对不起。对于伊娜的事我真的很难过,但我确实帮不上忙。"

"也许与九月九日发生的事有关系吧?"

"你的意思是,那个男人,那个在威尔布拉汉新月街的男人吗?"

"我就是这个意思。"

"怎么可能?伊娜怎么会知道那件事?"

"也许并不是重要的事,"探长说,"但是任何事,尽管很细微,总会有帮助的。"他停了一下,又说,"她遇害的那个电话亭正好在威尔布拉汉新月街。对你来说,这不意味着什么吗,韦伯小姐?"

"不,我不知道。"

177

"今天你去过威尔布拉汉新月街吗？"

"没有，我没有，"她激烈地说，"我从来都没有再走近过它。我开始发现那是一个可怕的地方。我希望我从来都没有去过那里，我希望我从未被卷入这一切中。为什么那天他们要派我过去，要专门找我？为什么伊娜是在那附近被杀害的？你们一定要查出来！探长，一定，一定！"

"我们肯定要查出真相，韦伯小姐，"探长一板一眼地说，"我向你保证一定做到。"

"你在发抖，亲爱的，"普迪教授说，"我认为，我认为你真的应该来一杯雪利酒。"

第二十章

柯林·蓝姆的叙述

一到伦敦,我即刻向贝克报到。

他拿着雪茄朝我挥手。

"那愚蠢的新月街似乎真有些奇怪的事情发生。"他说。

"我终于调查得有点眉目了吧?"

"我还没有到那里,但是我想你可能会发现什么。我们的建筑工程师,在威尔布拉汉新月街六十二号住着的赖姆塞先生,不像看起来那样老实。最近他接到了一个很奇怪的任务。派给他任务的公司是真实存在的,但是查不出什么历史,如果有什么的话,也是非常奇怪的历史。五个星期以前,他接到临时通知,突然出门了,去了罗马尼亚。"

"他对他的妻子不是这么说的。"

"有可能,但是他确实去了那里,而且现在还在那儿。我们需要对他有更多的了解。所以你需要尽快行动,小伙子。我已经为你准备了所有签证和一本崭新的护照。这一次你的名字是奈杰尔·特伦奇。在巴尔干半岛好好研究一番稀有植物吧。你的身份是一位植物学家。"

"还有什么特别的指示吗?"

"没有了。你领取证件资料时,我们会告诉你秘密联络人。

尽量多找一些关于赖姆塞先生的信息。"他敏锐地看着我。"你似乎没有想象中那么高兴。"他透过烟雾凝视着我。

"如果预感能成真，就会让人高兴的。"我闪烁其词。

"街道是对的，但号码错了。六十一号住着一位完全清白的建筑师。在我们看来是无可指摘的。可怜的老汉伯雷搞错了号码，还好错得不是太离谱。"

"你还查过其他人吗？还是就只有赖姆塞？"

"戴安娜小屋似乎和戴安娜一样清白。那里有着悠久的养猫的历史。麦克诺顿引起了我的兴趣。他是一位退休教授，你知道的，教数学。他似乎非常聪明。但由于身体原因，突然辞了工作。我想这可能是真的，但是他看起来精力相当充沛。他似乎与所有老朋友都断了联系，这点倒是很奇怪。"

"问题是，"我说，"我们对每个人所做的每件事都要抱着一种怀疑的态度。"

"去了那里你会有收获的。"贝克上校说，"柯林，有很多次，我怀疑你已经偏离了方向。对我自己也一样，好多次我怀疑我已偏离方向，但是接着又会转回来！这些都只不过是一次次有趣的失误而已。"

我乘坐晚上十点钟的飞机。我先去见了赫尔克里·波洛。这次他正在喝黑醋栗。他让我也尝一尝，我拒绝了。乔治给我拿来一杯威士忌。一切都是老样子。

"你看起来兴致不高。"波洛说。

"没有的事。我马上要出国了。"

他看着我。我点点头。

"是这样啊?"

"是的,就是这样。"

"祝你成功。"

"谢谢。你呢,波洛,你的家庭作业完成得怎么样了?"

"什么意思?"

"就是克罗町钟表谋杀案。你有没有背向后靠着,闭上眼睛,你的答案就出现了呢?"

"我极认真地读了你留下的资料。"波洛说。

"没什么发现吧,对吗?我告诉过你从这些奇怪的邻居身上什么都没有发现——"

"相反。这些人中,至少有两人的话是非常值得细细研究的——"

"哪两个?他们说了什么话?"

波洛激动地对我说,我应该再仔细读读我的记录。

"然后你自己就能看出来了,自然而然就发现了。现在你要做的就是再去找一些邻居谈谈。"

"没有了。"

"肯定会有,一定会有人看到些什么。这是规律。"

"这可能是规律,但它不适用于这个案子。我有了更多的细节要告诉你。又发生了一起谋杀案。"

"真的吗?这么快?太有趣了!快告诉我。"

我告诉了他。他一直不停地追问我,直到搞清楚整件事的所有细节。我把给哈卡斯特看过的明信片的事也告诉了他。

"记住,四,一,三,是四点十三分,"他重复着,"是的,是同一个模式。"

"你这话是什么意思?"

波洛闭上了眼睛。

"这张明信片只缺一样东西,沾有血液的指纹。"

我不解地看着他。

"关于这件事你到底怎么想的?"

"事情已经越来越清晰了,凶手是不可能逃脱的。"

"但是谁是凶手?"

"事情渐渐明朗起来了,凶手是逃不掉的。"

"谁是凶手?"

波洛狡猾地没有回答。

"在你离开的这段时间,你允许我去做一些调查吗?"

"你指的是?"

"明天我会安排莱蒙小姐给我的一位律师老朋友恩德比先生写一封信。我会让她去问问在萨默塞特宫的婚姻登记记录。她会给我发一封准确的海外电报。"

"我想这是不公平的,"我反驳道,"你不是仅仅坐在这里就能想出问题的答案嘛。"

"这正是我要做的!莱蒙小姐要去做的,也仅仅是证实我已经知道的答案而已。我要去做的不是寻找信息,而是确认答案。"

"我不相信你已猜中,波洛!你在虚张声势。还没有人知道死者是谁——"

"我知道。"

"他叫什么名字?"

"这我还不知道。他的名字并不重要。我想,如果你能理解,关键不是他是谁,而是他的身份。"

"一位敲诈者?"

波洛闭上了眼睛。

"一位私家侦探?"

波洛睁开他的双眼。

"我告诉你的是一句引语,跟我上次说的一样。除此之外没有了。"

他极为严肃地默念了起来:

"亲爱的,亲爱的,亲爱的快来送死。"

第二十一章

哈卡斯特探长看了看桌上的日历。九月二十日。已经过去了十天。案情并没有像期望的那样有任何进展，还是一开始的那个问题挡在他们面前：死者的身份依然未确认。花费的时间比预期的要长得多。收集到的线索经排查后逐渐减少，最终都无果。衣服经化验室检查后也没有发现什么特别的信息。衣服本身没有提供任何线索。衣服质地上乘，是出口商品，虽然不是很新但保养得很好。牙医那边也没有任何收获；洗衣店，清洁工那里也都没有。死者依然是一个"神秘人物"，但哈卡斯特认为他其实不是一个"神秘人物"。他没有什么引人注目的地方。他只是一个还没有被认出的人。这就是问题所在,他确信。一想到那张照片——以醒目的标题写着：《你们认识这个男人吗？》在报上刊登之后，那些蜂拥而至的电话和信件，哈卡斯特叹了口气。竟然有这么多人认为他们认识这个男人。女儿们写信来是为了寻找他们远离多年的父亲。一个约九十岁的老妇人确信相片中的人就是她三十年前离家出走的儿子。有不计其数的妻子确信那是她们失踪的丈夫。做姐妹的倒没有急于确认那就是她们的兄弟，也许是因为她们不是过于期望的缘故。当然还有一大拨人说他们在林肯郡、纽卡斯特、德文郡和伦敦看到过这个人或在地铁里，或在公交车上，说看到这个人潜伏在一个码头，或在马路的拐角处看到过这个阴险的人,说看到这个人在电影院里躲着不被发现。有成百上千条线索,这些线索似乎都让人极有希望地期盼着能发现些什么,可结果却没有任何收获。

但是今天,探长感到了一丝希望。他又看了看放在桌上的信件。梅利纳·里瓦尔。他一点也不喜欢教名。在他看来,理智的人在孩子受洗礼时是不会起名叫梅利纳的。不用质疑,一定是这位女士自己选的名字。但是他喜欢这封信的感觉。既不过度放纵,也不过度自信。来信中仅仅是说她感觉相片中的男人是与她分开多年的丈夫。她会在今天早上来访。他按响了电铃,格雷巡佐走了进来。

"里瓦尔太太还没到吗?"

"刚刚到,"格雷说,"我正要告诉你。"

"她长得什么样?"

"有点儿戏剧化,"格雷想了一下说,"妆很浓,但并不精致。总体来讲是那种可信赖的女人,我觉得。"

"她看起来很悲伤吗?"

"没有。看不出来。"

"好的,"哈卡斯特说,"让她进来。"

格雷离开了,很快又传来他的声音,"里瓦尔太太,长官。"

探长站起身,与她握了握手。他判断,她看上去大约五十岁,然而实际上应该没有那么大,她可能只有三十岁。走近一看,因为随意化妆的缘故,她看着比五十岁还显老。黑色的头发染成了红褐色。没戴帽子,中等身材,穿着黑色外套和短裙,配着白衬衫。挎着一个格子图案的大包,腕上有一两个叮铃作响的手镯,手上戴着好几个戒指。总体来说,基于他的经验,他判断她是一个好女人。不吹毛求疵,容易相处,为人慷慨,心地和善。比较可靠？这种事他不敢指望，因为指望不起。

"很高兴见到你，里瓦尔太太。"他说，"非常希望你能给我们带来帮助。"

"当然，但是我不是十分确定，"里瓦尔太太说，她像是很抱歉的样子，"但是他看起来确实很像哈里。非常像。当然我还是希望不是他，也希望不会因此而浪费你们的时间。"

她看起来对此似乎很抱歉的样子。

"你不必对此感到歉疚。"探长说，"对于这件案子，我们非常需要帮助。"

"是的，我明白。我希望我能够确认。你知道，我很长时间没有见过他了。"

"可以先与你核对一些具体情况吗？你最后一次见到你的丈夫是什么时候？"

"让我仔细想想，"里瓦尔太太说，"好像是在火车上。说到时间，就会发现人的记忆流失得如此可怕。我想我在信中说了大约是十年以前，但是我想应该是更长的时间。你知道吗，我想应该是大约十五年前。时光飞逝。真是这样。"她又精明地加了一句，"那些说时间不长的人，实际是想让自己变得年轻。你说对吗？"

"我想大概是吧，"探长说，"那么你认为你们大约有十五年没有见过面了？你们是什么时候结婚的？"

"是在这之前的三年前。"里瓦尔太太说。

"那么你们住在哪儿？"

"在一个叫作西普顿·波依斯的地方，在萨福克，很不错的一个小镇。非常小，我想你明白我的意思。"

"你的丈夫是做什么的？"

"他是一名保险代理。至少，"她停了下来，"这是他自己说的。"

探长突然抬起头。

"你发现这不是真的吗?"

"嗯,不,不是很确定……仅仅是从那时起,我在想也许这不是真的。对于一个男人来说,说这样的话是轻而易举的事,对吗?"

"我认为要看是什么情况。"

"我的意思是,这可以让一个男人有长期离开家的借口。"

"你的丈夫经常不在家吗,里瓦尔太太?"

"是的。一开始我从来都没有多想过——"

"但是后来?"

她没有立即回答,而是接着说,

"我们可以先不说这个事吗?毕竟,如果那不是哈里……"

他想知道她正在想什么。她的嗓音中带着压抑的情绪,那是感情吗?他不确定。

"我能理解,"他说,"现在我们走吧。"

他站起来,陪同她从屋里走出来,坐进等在外面的车。当他们赶往要去的地方时,她的表现和他之前带过来的其他人一样紧张,他说了一些安慰的话。

"一切都会好的,没有什么可担心的。只会用一两分钟的时间。"

停尸台出现了,管理员揭开了裹尸布。她站在那里,睁大眼仔细看着,她的呼吸变得越来越急促,然后她微微深呼了口气,突然转身说道,

"他是哈里。没错。他老了许多,看起来不一样……但他就是哈里。"

探长向管理员点了点头,然后轻抚着她的肩膀向外走去,再

次回到了车里,接着他们开车回到警察局。路上他什么也没有说。他想让她恢复平静。当他们回到他的办公室时,一个警员立即端着一杯茶进来了。

"里瓦尔太太,喝杯茶,这会让你感觉好一些。然后我们再谈。"

"谢谢你。"

她在茶里加了糖,加了很多,然后大口喝了下去。

"好多了,"她说,"我其实不是很在乎。只是,只是,有一点让人不舒服,对吗?"

"你认为他确实是你的丈夫吗?"

"我确信他是。当然,他变老了许多,但是变化不是太大。他总是看起来,嗯,非常干净而优雅,你知道,属于上层社会的样子。"

是的,哈卡斯特想着,描述得很到位。上层社会。也许,是哈里故意这么打扮的。一些男人出于其他特别的目的,是会这么做的。

里瓦尔太太说:"他对他的服饰以及所有的一切总是很挑剔。这就是她们很容易迷恋上他的原因。她们从来都没有怀疑过他。"

"谁迷恋上他了,里瓦尔太太?"哈卡斯特充满同情地轻声问道。

"女人,"里瓦尔太太说,"女人。他大部分的时间都和女人在一起。"

"我明白。你知道了?"

"嗯,我,我怀疑。我的意思是,他经常离开家。我当然知道男人的本性。我想他在外面有了一个女人。但是问男人这种事不太好。他们会对你撒谎,就是这样。但是我真的没以为他是认真的。"

"他吗?"

她点了点头。"我认为是这样。"

"你是怎么发现的?"

她耸了耸肩膀。

"有一天他旅行回来,又去了纽卡斯特。不管怎样,回来后他说他必须马上离开。他说事情败露了。他让某个女人陷入了麻烦。他说,她是一个学校的老师,这件事的流言蜚语会传出来。然后我问他是什么事。他不介意告诉我。可能他以为我已经知道了很多事。她们总是会爱上他,你知道,很容易的事,就像我一样。他会给她一枚戒指,他们会订婚,然后他会说他要为她们投资做生意。她们通常都会很快答应他。"

"他对你做过同样的事吗?"

"事实上,他做过,但是我没有给他任何东西。"

"为什么没有?难道你在那个时候就不信任他吗?"

"嗯,我不是那种容易相信别人的人。我曾有过一些经验。我了解男人,清楚他们所用的阴暗手段。不管怎样,我不想让他拿我的钱投资。我可以自己投资。自己保管钱,这样才能确信钱是属于我的!我见过许多被愚弄的女人。"

"他是什么时候想要用你的钱做投资的?在你们结婚之前还是之后?"

"我想在结婚之前他就提议过这件事,但是我没有答应,他立即避开了这个话题。我们结婚以后,他告诉我他有一个很好的机会。我说:'不行。'这不仅是因为我不信任他,而是我经常听到男人说他们看准了一个好事,然后结果就是被他们骗了。"

"你的丈夫曾被警察抓过吗?"

"恐怕没有,"里瓦尔太太说,"女人被骗,总是不想让别人知道的。但是这一次,显然,事情是不一样的。这个女孩或者妇女,她是一个受过教育的女人。她不会像其他人一样被轻易欺骗。"

"她发现自己怀孕了?"

"是的。"

"以前发生过这种事吗?"

"我相信有过。"她又说,"说句实话,我不知道最初是由于什么原因让他这么做的。仅仅是因为钱,为了谋生,像你说的。或者他就是那种玩弄女人的男人,他认为她们应该给他带去的快乐付钱。"现在,她的声音满含感伤。

哈卡斯特温柔地说:

"你喜欢他,里瓦尔太太?"

"我不知道,我真的不知道。我想从某种意义上来说是的,否则我不会和他结婚……"

"你,对不起,和他结婚了?"

"我不知该怎么说,"里瓦尔太太坦率地说,"我们是结婚了。婚礼是在教堂里举行的。但是我不知道他是否也用其他的名字和其他女人结过婚。我跟他结婚的时候,他的名字叫卡斯尔顿。我想那不是他真正的名字。"

"哈里·卡斯尔顿。对吗?"

"是的。"

"你们结婚后住在这个地方,西普顿·波依斯,住了多久?"

"我们在那里住了两年。在那之前我们住在唐卡斯特附近。那天他回来告诉我这件事,我并不是非常吃惊。我知道他有时是个坏家伙。因为他总是看起来很体面,像一个十足的绅士,我只是难以相信罢了!"

"然后发生了什么事?"

"他说他要马上离开,我说他可以放心走。终于可以解脱了,我无法再忍受这些了!"她接着又沉思道,"我给了他十英镑。这是我放在屋里所有的钱。他说他缺钱……自那以后我就再也没有见过他或听过他的消息。直到今天。或者说,直到我在报纸上看到了他的照片。"

"他没有什么特别的标志吗?伤疤?做过手术,或者骨折过之类的特征?"

她摇了摇头。

"我想没有。"

"他曾用过寇里这个名字吗?"

"寇里?没有,我想没有。或许是我不知道。"哈卡斯特从桌面滑过那张名片给她。

"这是在他的衣服口袋里发现的。"他说。

"他是一名保险代理,我明白,"她说,"我想他用过,我指的是很多不同的名字。"

"你说最近这十五年,从未听到过他的任何消息?"

"他就连一张圣诞卡片也不曾寄给我,如果这是你们想知道的。"里瓦尔太太突然幽默地说,"不管怎么说,我想他也不知道我住在哪里。我们分开之后,我曾回到过那里。那段时间生活过得并不好,我也就放弃了卡斯尔顿这个名字。恢复了我以前的名字梅利纳·里瓦尔。"

"梅利纳,呃,也不是你的真名吧?"

她摇了摇头,一种模糊的、似笑非笑的神情出现在她的脸上。

"我想起来了。真是了不起。我的真名叫弗洛西·加普。我想,弗洛伦斯是我的教名,但是人们总是叫我弗洛西或者弗洛。弗洛西·加普。一点都不浪漫,对吗?"

"你现在在做什么？还在继续演戏吗，里瓦尔太太？"

"偶尔。"里瓦尔太太说着，沉默了一会儿。"断断续续，可以这么说。"

哈卡斯特是精于世故的。

"我明白。"他说。

"我到处做一些零工。"她说，"在派对中帮帮忙，帮女主人打理一些杂务。生活过得也不算差，至少能认识人。有时生活不免也会陷入窘境。"

"自从你们分开之后，你有没有与哈里·卡斯尔顿联系过？或者是听到过与他有关的消息？"

"从来没有。我还以为他去了国外，或是已经死了。"

"我很想问你一个问题，里瓦尔太太，你知不知道为什么哈里·卡斯尔顿会去那片街区？"

"不知道。我当然不知道。我甚至不知道这些年他都在做什么。"

"有没有可能他是去推销那些骗人的保险或者之类的东西。"

"我确实不知道。我感觉这似乎不可能。我的意思是，哈里极其小心，他不会去冒险做一些让自己声名狼藉的事。我想这更像是他与女人的寻欢作乐。"

"你觉得呢，里瓦尔太太，这会不会是一种敲诈？"

"嗯，我不知道……我猜想，从某种程度上来说，应该算是。有些女人，也许，不想让别人知道她的旧事。他因此而感到安全，我想。请注意，我不是说事情一定就是这样，而是说很可能是这样的。我想他不会要太多的钱，你知道。他也不会把人逼上绝路，他只是小规模地揽钱。"说完她表示确信地点了点头。"就是这样。"

"女人喜欢他，对吗？"

"是的。她们总会轻易爱上他。我想，主要是因为他总是看起来像一位来自上等阶层的体面人士。她们为能赢得他的感情而感到骄傲。她们期待和他有一个美好而长久的未来。这是我最直接的感觉。我也是因为同样的原因爱上了他。"里瓦尔太太坦率地说。

"还有一个小问题，"哈卡斯特对他的手下说，"去把那些钟表拿进来，好吗？"

钟表被放在一个托盘上拿了进来，外面覆着一层布。哈卡斯特揭去布，让里瓦尔太太能清楚地看见。她带着毫不掩饰的兴趣和赞许审视着它们。

"都很漂亮，对吗？我喜欢那个。"她碰了碰那个镀金时钟。

"你以前见过它们之中的任何一个吗？这些时钟对你来讲有什么意义吗？"

"没有啊。应该有吗？"

"你能想起你的丈夫和'罗丝玛丽'这个名字之间有什么联系吗？"

"罗丝玛丽？让我想一想。那是一个红头发的，不，她的名字叫罗莎莉。恐怕我想不起谁叫这个名字。但是也可能我并不知道，不是吗？哈里对他的事隐藏得很深。"

"你有没有看到有一个时钟的指针指着四点十三分？"哈卡斯特停顿了片刻。

里瓦尔太太开心地咯咯笑了起来。

"我想它是在提醒下午茶时间到了。"

哈卡斯特叹了口气。

"嗯，里瓦尔太太，"他说，"我们很感激你。延期审讯，正如我告诉你的，审讯会在后天举行。你到时不会介意提供身份证明吧?"

"不会。不会,那没什么。就是让我说他是谁,对吗?我不用再说其他事吧?我不想多谈他生活上的事,诸如此类的事。"

"当下看来是不需要的。你要做的就是现场起誓他就是那个人,哈里·卡斯尔顿,是和你结婚的人。确切的时间在萨默塞特宫会有记录。你在哪里结的婚?你还记得地点吗?"

"在一个叫顿布鲁克的地方,圣米歇尔教堂,我想这是教堂的名字。我真不希望这是在二十多年以前发生的。那会让我感觉我已经有一只脚进入了坟墓。"里瓦尔太太说。

她起身伸出手。哈卡斯特与她握手告别。他返回到桌子旁,坐下来,用铅笔敲着桌子。不久后格雷巡佐进来了。

"还满意吗?"他问。

"似乎还可以,"探长说,"名字叫哈里·卡斯尔顿,这可能是一个假名。我们要看看关于这个家伙我们能发现些什么。看来不止一个女人蓄意要对他报复。"

"看起来很体面的样子。"格雷说。

"那,"哈卡斯特说,"就是他的惯用伎俩。"

他又开始沉思,想着那个写有"Rosemary"的钟。是纪念品吗?

第二十二章
柯林·蓝姆的叙述

1

"你回来了。"赫尔克里·波洛说。

他仔细地将书签夹在书里。这一次,他胳膊旁边的桌子上放着一杯热咖啡。波洛对饮品的品位实在让人难以捉摸!但这一次他却没有劝我和他一起喝。

"你怎么样?"我问。

"太吵了,实在太吵了。他们在装修,重整房屋,这些公寓的结构似乎都变了。"

"他们不会改进吗?"

"会的,我想,但是对于我来讲,这是最令人烦恼的。我不得不因此打乱我的安排。这里还有油漆的味道!"他有点愤怒地看着我。

然后,他挥了挥手,像想挥去这些烦恼似的,他问道:

"你的工作进展得不错,对吧?"

我慢慢地说:"我不知道。"

"嗯,会有这种情况。"

"我发现了他们让我发现的。但我没有找到那个男人。我不知道他们要的是什么。情报?还是一具尸体?"

"说到尸体,我读了在克罗町延期审讯的陈述。说是有人蓄意谋杀。死者的姓名终于查出来了。"

我点点头。

"哈里·卡斯尔顿,他到底是谁?"

"是他的妻子指认的。你去过克罗町了?"

"还没有。我计划明天去。"

"噢,你有空闲时间吗?"

"没有。我还在忙工作。我的工作让我——"我停了一会儿接着说,"在我出国的这段时间里,我不知道发生过什么事。仅仅是有人认领了尸体吗?你是怎么看这事的?"

波洛耸了耸肩膀。

"还在调查中。"

"是的,警方的表现很好——"

"主要是那个妻子非常乐于助人。"

"梅利纳·里瓦尔太太!不错的名字!"

"这让我想起了什么事,"波洛说,"让我想起了什么事呢?"

他若有所思地看着我,但是我没办法帮助他。我了解波洛,这个名字很可能让他想到了什么。

"我在一所乡间小屋拜访过的一个朋友。"波洛沉思着,然后摇了摇头。"不是,这是很久以前的事。"

"等我回到伦敦后,我会过来告诉你我从哈卡斯特那里了解到的关于梅利纳·里瓦尔太太的所有情况。"我向他保证道。

波洛挥了挥手,然后说:"那倒不必。"

"你的意思是不需要我告诉你,你已经知道关于她的所有事了?"

"不是。我的意思是说我对她不感兴趣——"

"你不感兴趣,为什么呢?我不明白。"我摇了摇头。

"要关注事情最本质的环节。那么,告诉我那个叫伊娜的女孩的情况——就是死在威尔布拉汉新月街电话亭里的那个女孩。"

"我已经将我知道的都告诉你了,对那个女孩我没有更多了解了。"

"所以你知道的所有事情就是,"波洛用责怪的语气说,"或者你能告诉我的就是你在打印社看到那个女孩像一只可怜的小白兔,她的鞋跟被卡在格栅里了,她看起来很生气——"他突然停止了讲话。"那格栅在哪里呢,顺便问一下?"

"波洛,我怎么会知道?"

"如果你问了就会知道。如果你不懂得在适当的时候提出更多的问题,又怎么会了解到细节?"

"但是,知道她的鞋跟是在哪里掉的,会有什么关系吗?"

"这或许不重要。换句话说,我们应该知道当时这个女孩在哪里,这或许可以联系到当时她看见过的人,或者当时在那里发生的事。"

"你又在牵强附会。总之,我的确知道是在离办公室很近的地方。因为她说她买了一个圆面包,然后穿着丝袜一瘸一拐地走回了办公室。在那里吃了面包,她还说她在想这样究竟要怎么回家啊?"

"呃,那么她是怎么回到家的?"波洛颇有兴趣地问道。

"我不知道。"

"唉,这是不可能的,用这种方法,你永远都问不出关键的问题!因此你了解到的都是无关紧要的信息。"

"你最好亲自去克罗町一趟,然后自己问问这些问题。"我生气地说。

"现在不行。下个星期有一位很有趣的作家的手稿要拍卖——"

"依然是你热衷的?"

"是的,的确是。"他的双眼变得闪闪发光。"去买约翰·狄克森·卡尔的作品,或者说是卡特·狄克森的作品,他有时这么自称——"

我在他还没开始的时候就逃了,假装赶着去一个重要的约会。我没有心情听他细数那些过去的侦探小说大师。

2

第二天晚上,我坐在哈卡斯特家大门的台阶上,当看到他回来时,我仿佛一下子就从忧郁中摆脱了出来。

"嘿,柯林?是你吗?你又突然出现了,对吗?"

"倒不如说你不见了,这会让人更高兴。"

"你在这里待了多久,一直坐在我家的台阶上?"

"噢,半个小时左右。"

"抱歉没能让你进屋。"

"我本可以轻易就进去的。"我怒气冲冲地说,"你可不知道我们受过的训练!"

"那为什么你不进去呢?"

"无论如何我都不想让你的威望受损,"我解释道,"如果一位探长的家轻而易举地被盗,这肯定会让他丢脸的。"

哈卡斯特从口袋里拿出了钥匙,打开了门。

"进来吧,"他说,"不要再胡扯了。"

他向客厅走去,准备一些饮料。

"什么时候回来的?"

我说没多久，然后我们各自拿起饮料坐下。

"事情终于有了进展，"哈卡斯特说，"我们确定了死者的身份。"

"我知道。我看到了报纸上的报道。谁是哈里·卡斯尔顿？"

"一个看似很体面的男人，他通过和富裕且容易上当受骗的女人结婚或是仅仅订婚谋生。她们对他卓越的理财专业知识很赏识，就把她们的存款委托给他打理。然后不久，他就消失得无影无踪了。"

"他看起来不像那种人。"我说着，脑海里回想着这事。

"那就是他最大的本钱。"

"难道他没有被控告过吗？"

"没有。我们做了调查，但是进展得不顺利。他经常改名字。尽管他们认为哈里·卡斯尔顿、雷蒙德·布莱尔、劳伦斯·道尔顿以及罗杰·拜伦都是一个人，却无法证明这一点。那些女人，你明白，不会说的。她们宁愿损失钱财。这个人的名字变来变去，突然出现在这里或那里，总是用同样的方式谋利，真是令人太难以置信了。有说罗杰·拜伦从南方消失了，一个叫劳伦斯·道尔顿的人在纽卡斯特的泰恩河附近又在开展活动。他羞于拍照，总是躲避他的女友给他拍快照。所以这些都是很久以前发生的事了，有十五年到二十年。在那之后他似乎就真正消失了。说他已经死了的谣言传得沸沸扬扬，但是有些人说他是出国去了——"

"不管怎样，再没有听过他的消息，直到他死在了佩玛繻小姐家客厅的地毯上？"我说。

"正是如此。"

"但他的死亡原因存在诸多可能。"

"确实如此。"

"女人永远都不会忘记她受的侮辱吧？"我提醒道。

"的确，你知道的。有一些女人一辈子都不会忘记——"

"如果这个女人后来又双目失明的话，这岂不是在伤疤上又撒了一层盐——"

"这只是猜测。还没有什么事可以证实它。"

"他的妻子长什么样？叫什么名字？梅利纳·里瓦尔？多么古怪的名字！这不会是她的名字吧。"

"她的真名叫弗洛西·加普。是她自己起的。更适合她当时的身份。"

"她是做什么的？一个妓女？"

"不完全是。"

"过去常常怎么说来着，一个交际场上的女人。"

"我想说的是她是一个好脾气的女人，对朋友有求必应。她说自己以前是个演员。偶尔做一些'女主人'的工作。人缘很不错。"

"这些都可信吗？"

"相当可信。她认尸的时候很肯定。没有一点犹豫。"

"这真是太幸运了。"

"是的。刚开始的时候我很绝望。因为这里有一大堆妻子的来信！后来我开始相信能认识自己丈夫的女人才是聪明的女人。听着，我想有关她丈夫的情况，实际上，里瓦尔太太知道的比告诉我们的要多。"

"她曾被卷入到犯罪活动中过吗？"

"没有她的犯罪记录。我想她可能有过，也许现在还有，一些名声不好的朋友。也没什么大不了的，只是鬼混，类似这种事情。"

"那么那些钟呢？"

"对于她来说没什么意义。我想她说的是实话。我们分析了钟表的来源——波多贝罗市场[①]。那个镀金钟表和德累斯顿瓷钟是在那里发现的。这简直就是一点帮助都没有!你要知道星期六那里的样子。那个摊主认为是一个美国小姐买走的,但是我想这仅仅是猜测。波多贝罗市场到处都是美国游客。他的妻子说是一个男人买的。但她不记得他的模样了。那个银质时钟是从伯恩茅斯一个银匠那里买来的。一个高个子女人想给她的小女儿买一件生日礼物!她只记得她戴着一顶绿色的帽子。"

"第四个时钟呢?消失了的那一个?"

"无可奉告。"哈卡斯特说。

我知道他这样说是什么意思。

[①] 波多贝罗市场,地处诺丁山区域,是英国最有名的露天市集,分别由三个不同的市场组成。南端的古董市场是游客来此淘货的主要目的地,仅在周六开放。

第二十三章

柯林·蓝姆的叙述

我住在警察局附近的一个小旅馆里。这儿的烧烤还不错,但也就是这一点还说得过去。除此之外,当然,它很便宜。

上午十点钟的时候,我打电话给卡文迪什文书打印社,说我想找一位速记打字员记录一些信件,并重新打一份商业合同。我的名字是道格拉斯·韦斯比,我住在克拉伦登酒店(破旧不堪的酒店总是会有一个富丽堂皇的名字)。希拉·韦伯小姐有空吗?我的一位朋友说她很不错。

我很幸运。希拉可以直接过来。但是她在十二点的时候有预约。我说在那之前我们就可以完成,因为十二点的时候我也有约。

我在克拉伦登酒店的旋转门外等着,这时希拉到了。我向她走过去。

"道格拉斯·韦斯比先生愿意为你效劳。"我说。

"是你打的电话?"

"正是。"

"你怎么能做这样的事。"她看起来有些生气。

"为什么不能?我准备好了给卡文迪什文书打印社付费。如果我们在街对面的金凤花咖啡厅一起共度宝贵的时间,而不是口述那些无聊的信件,这又与他们有什么关系呢。走吧,我们去一个安静的地方喝一杯咖啡。"

金凤花咖啡厅真是名副其实,整体的装饰都是鲜艳且张扬的黄色。福米加桌面贴,塑胶垫子,杯子和碟子都是淡黄色。

我点了两份咖啡和司康饼。时间很早,所以咖啡厅里只有我们俩。

当女服务员拿起点餐单离开后,我们隔着桌子看着彼此。

"你还好吗,希拉?"

"什么意思?我好吗?"

深色的黑眼圈让她的眼睛呈现出紫罗兰色,而不是浅蓝色。

"你过得不好,对吗?"

"是的,不,我不知道。我还以为你离开这里了。"

"是的。刚回来。"

"为什么?"

"你知道为什么。"

她的眼睛垂了下来。

"我害怕他。"她至少有一分钟没有说话,这一分钟对我来说是那样漫长。

"你在害怕谁?"

"你的那个朋友,那位探长。他认为……他认为我杀了那个男人,认为我还杀了伊娜……"

"噢,他就是那样的人,"我安慰道,"他看起来总像是在怀疑所有人。"

"不,柯林,完全不是那样。你这样说没有用,我不会高兴的。他从一开始就认为我与这起案子有关系。"

"我亲爱的女孩,没有对你不利的证据。仅仅因为那天你正好在现场,因为有人故意设计让你去了现场……"

她打断了我的话。

"他认为是我自编自导的,一切都是捏造的故事。他认为伊娜一定知道了什么,比如伊娜辨认出了那其实是我在电话中假装模仿佩玛繻小姐。"

"是你的声音吗?"我问道。

"不,当然不是。我从来没有打过那个电话。我早就告诉你了。"

"看着我,希拉,"我说,"无论你对其他人是怎么说的,你必须跟我讲实话。"

"这么说,你也不相信我说的话了!"

"不,我相信。你那天也许因为一些很单纯的原因打了这个电话。有人指使你去这么做,也许告诉你这仅仅是一个玩笑,然后你受了惊吓,但是只要你有一次撒了谎,你就得一直圆下去。事情是这样的吗?"

"不,不,不!我要告诉你多少次呢?"

"好吧,希拉,但是你确实像有什么事隐瞒。我希望你能相信我。如果哈卡斯特有对你不利的信息,没有告诉我他知道的一些事——"

她再一次打断我的话。

"你希望他把知道的一切事都告诉你?"

"嗯,他没有理由不这么做。我们是同一条战线上的合作伙伴。"

这时,正好那位服务员端着我们点的东西走过来。咖啡的味道淡得就像最近刚开始流行的水貂皮衣的颜色。

"我不知道你与警察也有关系。"希拉一边说,一边慢慢搅动着杯里的咖啡。

"确切地说我不是警察。我来自一个完全不同的行业。但是我可以理解，如果狄克没有告诉我关于你的一些事，应该是有特别的原因。因为他认为我喜欢你。嗯，我喜欢你。也许有更甚于喜欢的感情。我是为了你好，希拉，不管你做了什么。你那天从屋里冲出来的时候都快被吓死了。你确实是受了惊吓。你不是假装的，你那个样子绝对无法装得出来。"

"当然我被吓着了。我怕极了。"

"仅仅是因为看到了那具尸体让你这么害怕，还是有其他什么原因？"

"怎么还会有其他的原因？"

我打起精神。

"为什么你要偷拿那个写有'Rosemary'的钟表？"

"你在说什么？我为什么要偷它？"

"我正在问你为什么那么做？"

"我从来没有碰过它。"

"你说你要回屋里，因为你的手套忘拿了。你那天没有戴手套。那是九月的温暖的一天。我从没见你戴手套。然后，你回到屋里，拿了那个钟表。不要再对我撒谎。你确实拿了，对吗？"

她沉默了一会儿，捣碎了盘子里的司康饼。

"好吧。"她用很小的声音说着，几乎是低语。"好吧。是我做的。我拿了那个时钟，并把它胡乱塞进了我的包里，然后才走出去。"

"但是你为什么要那么做？"

"因为那个名字——'Rosemary'。那是我的名字。"

"你的名字是'Rosemary'，不是希拉？"

"两个都是。罗丝玛丽·希拉。"

"就因为这个？就因为你的名字和其中一个时钟上写的名字是一样的吗？"

她听出了我的怀疑。但是她坚持说就是这个原因。

"我受了惊吓,我告诉过你。"

我看着她。希拉是我喜欢的女孩,我想和她在一起,想要保护她。但是不管对她心存什么念想都是没有用的。希拉在说谎,而且可能要永远说下去。这是她求得生存所需的方法——口齿伶俐,善于否认。这是孩子的武器,而她也许永远都没法甩掉了。如果我想要和希拉在一起,就必须接受她的一切。一起支撑这就在眼前的不幸。我们都陷入了被动。

我下定了决心,决定再进一步追击。这是唯一的办法。

"那是你的时钟,对吗?"我说,"它属于你?"

她深吸了一口气。

"你怎么知道?"

"告诉我这一切。"

这个故事就这样慌乱地被讲了出来。在她的生活里一直都有这个时钟的陪伴。在六岁之前,她一直叫罗丝玛丽,但是她憎恨这个名字,宁愿别人叫她希拉。最近这个钟表总是出故障。她准备把它放到一个钟表修理店去修理,就在离打印社不远的地方。但是她却把它落在了什么地方,也许是公交车里,或者是奶品店,她常在午餐时间去那里吃三明治。

"这事距威尔布拉汉新月街十九号谋杀案发生的时间有多久?"

大约一星期,她想。她不想太麻烦,因为这个钟表很破旧,还总是出故障,买一个新的会更好。

她接着说:"刚开始我没有发现,"她说,"走进屋里时,我没有发现。接着我发现了那个已经死去的男人,当时就惊呆了。我走上前去触摸他,站在那里眼睛睁得大大的,我的钟表正对着我放在壁炉旁的圆桌上。我的钟表。我的手上全是血,然后她进来了,我忘记了一切,因为她就要踩到他了。然后我冲了出来。逃离了现场,这就是当时发生的全部。"

我点了点头。

"然后呢?"

"我开始思考。她说她没有打电话给我,那么是谁?谁安排我去了那里,并把我的钟表放在那里的?我说我忘了拿手套,然后回去,把表塞进包里。我想,我很愚蠢。"

"没有比你更傻的人了。"我告诉她,"从某方面来说,希拉,你做的这些事没有任何意义。"

"但是,有人想要陷害我。那张明信片肯定是知道我拿走了钟表的人寄来的。明信片是从老贝利街发出的。如果我的爸爸是一个罪犯——"

"关于你的父母,你知道些什么?"

"我的父母很早就死于一场意外事故,那时我还是一个婴儿。这是我的姨妈告诉我的,她告诉我的只有这些。但是她从来都不提他们,她从来没有跟我讲过有关他们的事。有时,曾经有那么一两次,我问她,她告诉我的事却跟以往她讲过的不一样。所以我知道,她肯定有事瞒着我。"

"继续。"

"所以我想我的爸爸也许是一名罪犯,甚至于,也许是一名谋杀犯。或许我的妈妈是一名谋杀犯。人们一般不会说你的父母死了,或者对他们避而不谈,除非真正的原因是——有什么特别残忍的事不想让你知道。"

"所以你就努力猜想。事情可能很简单。你仅仅是一个私生子而已。"

"我想是这样。人们总是试图在孩子还小时就隐瞒这种事。真是太笨了。告诉他们实情会好得多。现如今这种事也不是那么重要了。但关键是,你明白,我不知道,我不知道事情背后的情况。我为什么会叫罗丝玛丽?这不是家族姓氏。它代表着缅怀与记忆,对吗?"

"可能是一个好的意思。"我分析道。

"是的,它可能……但是我想应该不是。不管怎么说,在那天探长问了我一些问题后,我就开始思考起来。为什么有人想让我去那里?让我去见一个已经死了的男人?或者是这个死了的男人想在那里见我?他是,也许是,我的爸爸,他想让我为他做些事?但是有人跟踪他,然后将他杀害了。或者是一开始就有人故意设计让我成为凶手?噢,我现在完全糊涂了,感到恐惧。似乎一切事情的矛头都在指向我。安排我去那里,一具死尸,有我的名字的钟,罗丝玛丽。然而钟本来不在那里。所以我陷入了恐慌,做了正如你说的一些愚蠢的事情。"

我对着她摇头。

"你读了太多惊悚和推理故事,或是打字的时候接触了太多这类作品。"我指责道,"那么伊娜呢?你有没有想到她脑子里在想些关于你的什么事呢?为什么在办公室里能天天看见你,她却不嫌麻烦非要去你家找你说话?"

"我不知道。她不可能以为我会与这起谋杀案有关。她不会。"

"是不是她无意中听到了什么,而做出了错误的判断呢?"

"没有的事!我告诉你,没有!"

我很怀疑。我无法阻止自己产生怀疑……甚至于这一刻,我也不相信希拉在说实话。

"你有仇人吗?对你不满的年轻人,嫉妒你的女孩子,或是某个心理不平衡而想找你报复的人？"

我能说出这些话，似乎很难让人相信。

"当然没有。"

事情就是这样。甚至于现在我还是对那个钟表不十分确信。这实在是个扑朔迷离的故事。四点十三分。这个数字代表着什么？为什么在明信片上要写上这个数字和这样两个字：记住。除非这对寄出明信片的那个人有着某种意义？

我叹了口气，结了账，然后站了起来。

"不要担心。"我说（这确实是英语或其他语言中最不实在的话），"柯林·蓝姆私人服务社将持续工作。你会好起来的，我们会结婚，会生活得很幸福，就在一年之后。顺便问一句，"我说，我无法阻止自己，尽管我知道以这样充满浪漫的言语结束会更好，但是柯林·蓝姆的独家好奇心驱使我这么做了。"你后来怎么处理那个钟表的？藏在你放袜子的抽屉里了吗？"

她迟疑了一下，然后说，

"我把它丢在隔壁邻居家的垃圾箱里了。"

我有些吃惊。真是干净利落。这说明她很聪明。也许，我低估了希拉。

第二十四章

柯林·蓝姆的叙述

1

希拉离开后,我径直回到了克拉伦登,收拾好包,交给服务员。这种酒店特别留意你中午之前是否会退房。

然后我出发了。经过警察局时,我犹豫了一会儿,还是走了进去。我说找哈卡斯特,他正好在那里。我看见他皱着眉头,低头看着手里的一封信。

"我今晚又要离开了,狄克,"我说,"回伦敦。"

他抬起头,若有所思地看着我。

"你愿意听我一句劝告吗?"

"不用。"我立即说。

他没有理会我。人若想给你劝告,往往都会这样。

"你应该离开,躲得远远的,如果你知道怎么做对你最好的话。"

"没有人能判断对别人来说怎么做是最好的。"

"我保留意见。"

"我要告诉你一些事,狄克。完成现在的任务后,我打算辞职了。至少,我希望能辞职。"

"为什么?"

"我就像是一个维多利亚时代的老牧师。我很多疑。"

"给你自己点时间。"

我不确信他那句话的意思。我问他为何看起来如此烦恼。

"看看这个。"他递给我他正在看的那封信。

亲爱的先生,

　　我刚刚想到了一件事。你问我的丈夫身上是否有什么明显的特征,我说他没有。但是我搞错了。实际上在他的左耳后面有一个疤痕。有一次,他剃胡须时,我们养的狗朝他扑过去,他被剃须刀伤到了,因此缝了好几针。这件事微不足道,所以那天我没有想起来。

你诚挚的,
梅利纳·里瓦尔

"她的笔迹俊逸潇洒,"我说,"尽管我从来都不喜欢紫色墨水。死者脸上有疤痕吗?"

"他确实有一个疤痕。正好在她说的那个位置。"

"她辨认尸体的时候,难道没有看见吗?"

哈卡斯特摇摇头。

"被耳朵挡着了。你必须把耳朵向前拉一下,才能看见。"

"那么一切都没问题了。这是一个确凿的证据。你还在烦什么?"

哈卡斯特沮丧地说这起案件简直就像魔鬼!他问我是否会去看看我在伦敦的那个法国或比利时朋友。

"可能会去。怎么了?"

"我跟郡警察局长提到了他,局长说对他印象深刻——那件女童子军谋杀案①。如果他肯来这里一趟,我将会无比热情地欢迎他。"

"恐怕不行,"我说,"这个人从不轻易出门。"

2

十二点过一刻的时候,我按响了威尔布拉汉新月街六十二号的门铃。赖姆塞太太开的门。她几乎都没有抬眼看我。

"什么事?"她说。

"我能和你谈谈吗?我十天前来过这里。你可能不记得了。"

她抬起眼睛仔细看了我一会儿,微微皱了皱眉。

"你来过,和探长一起来的,对吗?"

"是的,赖姆塞太太。我可以进来吗?"

"请进。警察是不会被拒之门外的。如果我真的那么做了,会吃不了兜着走。"

她领我进入客厅,粗鲁地坐在一把椅子上,面对着我。她的声音之前听着有些刻薄,但今天,她的样子却显得有些无精打采,这是之前没有过的。

我说:

"今天家里似乎很安静……你的儿子返校了吧?"

"是的。完全不一样了。"她继续说,"我想你是来问我前几天的那起谋杀案的吧?那个在电话亭里被杀害的女孩。"

"不是。不完全是那个。我与警察没有太多关系,你知道的。"

---

①指波洛此前的一个案子,详见《万圣节前夜的谋杀》。

她看起来有些惊讶。

"我想你是巡佐,蓝姆,对吗?"

"我的名字是蓝姆,没错,但是我在另一个完全不同的部门工作。"

无精打采从赖姆塞太太的神情中消失了。她直接而又严厉地盯着我。

"噢,"她说,"好吧,什么事?"

"你先生还在国外?"

"是的。"

"他已经离家很长时间了,对吗,赖姆塞太太?而且去了很远的地方?"

"关于此事你知道些什么?"

"嗯,他已经走进铁幕国家①了吧?"

她沉默了一会儿,然后用平静而毫无感情的声音说,

"是的。是的,是这样的。"

"你知道他去了那里吗?"

"或多或少知道一些。"她停了一下,然后说,"他想让我到那里与他会合。"

"他计划这件事有一段时间了吧?"

"我想是的。直到最近他才告诉我。"

"你并不赞同他的想法吧?"

"以前是赞同的,我想。但是你肯定知道……你们已经了解了事情的细节,对吗?"

"你也许能告诉我们一些非常有用的信息。"我说。

---

①铁幕国家是西方对苏联和东欧国家的通称。

她摇摇头。

"不。我做不到。不是说我不愿这么做。你知道,他从来都对我含糊其词。我不想知道。我厌恶这所有的一切!当米歇尔告诉我他打算离开这个国家,出海关,去莫斯科时,我一点儿都不吃惊。后来我不得不做出自己的决定。"

"于是你决定不支持你先生的计划?"

"不,不是这样的!我的看法完全是个人的。我想最后总会有女人和他一起去的,当然肯定是一个狂热分子。有些女人可能会极度狂热,但我不是。我一直都是一个温和的左翼分子。"

"你的先生与拉金案有牵扯吗?"

"我不知道。也许有。他从来都不会告诉我这些。"

她突然热切地看着我。

"我们最好说清楚,蓝姆先生,或是披着羊皮的狼先生,无论你是谁。我爱我的丈夫,也许我应该和他一起去莫斯科,这都和我是否同意他的政治观点没有关系。他想让我带上孩子们。我不想带!事情就是这样。所以我决定一定要和孩子们待在一起。能否再见到米歇尔,这我不知道。他必须选择他的生活方式,我也要选择我的。但是有一件事我非常确定,在他和我谈过这件事之后,我决定让孩子们在自己的国家长大。他们是英国人。我想让他们和普通的英国孩子一样成长。"

"我明白。"

"我知道的就这么多。"赖姆塞太太说,这时她站了起来。

她的态度突然坚决了很多。

"这一定是个艰难的选择,"我温柔地说,"我为你感到难过。"

"我也是。"也许我语气里的同情感染了她。她微微笑了。

"也许你确实是……我想你的工作让你试图从别人的表情中

探寻出更多的信息,以知道他们的感觉和想法。这件事对我无疑是致命一击,但是我已经渡过了最艰难的时刻……我现在必须做好计划,该做什么,该去哪里,是否待在这里,还是去其他地方。我应该去找一份工作。我过去曾做过文秘工作。也许我应该报一个进修课程学学速记和打字。"

"嗯,别去卡文迪什文书打印社工作。"我说。

"为什么?"

"去那里上班的女孩似乎都会有不幸的事情发生。"

"如果你认为我对那件事有什么了解的话,那么你错了,我不知道。"

我祝福她好运,然后就离开了。我没有从她那里了解到什么。我实际上也没心存什么奢望。但总得有人完成扫尾工作。

3

刚从大门出来,我差点撞上麦克诺顿太太。她手提一个购物袋,摇摇晃晃地走着。

"让我来。"我说着伸手去接购物袋。刚开始她有意紧紧抓着它,然后她向前歪着头,仔细看着我,接着松开了手。

"你就是那位来自警察局的年轻人,"她说,"刚开始我没有认出是你。"

我提着购物袋到了她家门口。她步履蹒跚地走在我旁边。没有想到购物袋这么重。我真想知道里边是什么。好几磅的土豆吗?

"不用按门铃,"她说,"门没有锁。"

威尔布拉汉新月街似乎没有谁家的门上过锁。

"你的事情进展如何?"她闲扯着,"他活着的时候似乎结过很多次婚。"

我不知道她正在说什么。

"谁,我最近一直都不在。"我解释道。

"噢,我明白。是在追查某人吧。我是指里瓦尔太太。我去参加了庭审。如此普通的一个女人。我想说对于她丈夫的死,她似乎一点都不悲伤难过。"

"她有十五年没有见过他了。"我解释道。

"安格斯和我结婚有二十年了。"她叹了口气,"很长的时间。自从他不去大学教书后,就开始了很多园艺的工作……很难知道人到底应该去做什么。"

就在这时,麦克诺顿先生手里拿着铲子,从屋子的拐角处走过来。

"噢,你回来了,亲爱的。让我来吧——"

"放在厨房里就行。"麦克诺顿太太机智地对我说,她用胳膊肘轻轻碰了碰我。"就是一些玉米片、鸡蛋和甜瓜。"她高兴地笑着跟她丈夫说。

我把购物袋放在了厨房的桌子上。它叮里咣当响着。

玉米片,没这回事!我侦探的直觉开始工作。在一张胶布的掩饰之下,是三瓶威士忌。

我知道了为什么麦克诺顿太太有时那么欢快地喋喋不休,为什么有时她走路会步履蹒跚。也许正因如此,麦克诺顿先生才辞去了他的工作。

对这一片街区来说,此时还是清晨。当我沿着新月街向奥尔巴尼路走的时候,我碰到了布兰德先生。布兰德先生看起来精神状态似乎很好。他很快便认出了我。

"你还好吗?案件进展如何?我知道尸体身份确认了。他生前对他的妻子似乎很不好。顺便问一下，抱歉，你不是本地人，对吗？"

我含糊其词地说我刚从伦敦过来。

"原来苏格兰场也有兴趣，是吗？"

"嗯——"我没有直接表态。

"我理解。不能随便说的。但是，你并不在庭审现场。"

我说我当时在国外。

"我也是，老弟。我也是！"他朝我眨眨眼睛。

"巴黎快乐？"我问道，同时也朝他眨眨眼睛。

"真希望是那样。只有一天的旅行是在布伦①。"

他用他的胳膊肘悄悄碰了碰我，正如麦克诺顿太太一样。

"没有带太太。是和一个迷人的小姐结成一对出去的。金发女郎，可爱极了。"

"因公出国？"我说。我们俩同时大笑起来。

他去了六十一号，我朝着奥尔巴尼路继续走着。

我对自己不满意。就像波洛说的，应该会从邻居中问出更多的信息。人们都没有看到发生了什么，这绝对是不合常理的！也许哈卡斯特没有问对问题。但是我能想出什么好问题呢？当我走上奥尔巴尼路时，我的脑海中出现了一个问题清单。它们是这样的：

　　寇里先生（卡斯尔顿）被麻醉了。何时？
　　同上。被谋杀了。何处？
　　寇里先生（卡斯尔顿）被带到了十九号。怎么做到的？

---

①法国北部海港城市。

有人一定看到了什么！谁？

同上。看到了什么？

我再一次转向了左边。现在我正走在威尔布拉汉新月街上，就如同九月九日那天一样。我应该去拜访佩玛繻小姐吗？按响门铃，然后说，嗯，我应该说什么呢？

拜访华特豪斯小姐？但是我究竟能对她说什么呢？

也许去找黑姆太太？别人对她说什么，黑姆太太从来都不注意。她没有听别人说话，她所说的话也都互不相关，但是也许能从中发现些什么。

我一边走着，一边数着门牌号，就像以前一样。已故的寇里先生来这里时，是不是也这样数着门牌号，来到他要拜访的那一家门前。

威尔布拉汉新月街显示出从未有过的冷峻。我发现自己几乎想以维多利亚时代的口气大喊一声，"哇！如果这些石头会说话！"在那个年代，这是人们最喜欢说的话。但是石头不会说话，砖和灰浆也不会，就连粉饰灰泥也不会。威尔布拉汉新月街还是那么安静。古老，冷漠，有些破旧，呈现出一幅异常冷清凄惨的景象。我相信，就连徘徊的小偷都不知道他们要寻找什么。

路上几乎没有行人。几个骑着自行车的男孩经过我身旁，还有两个手里提着购物袋的女人。我知道为什么会这样。现在已经，或者接近那已经被英国的传统神圣化的一小时，午餐时间。只有几户人家的窗户上未挂窗帘，从中可以看到一两个人正围着餐桌吃饭，但是这也极其罕见。不然就是窗户被小心翼翼地用尼龙网遮蔽了，正好与曾经流行的诺丁汉蕾丝花边相反，这听起来有些不可思议。大部分人遵守着十九世纪六十年代的习俗，围坐在家里"现代化"的厨房中用餐。

这个时间，我在想，是一天中行凶作案的最好时间段。那个凶手想到这一点了吗？我很好奇。这是凶手计划中的一部分吗？我最后来到了十九号。

就像许多反应迟钝的人一样，我站在那里呆呆地凝视着。这会儿，看不到一个人。"没有一个邻居出现。"我难过地说，"没有智慧的旁观者。"

我感到肩膀一阵刺痛。我错了。原来这里有一个邻居，而且，如果这个邻居能说话，它将会是多么有用啊。我倚靠着二十号的门柱，看到我以前见过的那只橘黄色大猫正坐在门柱上。我停下来，和它说话，把它顽皮的爪子从我的肩膀上拿开。

"如果猫会说话。"我把这个作为和它说话的开场白。

橘黄色的猫张开了嘴，发出了一声响亮且悦耳的喵喵声。

"我知道你能，"我说，"我知道你跟我一样会说话。只是你不会说我的语言。那天你也是坐在这里吗？你看到谁进了那个屋子或者从那里出来吗？你知道到底发生了什么吗？我不会不相信你的，乖啊。"

这只猫会错了意。它转过身，开始对我来回摆动它的尾巴。

"对不起，尊敬的猫殿下。"我说。

它回头冷冷地看了我一眼，开始勤快地洗起脸来。邻居们，我痛苦地思索着！毋庸置疑，在威尔布拉汉新月街缺乏邻居。我想要找的，哈卡斯特想要找的，是那些爱说闲话的、喜打听的、爱盯着别人看的老太婆，整天如此消磨着她们手里大把的时间。总喜欢朝窗外看看，看看是不是能发现些什么丑闻。问题是这些老太太如今都已经消失了。她们都极舒适地、一群一群地坐在养老院里，或者集中在医院里，占据着真正的病人急需的床位。

那些行动受限的老人都已不住在自己家里，而是由那些忠心耿耿的用人照料着，或者是由那些愚笨的、热衷于去好人家的穷亲戚照看着。这对于刑事调查来讲是极大的阻碍。

我向远处眺望着马路。为什么看不见一个邻居呢？为什么这里不是那种一排一排地面向我排开的整齐干净的房子，而是这种看起来巨大而冷漠的水泥块？如蜂巢似的住宅，毫无疑问，被像工蜂一样辛劳的人租住着。白天一整天都在外面工作，只有晚上会回来，清洗她们的内衣裤，然后化好妆，出去和她们的小男朋友约会。相比这种冷酷的、满是公寓的街区，我对威尔布拉汉新月街已经消逝的维多利亚时代的优雅开始有了一种亲切感。

我的眼睛被一束光晃了一下，那是从那栋楼中部射出来的光。这让我感到迷惑。我睁大眼睛看着。是的，闪光又出现了。窗户开着，有人正从里边向外看。一张脸被正在往上举着的什么东西挡住了一些。闪光再次出现了。我把手伸进了口袋。在那里我准备了很多好东西，都是能派上用场的东西。有时你会因它们的用处而感到惊讶。一小卷胶布，一些看上去毫不起眼的仪器，用它们可以打开所有上了锁的门。一小罐灰色粉末，上面贴了无关紧要的标签，以及用来吹它的吹管，一到两件其他小装置，很多人都不知道它们是什么。除此之外，我还有一个小型的观鸟望远镜。它的性能并不是很高，但够用了。我拿出它，放在眼前。

窗户边有一个小孩。我能看到她长长的发辫耷拉在一侧的肩上。她戴了一副小型望远镜，她正在仔细看着我，带着讨人喜欢的专注力。因为周围没有什么值得看的，否则她可能也不会这么用心。然而就在这时，威尔布拉汉新月街出现了另一个让你分散注意力的东西。

一辆很旧的劳斯莱斯，由一位年老的司机驾驶着，沿着马路高傲地开了过来。他看似威严的外表下透露出对生活的厌倦。他经过我的时候，就像后面跟着一个车队似地庄严肃穆。我的小观察家，我发现，正在用她的小型望远镜看着他。我站在那里，思考起来。

我总是相信，如果你坚持等待的时间越长，那么你就肯定会遇到某种好运，某种你不可能指望的，或者是你永远都想不到的，但是确实就会发生的事情。这次，这种事有可能发生在我身上吗？再一次抬头看了看这庞大的街区，我仔细地确定了那扇引起我兴趣的窗户的位置。三楼。然后我一直沿着街道走，直到来到公寓的入口。这里宽宽的车道沿着街区伸展开来，车道两边的草丛中，美丽的花坛有序地排列着。

这里看起来总是那么美。我步行穿过车道走向楼房，抬起了头，好像很惊讶的样子俯身看向草坪，假装在寻找什么，最后直起了腰，很明显地把什么东西从手里放到了口袋里。然后我绕着街区走着，直到来到入口处。

在一天的大部分时间里，我想这里应该有一个守门人，但是就在这充满神秘气息的一点到两点的一个小时里，大厅入口处竟然是空的。门铃上面贴着一个大大的标签，上面写着"守门人"。但我没有去按响它。这里有一部电梯，我走过去，按了三层的按钮。做完这些之后，我不得不好好向周围环视了一番。

看来假如想从外面进入里边的任何一个房间都是轻而易举的事情，但是楼里却很容易让人晕头转向。还好，在这方面我有很强的实践能力，所以，我几乎很快就确定了我已到达我要找的门口。上面的门牌号，不偏不倚写着七十七。"嗯，"我想，"七是幸运的数字。就从这儿开始吧。"我按响了门铃，退后一步等着即将发生的事情。

第二十五章
柯林·蓝姆的叙述

我等了一两分钟,门开了。门口站着一个金发、身材高大的北欧女孩。她的脸庞红扑扑的,穿着鲜艳的衣服,用询问的眼神看着我。看起来她刚刚仓促地擦过手,手上仍留着一些面粉的痕迹,还有一点点面粉在鼻头上,所以我很容易就猜出来她正在做什么。

"打扰了,"我说,"我想请问一下,这里是不是有个小姑娘,她从窗户上掉了东西下来。"

她勉强地朝我微微一笑。英语显然不是她的强项。

"对不起,你说什么?"

"这儿有个小孩,一个小姑娘。"

"是的,是的。"她点点头。

"掉了东西,从窗户上。"

我边说边做着一些手势。

"我捡到了它,顺便拿了上来。"

我展开手,伸了出去。手里放着一把银白色的水果刀。她看了看,但似乎不认得。

"我想这不是,我没有见过……"

"你一直在忙着做饭。"我体谅地说。

"是的，是的，我在做饭。是这样的。"她用力地点了点头。

"我没想到会打扰你，"我说，"如果你能让我把这个给她。"

"不好意思？"

她似乎知道了我在说什么。她领我穿过门厅，打开了一扇门。这是一间使人感觉温馨舒适的客厅。靠近窗户的位置摆着沙发，上面坐着一个大约九岁或十岁的孩子，一条腿上打着石膏。

"这位先生，他说你，你掉了……"

就在这时，真是走运，一股浓烈的、东西煳了的味道从厨房里传了过来。我的向导惊慌地喊了一声。

"对不起，请原谅我离开一下。"

"你快去吧，"我由衷地说，"这里我可以应付。"

她飞快地跑了出去。我走进客厅，随手关上门，向沙发走过去。

"你好？"我说。

那孩子也说："你好？"然后向我投来深深的、极有洞察力的一瞥，似乎要将我看透。这着实吓了我一跳。她是一个长相普通的孩子，灰褐色的直发均匀地梳成了两个小辫。高耸的前额、尖尖的下巴，一双灰色的眼眸看起来异常聪慧。

"我是柯林·蓝姆，"我说，"你的名字叫什么？"

她立即回答了我。

"杰拉尔丁·玛丽·亚历山德拉·布朗。"

"哇，"我说，"这确实是个不一般的名字。别人叫你什么？"

"杰拉尔丁。有时候叫格里，但是我不喜欢。爸爸不赞成用缩写的名字。"

和孩子相处，你会发现他们的一个显著优点就是有自己的逻辑。任何一个成年人会立刻问我想干什么。杰拉尔丁没有问那些愚蠢的问题，而是很快和我聊了起来。她既孤独又无聊，与任何一个访客的见面对她来说都是一种新鲜愉快的体验。在我证明自己其实是一个平淡又无趣的家伙之前,她都会很乐意与我谈话的。

"你爸爸出去了,我猜想。"我说。

她和刚才一样立即回答了我,并且还添加了很多她愿意分享的细节。

"他在海狸桥的卡廷海文机械制造厂上班,"她说,"距离这里的准确距离是十四又四分之三英里。"

"你的妈妈呢?"

"妈妈去世了。"杰拉尔丁说,似乎并没有不高兴的样子。"她在我只有两个月大的时候就去世了。她从法国飞过来。飞机坠毁,机上所有人都死了。"

"我知道了,"我说,"所以你有——"我向门口看了看。

"她叫英格丽德,来自挪威。她来这里刚刚两周。她还不会讲英语。我正在教她英语。"

"她在教你挪威语?"

"一点点。"杰拉尔丁说。

"你喜欢她吗?"

"是的。她很好。有时她做的东西有点古怪。你知道吗,她喜欢吃生鱼。"

"我在挪威也吃过生鱼,"我说,"偶尔感觉还不错。"

杰拉尔丁看着我,似乎对此很怀疑的样子。

"她今天正在尝试做糖浆馅饼。"她说。

"这听起来很不错。"

"嗯,是的,我喜欢糖浆馅饼。"她又礼貌地说,"你过来要吃午餐吗?"

"哦,不是。事实上,我是路过这里,我想你从窗户上掉了东西。"

"我?"

"是的。"我把银色的水果刀拿给她看。

杰拉尔丁看了看它,刚开始还很怀疑,接着就表示出了喜欢。

"好漂亮,"她说,"它是什么?"

"是一把水果刀。"

我把它打开。

"噢,我看看。你的意思是可以用它来削苹果皮,或者做类似的事情。"

"是的。"

杰拉尔丁叹了口气。

"这不是我的。不是我掉的。你为什么会想到是我呢?"

"嗯,你正在向窗外看,而且……"

"我大部分时间都在向窗外看。"杰拉尔丁说,"我跌倒弄伤了腿,你看。"

"运气不好。"

"是的。但不是因为什么有趣的事而摔伤的。我刚准备下公交车,它突然启动要开走。我伤得挺重,有点痛,不过现在已经没事了。"

"你一定感觉很无聊。"我说。

"是的,确实是。但是爸爸给我买了许多东西。橡皮泥、书、蜡笔和七巧板等东西。但是你也会厌烦玩这些,所以大部分时间我都会用这个朝窗外看看。"

她无比骄傲地拿出了一副小型望远镜。

"我可以看看吗?"我说。

我从她手里拿过来,调好焦距,看向了窗外。

"棒极了。"我称赞道。

这副望远镜,确实是太棒了。如果这是杰拉尔丁的爸爸买的,应该花了不少钱。你可以无比清楚地看到威尔布拉汉新月街十九号以及邻居们的房子。这是多么令人吃惊的事啊。我把望远镜还给了她。

"确实很棒,"我说,"简直是一流的。"

"它们很实用,"杰拉尔丁骄傲地说,"不是幼儿的玩具。"

"是的……我能明白。"

"我有本小记事本。"杰拉尔丁说。

她拿给我看。

"我在里边记录着事情和时间。就像是猜火车。"她说,"我有一个表弟,名字叫狄克,他也玩猜火车。我们也一起猜摩托车的车牌数字。你知道的,看你最远能看多远。"

"这是很有意思的游戏。"我说。

"是的。不幸的是这条路没有很多汽车经过,所以有时候就不得不放弃了。"

"我想你一定很清楚下面那些房子,谁住在那里,以及类似的事。"

我只是很随便地闲扯着,但是杰拉尔丁却反应神速。

"嗯,是的。当然我不知道他们的真名,所以我自己给他们起了名字。"

"那一定很有趣。"我说。

"那里住着的是卡拉拉巴斯侯爵夫人,"杰拉尔丁手指着说,"就是那栋有很多乱糟糟的树的房子。你知道,她有很多只猫。"

"我刚刚和其中一只说了话,"我说,"一只橘黄色的猫。"

"是的,我看见你了。"杰拉尔丁说。

奇的时间。令人激动的事是在听到一声尖叫后发生的，当时有人从屋里冲了出来。然后我就知道一定有事情发生了。"

"谁在尖叫？"

"就是一个女人。她很年轻，非常漂亮。她从门里跑出来，然后不停地尖叫。有一个年轻男人沿着马路走了过来。她跑出大门，紧紧抓住了他，像这样。"她用她的手臂模仿着。她突然紧紧地盯着我。"他看起来很像你。"

"那我一定得有分身术。"我不以为然地说，"接下来发生了什么？真是太刺激了。"

"嗯，他让她坐下。你知道，在地上。然后他进入了那间屋子，那位皇帝——就是那只橘黄色的猫，我叫它皇帝，因为它看起来那么骄傲——停止了洗脸，看起来很受惊的样子。然后派克斯塔夫小姐从她的屋里走出来。就是那一家，十八号。她走出来，站在台阶上张望着。"

"派克斯塔夫小姐？"

"我叫她派克斯塔夫小姐是因为她长得很普通。她有一个哥哥，她经常欺负他。"

"继续。"我很感兴趣地说。

"然后各种事情就发生了。那个男人又从屋里跑了出来。你确信那不是你？"

"我长得很大众化，"我谦虚地说，"有很多人长得像我。"

"是的，我想的确如此。"杰拉尔丁表现出坦率的样子。"嗯，无论如何，这个男人，他沿着马路走下去，然后在路边的一个电话亭里打了电话。很快警察就来了。"她的眼睛开始发光。"许多警察。他们把死者抬进了好像是救护车的车里。当然，这时出现了很多人，争先恐后地来看热闹。我看到了哈里。他是这些公寓

"你的观察一定很敏锐。"我说,"我希望你没有遗漏什么?"

杰拉尔丁愉快地笑了。英格丽德打开门,气喘吁吁地走进来。

"你们还好吗,嗯?"

"非常好,"杰拉尔丁很肯定地说,"你不需要为我们担心,英格丽德。"

她频频点着头,用她的手打着手势。

"你回去吧,去做饭吧。"

"好的,我回去了。有人来看你真是太好了。"

"她做饭的时候会变得紧张,"杰拉尔丁解释道,"我指的是当她尝试新鲜的东西的时候。有时我们会很晚吃饭,就是这个原因。很高兴你能来。有人能分散我的注意力,真好,我就不会总想着饿了。"

"跟我说说住在那所房子里的人吧。"我说,"你看到了什么。谁住在旁边那所房子里,那所很干净的房子?"

"噢,那所房子里住着一个双目失明的女人。她完全看不见,但是她走起路来好像能看见似的。这是看门人告诉我的。哈里。哈里人很好。他跟我说过很多事,他告诉我有一起谋杀案。"

"谋杀案?"我装出吃惊的样子。

杰拉尔丁点了点头。即将要开始讲述重要的事,她的眼睛因此闪闪发光。

"谋杀案发生在那所房子里。我正好可以看见。"

"多么有趣的事情。"

"难道不是吗?我以前从来没见过谋杀。我是指我从来没有见过发生谋杀案的地方。"

"你看到了,呃,什么?"

"嗯,刚开始没有什么发生。你知道,那是一天中最平淡无的看门人。后来是他告诉我这件事的。"

"他告诉你谁被谋杀了吗?"

"他只是说是一个男人。没有人知道他的名字。"

"真是太有趣了。"我说。

我真诚地祈祷英格丽德不要在这个时候拿着美味的糖浆馅饼或是其他美食再次闯进来。

"再想想在这之前发生的事。告诉我更早的事。你见过这个人吗?这个被谋杀的人。你看到他来到那所房子吗?"

"没有,我没有。我想他自始至终一直在那里。"

"你的意思是说他住在那里?"

"噢,不是,除了佩玛繻小姐没有人住在那里。"

"所以你知道她的真实姓名?"

"呃,是的,报纸上写了。关于谋杀案。那个尖叫的女孩名叫希拉·韦伯。哈里告诉我那个被谋杀的男人名叫寇里先生。这是一个有趣的名字,对吗,就像某种食物品牌。还有第二起谋杀案。不是同一天,是后来,在马路边的电话亭里。我从这里可以看见,但是我必须把头伸向窗外,扭着脖子看。当然我没有真的看见,因为,我的意思是说,如果早知道有案子,我就会注意去看。但是,当然,我不能未卜先知。那天早上聚集了很多人,就站在街上,看着对面的房子。我想他们真是很愚蠢,对吗?"

"是的,"我说,"愚蠢至极。"

这会英格丽德又出现了。

"我很快就好,"她安慰着我们。"我很快就好。"

她再一次离开了。杰拉尔丁说:

"我们真的不需要她。她只需操心做饭。当然这是除了早餐之外她一天中要做的唯一一顿饭。爸爸晚上在餐厅吃饭,他会从那里带吃的给我。就是鱼或者其他的东西，不算什么晚餐。"她的声音听起来有些不高兴。

"你通常在什么时候吃午餐，杰拉尔丁？"

"我的正餐，你是指？这就是我的正餐，我晚上不吃正餐，仅仅是夜宵而已。嗯，我吃正餐的时间一般都是英格丽德做好饭的时候。她没有时间概念。她早餐准备得比较准时，否则爸爸会生气，但是午餐就是随便什么时间了。有时我们在十二点吃午餐，有时直到两点才能吃。英格丽德说你不用在固定的时间等着吃饭，你只需要在它做好的时候吃就行。"

"嗯，这真是一个随意的安排。"我说，"你在什么时候吃的午餐？正餐，我的意思是，在谋杀案发生的那天？"

"那天是在十二点。你知道，英格丽德那天要出去。她去看电影或者是剪头发，佩里太太过来陪我。她让人讨厌，真的。她喜欢轻轻地拍人。"

"拍人？"我有些诧异。

"你知道的，在头上。说着类似的'亲爱的小女孩'的话。"杰拉尔丁说，"她不是那种能和你愉快交谈的人。但是她会带给我糖果或者诸如此类的东西。"

"你多大了，杰拉尔丁？"

"我十岁。十岁三个月。"

"你很会聊天，很聪明。"我说。

"那是因为我必须经常和爸爸聊天。"杰拉尔丁认真地说。

"那么在谋杀案发生的那天你吃饭吃得很早？"

"是的，这样英格丽德就可以早早洗好碗盘，赶在一点出门了。"

"然后那天早晨你从窗户往外看，在看路人。"

"噢,是的。较早的时候,大约是十点钟,我在玩填字游戏。"

"我一直在猜想你是否有可能看到寇里先生来到那所房子?"

英格丽德摇了摇头。

"不。我没有。我认为这很古怪。"

"嗯,也许他很早就来了呢。"

"他没有来到前门,没按门铃。否则我会看见。"

"也许他是穿过花园进来的。我的意思是从房子另一侧的门。"

"噢,不会的。"杰拉尔丁说,"花园背对着另外的房子。没有人喜欢有人随便穿过自家的花园。"

"是的,我想也是。"

"我真希望我知道他的长相。"杰拉尔丁说。

"嗯,他看上去有些老。大约六十岁。他的胡子刮得很干净,穿着一件深灰色西服。"

杰拉尔丁摇了摇头。

"听起来非常普通。"她有点失望。

"不管怎么说,"我说,"我想,让你记住,你倚靠在这里时向外观望的每一个时刻,真是很为难你。"

"这一点都不困难。"她挑衅似的说。

"我能告诉你那天早上发生的所有事。我知道螃蟹太太是什么时候来,什么时候走的。"

"那个日常打扫房间的女人,是吗?"

"是的。她急促地跑来跑去,就像一只螃蟹。她有一个小男孩。有时她会带着他一起过来,但是那天没有。然后佩玛繻小姐在大约十点钟的时候出去了。她在一所盲人学校里教书。螃蟹太太大约在十二点的时候离开了。有时她走时会拿着一个包裹,她来时并没有带着。我想,是一点儿黄油和奶酪,因为佩玛繻小姐看不见。我知道那天发生的很多事,因为你知道吗,我和英格丽德吵架了,所以她不理我。我在教她学英语,她想知道如何说'直到我们再次见面'。她只会用德语跟我说这个。我能听得懂,因为我去瑞士时,那里的人对我说过。他们也这么说。如果你用英语说,就会显得粗鲁。"

"那么你跟英格丽德怎么说?"

杰拉尔丁不怀好意地不停咯咯笑着。她刚要说,就又笑了起来,但是最后她终于忍住不笑了。

"我告诉她应该说'快滚出去'!所以她就跟隔壁的邻居布尔斯特罗德小姐说了这句话,布尔斯特罗德小姐气坏了。英格丽德知道后很生我的气,说我们不再是朋友了,直到第二天下午茶时间我们才和好。"

我细细琢磨着她说的话。

"所以你的精力一直放在这副望远镜上。"

杰拉尔丁点点头。

"这就是为什么我会知道寇里先生没有从前门进来。我想也许他是不是晚上的时候就已经设法进来了,然后藏在阁楼里。你认为这可能吗?"

"我想任何事都有可能发生,"我说,"但就这件事来说,这种可能性不大。"

"是不可能,"杰拉尔丁说,"那样他会饿肚子的,对吗?如果他藏起来的话,他就不可能找佩玛繻小姐要早餐吃了。"

"没有人来到这所房子吗?"我说,"一个人都没有?没有人坐车来?做生意的一些访客?"

"杂货店的人在星期一和星期四来。"杰拉尔丁说,"送奶工每天早晨八点半来。"

这个孩子简直就是一部百科全书。

"花椰菜和其他东西都是佩玛繻小姐自己买。除了洗衣店的人,没有人来拜访过。这是一家新的洗衣店。"她又说。

"一家新的洗衣店?"

"是的。通常都是南唐斯洗衣店。很多人的衣服都是送去南唐斯洗衣店。那天来的是一家新洗衣店——雪花洗衣店。我从来没有见过雪花洗衣店。肯定是新开业的。"

我尽量控制自己,不让我的声音听起来过度激动。我不想刺激她,让她太过激动。

"他们是来送衣服的,还是来收衣服的?"我问。

"送衣服。"杰拉尔丁说,"用一个很大的篮子装着。比普通的篮子大很多的那种。"

"是佩玛繻小姐亲自拿的吗?"

"不,当然不是,她又出去了。"

"那大概是什么时间,杰拉尔丁?"

"正好是一点三十五分。"杰拉尔丁说,"我记下了这个时间。"她骄傲地又加了一句。

她拿过来一个小记事本,打开它,用她很脏的食指指着一行字。一点三十五分,洗衣店到十九号。

"你应该去苏格兰场。"我说。

"他们要女侦探吗?我很喜欢当女侦探,我不是指女警察。我认为女警察有些愚蠢。"

"你还没有告诉我洗衣店的人来时,发生了些什么事。"

"没发生什么事啊。"杰拉尔丁说,"司机下来,打开厢式货车,把篮子拿了出来,一直绕着屋子的一侧拖着走,直到走到后门才停下来。我想着他不可能进去。佩玛繻小姐很可能锁了门,所以他会把它先放在后门口,然后返回去。"

"他长得什么样?"

"很普通的人。"杰拉尔丁说。

"像我一样?"我问。

"噢,不,比你老得多。"杰拉尔丁说,"但是我没有很清楚地看到他,因为他一直把车开到了房门口——这条路。"她指了指右边。"他在十九号的前面停下了,尽管他走错了方向,走到了马路的另一边。但是对于这样的街道来讲,这是无所谓的。然后他弯腰扛着篮子,穿过了大门。我只能看见他的头后部,当再次看见他时,他正擦着脸上的汗。我想是因为搬运篮子,天气还有点热的缘故。"

"然后他开着车走了?"

"是的。为什么你认为这件事很有趣?"

"嗯,我不知道。"我说,"我想也许是他可能看见了什么有趣的事。"

英格丽德突然推开门,手里推着一辆手推车。

"我们现在开始吃午餐。"她欢快地点着头说。

"太好啦,"杰拉尔丁说,"我正饿着呢。"

我起身。

"我现在必须得走了。"我说,"再见,杰拉尔丁。"

"再见。那么这个怎么办呢?"她拿起了那把水果刀。"这不是我的。"她有点依依不舍地说,"我真希望它是。"

"看起来它好像不属于任何人,对吗?"

"那它是无主珍宝,或者是其他什么?"

"类似的东西。"我说,"我想你最好拿好了。就是说,紧紧抓牢,直到有人声称这是他的为止。但是我想不会。"我很真诚地说。

"给我一个苹果,英格丽德。"杰拉尔丁说。

"苹果?苹果①?"

她的发音很好。我把刀子留下,走了。

---

①原文为法语和德语。

第二十六章

里瓦尔太太推开了"孔雀的怀抱"的门,摇摇晃晃地走向了里面。她喃喃地低语着。对于这家特别的酒吧来说,她不是陌生人,很受酒保的欢迎。

"你还好吗,弗洛,"他说,"怎么了?"

"那样不对,"里瓦尔太太说,"不公平。不,不对。我知道我正在说什么,弗里德,我说,那样不对。"

"当然那样是不对的。"弗里德安慰着她,"怎么了?像往常一样吗,亲爱的?"

里瓦尔太太点头默许着。她点了酒,开始从她的玻璃杯里小口喝着。弗里德离开去招呼另一位顾客。因为酒的作用,里瓦尔太太逐渐变得高兴了起来。她还在喃喃低语,但是神情愉快了不少。当弗里德再次走过来时,她跟他说话的方式变得温和了很多。

"不管怎样,我不打算再忍耐了。"她说,"不,不行。如果说有一件事我不能忍耐,那就是欺骗。我无法再忍受欺骗,我再也做不到了。"

"当然。"弗里德说。

他用一双仿佛能洞察一切的眼睛审视着她。"已经发生好几次了。"他心里想着,"我原本觉得她能承受更多。一定有什么事让她心烦意乱。"

"欺骗,"里瓦尔太太说,"搪塞,搪塞,嗯,你知道我指的是什么。"

"我当然明白。"弗里德说。

他转头向其他新来的客人打招呼。里瓦尔太太又开始喃喃自语起来。

"我不喜欢那样,我不想再忍受了。我要这样说。人们不能认为他们可以那样对待我。是的,他确实不可以。我的意思是,如果你不为你自己说话,谁还会为你说话?这是不对的。再给我一杯,亲爱的。"她大声说着。

弗里德给她倒了酒。

"如果我是你,喝完这杯我就回家。"他劝道。

他想知道是什么让这个老姑娘如此心烦。她通常都是很温和的。很友好,喜欢笑。

"这让我很不好受,弗里德,你知道。"她说,"既然要让你做事,就应该告诉你所有的一切。他们应该如实告诉你做这件事意味着什么,他们正在做什么事。骗子,下贱的骗子,这就是我要说的。我不想再忍耐了。"

"如果我是你,我会很快回家。"弗里德说,他发现有一滴眼泪马上要从那涂了睫毛膏的美丽眼睛里滑落。"马上就要下雨了,会下得很大。你漂亮的帽子就要受罪了。"

里瓦尔太太感激地微微一笑。

"我总是很喜欢矢车菊。"她说,"噢,天哪,我真不知道该做什么,我确定。"

"我会回家,好好睡一觉。"酒保亲切地说。

"嗯,也许,但是——"

"去吧,现在,你并不想弄脏那顶帽子。"

"的确是这样,"里瓦尔太太说,"是的,的确是这样。这非常深,我不是指这个,我想表达什么意思呢?"

"你深刻的言辞,弗里德。"

"谢谢你。"

"没关系。"弗里德说。

里瓦尔太太从高高的吧凳上下来,摇摇摆摆地向门口走去。

"今晚似乎有什么事让弗洛很难过。"一个顾客说。

"她看起来一直都很快乐,但人生总会有不如意的事。"另一个看起来很沮丧的人说。

里瓦尔太太从"孔雀的怀抱"走出来。她抬头看了看天空。是的,也许马上就要下雨。她沿着街道走着,有点匆忙,走过了一个路口,转向了左边,又在一个路口转向了右边,停在了一个看起来很昏暗的房子前面。当她掏出钥匙,正要上台阶时,从下面传来说话声,从靠近门的拐角处探出一个头,向上看着她。

"有一位绅士在楼上等你。"

"等我?"

里瓦尔太太听起来有点吃惊。

"嗯,可以称他为绅士。打扮得体,各方面看起来也不错,但不是阿尔杰农·费拉·德·费拉爵士,我想说。"

里瓦尔太太总算找到了钥匙孔,伸进去转动一下,然后走了进去。

屋里闻到一股卷心菜、鱼和桉树散发出的味道混合在一起的气味。桉树的味道似乎在大厅里一直存在着。里瓦尔太太扶着栏杆上了楼。她推开了一层的门,走进去,然后突然停住,向后退了一步。

"噢,"她说,"是你。"

哈卡斯特探长从椅子上站起来。

"晚上好,里瓦尔太太。"

"你来干什么?"里瓦尔太太毫不客气地直接问道,显得和平时很不一样。

"嗯,我因工作必须来伦敦一趟。"哈卡斯特探长说,"有一两件事我想我需要和你谈一谈,所以我过来期望能找到你。那个,呃,楼下的那个女人认为你不久后就会回来。"

"噢,"里瓦尔太太说,"嗯,我不明白,嗯。"

哈卡斯特探长向前推过来一把椅子。

"请坐。"他有礼貌地说。

他们的身份似乎颠倒了,他成了主人,而她是客人。里瓦尔太太坐下,眼睛直直地盯住他。

"你说的一两件事是指什么?"她说。

"小事,"哈卡斯特探长说,"突然出现的小事。"

"你的意思是,有关哈里的?"

"正是。"

"现在看着这里。"里瓦尔太太用近乎挑战的语气说。同时一股烈性酒的气味直接扑向了哈卡斯特探长的鼻中。"我和哈里的事已经过去了。我不想再提他。当我在报纸上看到他的相片时,我就立即过去了,对吗?我过去告诉了你有关他的事。这是很久以前的事,我不想再想起。我没有更多能告诉你的了。我已经告诉了你我能记得的所有事,现在我不想再听关于这件事的任何消息。"

"就是很小的一个细节。"哈卡斯特探长温和地说着,显出很抱歉的样子。

"噢,那好吧。"里瓦尔太太毫无礼貌地说,"是什么?开始吧。"

"你认为那个人是你的丈夫,或者是十五年以前和你有过一场婚姻的人。是这样吧?"

"到现在为止我在想你应该知道确切的时间吧?"

"比我想到的还要精确。"哈卡斯特探长默默对自己说道,他继续着。

"是的,你说得很对。我们查过了。你们结婚的时间是一九四八年五月十五日。"

"成为一位五月新娘总会很不幸,人们这么说。"里瓦尔太太沮丧地说,"它没有带给我任何好运。"

"尽管时间过去这么久,你还是能轻易地辨认出你的丈夫。"

里瓦尔太太有些不安地动了动。

"他看起来并不老。"她说,"他总是很会照顾自己,哈里是这样的。"

"你还能给我们一些额外的确认信息。你给我们写了信,我想,关于那个疤痕。"

"是的。在他的左耳后面。在这里。"里瓦尔太太举起了一只手,指了指那个地方。

"在他的'左耳'后面?"哈卡斯特加重了语气。

"嗯——"她似乎有一瞬间的犹疑。"是的。嗯,我想是的。我确定是。当然有时候左右也会让人糊涂,对吗?但是,是的,在他脖子的左边。这里。"她用她的手再次示意那个同样的位置。

"你是说,在他刮胡子的时候伤到的?"

"是的。狗跳起来扑向了他。我们那时养了一只精神非常饱满的狗。它总会向你扑过来。它是一只饱含深情的狗。它跳向了哈里,他手里拿着剃刀,深深地割了进去。他流了很多血。伤口缝了好几针,但是伤疤就永远留在那里了。"她用很确信的口气说着。

"这是个非常有价值的细节,里瓦尔太太。毕竟,有时一个人会与另一个人长得很像,特别是当过了很长时间以后。但是很难发现有一个男人和你的丈夫一样都在同样的地方有一个疤痕。这种发现是值得信任的,对吗?案情似乎向前走了一步。"

"我很高兴能让你满意。"里瓦尔太太说。

"这起剃刀事故发生在什么时间?"

里瓦尔太太想了一会儿。

"这发生在大约,嗯,在我们结婚六个月后。是的,是那个时间。我记得在那个夏天我们开始养那只狗。"

"所以这发生在一九四八年的大约十月或者是十一月。对吗?"

"是的。"

"之后你的丈夫在一九五一年离开了你……"

"是我赶他走的,不是他离开我的。"里瓦尔太太带着自尊心说。

"是这样啊。总之,在你的丈夫一九五一年离开以后,你就再也没有见过他,直到你在报纸上看到了他的照片?"

"是的。这些我都已经告诉你了。"

"你对此很确信吗,里瓦尔太太?"

"当然我确信。自从那天以后我就再也没有见过哈里·卡斯尔顿,直到我看见他死去的消息。"

"这真是奇怪,你知道,"哈卡斯特探长说,"这是非常奇怪。"

"为什么?你说的是什么意思?"

"嗯,这是一件很古怪的事。瘢痕组织。当然,这对你我来说并无差别。但是医生会告诉你很多。他们会粗略地告诉你,你知道，这个疤痕在一个男人身上多久了。"

"我不明白你的意思。"

"嗯，是这样的，里瓦尔太太。根据我们的法医和我们咨询过的其他医生的意见，这个在你丈夫耳朵后面的瘢痕组织清晰地显示，伤口存在的时间不可能超过五六年。"

"胡说。"里瓦尔太太说，"我不相信。我……没有人能说清楚。不管怎样这个不是……"

"所以你明白，"哈卡斯特用平和的语气继续说着，"如果这个疤痕是五六年前才有的，那这个男人是否是你的丈夫？在他一九五一年离开你的时候，并没有这个疤痕。"

"也许他没有。但是不管怎样他就是哈里。"

"但是自从那以后你再也没见过他，里瓦尔太太。所以，既然你都一直没有见过他，那么你是怎么知道五六年前他有了这个疤痕的？"

"你把我弄糊涂了，"里瓦尔太太说，"你让我有些糊涂了。也许这不像一九四八年一样有那么久的时间。你不可能记得所有的事。总之，我知道哈里有那个疤痕。"

"我知道，"哈卡斯特探长说着站了起来，"我想你最好仔细考虑一下你说的话，里瓦尔太太。你并不想惹上麻烦吧。"

"你这是什么意思，惹上麻烦？"

"嗯，"哈卡斯特探长几乎是辩解着说道，"伪证。"

"伪证？我？"

"是的。这是严重犯法，你知道。你可能会陷入纠纷，甚至于坐牢。当然，你并没有在死因裁判法庭就此宣誓，但是你很可能必须在其他审讯中就你的证词起誓。所以，嗯，我想你应该仔细考虑一下，里瓦尔太太。也许有什么人，指使你告诉我们有关这个伤疤的故事。"

里瓦尔太太站起来。她挺直了身体,她的眼睛闪着光。在这一刻,她看起来几乎称得上是庄严。

"在我的人生中,我从未听说过这些胡话,"她说,"完全是胡扯。我只是尽我的公民之责。我去见你,帮助你,告诉你我记得的所有事情。如果我犯了什么错误,我确信这是很自然的。毕竟,我认识很多,嗯,绅士朋友,也许有时会记错。但我不认为我'做'错了什么。那个人是哈里,在他的左耳后面有一个伤疤,对此我很确信。现在,也许,哈卡斯特探长,你应该离开,而不是继续待在这里含沙射影地说我一直在撒谎。"

哈卡斯特探长立即站了起来。

"晚安,里瓦尔太太。"他说,"您需要再考虑考虑。就是这样。"

里瓦尔太太昂起头。哈卡斯特从门里出去了。他一离开,里瓦尔太太的态度立即就变了。她反抗的姿态顿时坍塌了。她看起来既恐惧又忧虑。

"给我找麻烦,"她低语着,"给我找麻烦。我,我不想再这样了。我要,我要,我不想因为任何人而陷入麻烦中。告诉我很多事,对我撒谎,欺骗我。卑鄙,太卑鄙了。"

她摇摇晃晃地走来走去,最后下定决心,她从角落里拿起一把伞,再一次出去了。她走到街道的尽头,在一个电话亭前犹豫不决,然后去了一个邮局。她走进去,兑换了零钱,然后进入其中一个电话亭。她拨通了问询处,要求转到一个号码。她站在那里等着,直到电话接通。

"接通了,请说话。"

她开口说话。

"你好……噢,是你。我是弗洛。不,我知道你告诉过我不能,但是我必须这么做。你没有跟我说清楚。你从来都没有告诉过我这会给我带来麻烦。你只是说,如果这个男人被确认了,对你会不利。我从来都没有想过我会被卷入谋杀案……嗯,当然你会说这个,但是无论如何,这些你没有告诉我……是的。我知道。我想你已经卷入了这场纠纷……嗯,我不会支持的,我告诉你……这会成为一个——嗯,你知道我要说的话——从犯,类似这种。不管怎样,这违背了事实,我有些害怕,我告诉你……要我去写信,要我告诉他们关于伤疤的事。现在这个伤疤似乎是四五年的事,而我还发誓说那是在他离开我之前就有……那是伪证,我可能因此而坐牢。嗯,你现在这么劝我也没有用……不……守信是一回事……我知道……我知道你因此事给了我钱,但没有多少……嗯,好的,我听你的,但是我不会去……好的,好的,我会保密……你说什么?……多少?……那真是一大笔。我怎么知道你已经拿到,甚至于……嗯,是的,当然这会有影响。你发誓你与这事没有关系?——我的意思是杀人……

"不,我相信你不会。当然,我明白……有时因为人多,难免会弄错……但这不是你的错……你总会让事情听起来是那么回事……你一向如此……嗯,好的,我会好好考虑但是必须尽快……明天?什么时候?……是的……是的,我会过来,但不要支票。也许会退票……我真的不知道会陷入这种麻烦……好的。嗯,如果你这么说……嗯,我无意说它恶毒……那么好吧。"

她从邮局出来,沿着人行道摇摇摆摆地走着,心里暗笑着。

为了那些钱值得与警察周旋,冒一次险。这会使她以后的日子好过得多。再说也不是真的有多大风险。她可以说她忘记了或是没记清。很多女人连一年前发生的事都不记得。她可以说她把哈里和另一个男人搞混了。噢,她可以想出很多理由去辩解。

里瓦尔太太是那种天性反复无常的人。她的精神现在很活跃，正如之前她无比消沉一样。她开始一心一意地认真考虑她要用这笔钱做的几件事……

第二十七章
柯林·蓝姆的叙述

1

"你似乎没有从赖姆塞太太那里了解到更多的信息。"贝克上校抱怨道。

"本来就没有什么可以了解的。"

"你确信吗?"

"是的。"

"她不是其中的一分子?"

"不是。"

贝克意味深长地看了我一眼。

"还算满意吗?"他问。

"算不上。"

"你希望了解更多?"

"真相还没有浮出水面。"

"嗯,我们应该去看看其他地方……放弃新月街。是吗?"

"是的。"

"你不想说话。昨天喝醉了?"

"我没有做好这份工作。"我慢慢说着。

"要不要我摸一摸你的头,然后说'好了,好了'?"

我禁不住笑了。

"这就对了。"贝克说,"现在说说,到底怎么了?是因为那个女孩吧。"

我摇了摇头。"已经有段日子提不起精神了。"

"实际上我已发现了。"贝克出乎意料地说,"这个世界正处在混乱之中。问题都不像以前一样清晰了。一旦感到挫败,就感觉像干枯了一样。要注意阻止那些穿过墙头生长的毒蘑菇!如果被它们占了先,那么你对我们的利用价值就结束了。你确实做了几件一流的工作,小伙子。对此应该满意了,回到你那些该死的海草中去吧。"

他停了一下说:"你真的'喜欢'那些讨厌的东西,对吗?"

"我发现这个话题很有趣。"

"我觉得应该让人厌恶才对。本质上是非凡的变异,对吗?我指的是,品位。你负责的那个谋杀案进展怎么样了?我跟你打赌,是那个女孩干的。"

"你错了。"我说。

贝克朝我摆摆他的手指,露出既严厉又慈爱的神情。

"我跟你说过什么,'做好准备。'我不是以童子军的观念看待这件事。"

我走在查令十字路上,陷入了深深的沉思中。

我在地铁站买了一份报纸。

我读到,昨天在交通拥堵时间,据猜测,一个女人在维多利亚车站由于体力不支突然倒地,并且不省人事,被送到了医院。到达医院后,才发现她是被刺伤的。她没有醒过来就死了。

她的名字是梅利纳·里瓦尔太太。

2

我打电话给哈卡斯特。

"是的,"他回答了我的问题,"正如报纸上说的。"

他的声音听起来冷酷无情。

"我前天晚上去找她,告诉她有关那个伤疤的事还没有被认定。那个瘢痕组织经分析是最近产生的。人都会有想不开犯错的时候。仅仅只是尝试去做一些不该做的事。有人付钱让这个女人去确认那具尸体是多年前抛弃她的丈夫。

"她就照此做了!只是她自以为很聪明。她想如果她事后想起了这个不重要的小疤痕,这将会令人更信服,有助于最终的确定。如果她即刻就脱口而出,听起来未免太随便。"

"所以梅利纳·里瓦尔就被绕进去了?"

"你知道吗,我很怀疑这点。假设一个老朋友或者认识的人去找她,然后说,'听我说,我现在有点困难。一个和我做生意的家伙被谋杀了。如果他们确认了他的身份,我们所有的交易就会被曝光,这就是灭顶之灾。但是如果你去那里,说他是你的丈夫,哈里·卡斯尔顿,他多年前离家逃走了,然后整件事情就会平息。'"

"很肯定她会犹豫不决而不愿意去做——说这样做风险太大?"

"如果这样,那个人就会说,'有什么风险?大不了说,你搞错了。任何一个女人在隔了十五年以后都有可能记错的。'很可能就在这时候,对方提到了一笔丰厚的资金。然后她说好的。她讲交情!就去做了。"

"毫不怀疑?"

"她不是一个多疑的女人。总是这样,柯林,每一次我们抓到凶手,熟悉他的人都不敢相信他会做这样的事!"

"你去找她时,发生了什么事?"

"我吓了她一下。在我离开后,她做了我想着她会做的事——去联系让她陷入这种困境的那个男人或女人。当然,我跟踪了她。她去了邮局,在一个公共电话亭里接通了电话。不幸的是,这不是我希望她用的位于大街尽头的那个电话亭。因为她必须先去换零钱。她从电话亭里出来的时候看起来很高兴。她一直被我们暗中监视着,直到昨天晚上之前都没发生什么可疑的事。她去了维多利亚车站,买了去克罗町的票。时间是六点半,正好是交通拥堵时间。她没有保持警惕。她想,无论怎样她都要去见在克罗町的那个人。但是那个狡猾的魔鬼就在她的前面。在拥挤的人群中想要聚集在某个人身后,再把刀插进去……简直就是世界上最容易的事。不要设想她是否知道自己被刺杀了。人们不知道,你明白的。记得拉维提团伙抢劫案中的巴顿吗?一直走完了一条街,他才倒地死掉。仅仅就是一瞬间的疼痛,然后你会想你一会儿就好了。但根本不会了。你会站着死去,只是你事先并不知道。"

他最后总结道:"该死,该死,真该死!"

"你调查过……其他人吗?"

他的回答极为迅速。

"佩玛繻小姐昨天在伦敦。她要为学院处理一些公事,是乘坐七点四十的火车回的克罗町。"他停了一下,"希拉·韦伯拿着打字文件去了伦敦,和一个外国作者在做校对,这个作者要去纽约。她离开丽兹酒店的时间大约是五点三十分。然后去看了电影,一个人,在回去之前。"

"听我说,哈卡斯特,"我说,"我有事告诉你。有目击证人可以做证。九月九日那天,一辆洗衣店的厢式货车在一点三十五分停在了威尔布拉汉新月街十九号的门前。司机把一个很大的篮子放在了房屋的后门口。这是一个特别大的篮子。"

"洗衣店?哪家洗衣店?"

"雪花洗衣店。知道吗?"

"不太清楚。新的洗衣店总是突然冒出来。这个洗衣店的名字听着也很普通。"

"嗯,你查一下。一个男人开着车,那人把篮子拿到了房门口——"

哈卡斯特突然变得有些警觉。

"这是你编造的吗,柯林?"

"不是。我告诉你了我有一个目击证人。查一下,狄克。尽快。"

在他想进一步追问我的时候,我挂断了电话。

我走出电话亭,看了看表。我有很多事情要做。做这些事情时,我不希望哈卡斯特干涉我。我想亲手安排我将来的生活。

第二十八章
柯林·蓝姆的叙述

1

在五天之后的晚上十一点钟,我抵达克罗町。先去了克拉伦登酒店,要了一个房间,就上床睡觉了。因为前一天晚上很劳累,我睡过头了。第二天十点差一刻钟才醒来。

我请服务员帮我送来咖啡、烤吐司和当天的日报。随它们一起送过来的还有一个正方形的大信笺,左上角写着"亲启"的字样。

我带着好奇心翻看着它。这简直出乎意料。信笺纸看起来既厚实又昂贵,上面印有整齐的字。

上下翻转着看了一遍后,我最终打开了它。

里边放着一张信纸。上面只有几个大字:

麻鹬酒店十一点半

房间号四一三

(敲三下!)

我盯着这封信,来回翻看——这到底是什么意思?

我注意到了房间号,四一三,这和时钟的时间一样。一个巧合?还是故意安排?

我想打电话给麻鹬酒店。然后又想着打电话给狄克·哈卡斯特。后来我谁也没有打。

我懒散的精神状态彻底消失了。我起床、刮胡子、洗脸、穿衣服,沿着路往前走,来到了麻鹬酒店,正好在约定的时间到达。

夏季最佳的旅游时节已经结束。酒店里没有太多人。

我没有去前台问询。我直接乘电梯来到了四层,沿着走廊来到四一三号房间。

我在门口站了一会儿,然后,我敲了三下门,突然感到自己很愚蠢……

传来一个声音:"请进。"

我转动门把手,门没有锁。我走进去,突然停住了。

我见到了这个世界上我最不想见的人。

赫尔克里·波洛面对着我坐在那里,热情地朝我微笑着。

"很意外吧?"他说,"但我希望,对你而言是个惊喜。"

"波洛,你个老狐狸,"我嚷道,"你怎么会到这里来?"

"我坐着戴姆勒豪华轿车过来的,很舒服。"

"但是你来这里做什么?"

"说起来让人很苦恼。他们坚持,强烈坚持要重新装修我的公寓。想想我的处境。我能做什么?我能去哪里?"

"许多地方。"我冷冷地说。

"可能吧,但是我的医生建议我去海边,说那里的空气对我更好。"

"那些体贴的医生发现了你想去的地方,就顺便建议你去那里!这个是你递送给我的吗?"我挥动着收到的信件。

"自然是,不然还会有谁?"

"你的房间号是四一三,这是巧合吗?"

"这不是巧合。我特意要求的。"

"为什么?"

波洛把他的头歪到了一边,朝我眨眨眼睛。

"这样似乎很合适。"

"那么敲三次门呢?"

"我无法阻止自己这么去做。如果我能附上一小枝迷迭香,或许就更好。我原本想割伤我的手指,把我带血的手印弄在门上。但要适可而止!我可能会被感染。"

"我想你是返老还童了。"我冷冷地说,"今天下午我该去给你买一个气球和一只毛绒兔玩具。"

"我想你并不享受这分惊喜。你没有表示出愉悦,看到我时一点也不高兴。"

"你期待这些吗?"

"为什么不呢?好啦,现在让我们来点正经的,我有一些愚见,希望对你们有一些帮助。我已经给郡警察局局长打过电话了,他真是非常友善,现在我在等你的朋友,哈卡斯特探长。"

"你要跟他说什么?"

"我在想,我们三个应该有一次共同的谈话。"

我看着他笑了。他也许称它为谈话,但我知道谁会是一直讲话的那个人。

赫尔克里·波洛!

2

哈卡斯特到了。我们互相介绍并问好,然后友好地坐在一起,狄克时不时地会偷偷看波洛,就像动物园里的人研究一只新来的、让人好奇的动物一样。我不禁怀疑他可能从未遇到过如赫尔克里·波洛一样的人。

彼此寒暄过后，哈卡斯特清了清嗓子开始说话。

"我想，波洛先生，"他小心翼翼地说，"你想知道，嗯，整个的计划是吗？这不是非常容易的事。"他犹豫着说，"郡警察局局长让我尽力配合你去做一切我能做的事。但是你必须知道这存在着困难，有很多问题存疑。然而，因为你特意过来了——"

波洛打断了他的话，看似一副冷漠的样子。

"我来这里，"他说，"是因为我在伦敦的公寓要重新装修。"

我狂笑起来，波洛用责备的眼神看了我一眼。

"波洛先生不用专门亲自过来，也不用去查看什么，"我说，"他总是坚持说，只要坐在一把扶手椅里就能知道所有的事。但这是真的吗，波洛？否则你为什么会来这里呢？"

波洛以严肃的态度回答着。

"我说没有必要找来猎狐犬、大警犬和追踪犬，根据气味跑来跑去。但是我承认对于追踪来说，要一只狗是必需的。一只猎犬，我的朋友。一只好猎犬。"

他转向了探长。得意地用一只手捻着他的小胡子。

"让我告诉你，"他说，"我不像英国人那么宠爱狗。就我个人而言，没有狗我也可以生活。虽然如此，我接受你对于狗的想法。人们爱他们的狗，娇宠它，会向朋友们吹嘘他养的狗多么聪明和机敏。那么反过来也一样！狗喜爱他的主人。它纵容着它的主人！也吹捧着它的主人，让主人感觉自己十分聪明。所以尽管人们不是真的想出去散步，他也会振作起精神，带他的狗出去溜达溜达，因为他的狗非常喜欢。同样，狗也会努力讨主人的欢心，而满足主人的愿望。"

"我亲爱的年轻朋友柯林在这里。他来找我，不是因为他自己的问题向我寻求帮助；他很自信他能自己解决问题，或者，我猜，已经解决了。他担心我没有事情做，一个人很孤独，所以他给我带来了一个亟待解决的问题，以为这可以提起我的兴趣，让我有干劲。他向我发起挑战，向我挑衅我经常告诉他我能做到的事情。静静地坐在我的椅子里，在一个合适的情况下解决那个问题。我怀疑，这可能是有点蓄意的预谋，但是毫无恶意。他想要对大家说，也向我证明这毕竟不是容易的事。你想以此嘲弄我。仅此而已！我不怪你。我要说的就是，你不了解你的赫尔克里·波洛。"

他挺起胸脯，捻了捻他的小胡子。

我看着他，咧着嘴亲切地笑了。

"那么好吧，"我说，"给我们这个问题的答案，如果你知道的话。"

哈卡斯特用怀疑的眼神盯着他。

"你说你知道是谁杀害了威尔布拉汉新月街十九号的那个男人，对吗？"

"当然。"

"也知道是谁杀害了伊娜·布伦特？"

"是的。"

"你知道那个死者的身份？"

"我能查到。"

哈卡斯特的脸上露出了难以置信的表情。想到郡警察局局长，他保持着礼貌的态度。但是他的声音中充满了怀疑。

"对不起，波洛先生，你声称你知道是谁杀害了这三个人。真的吗？"

"是的。"

"那么你已经侦破此案了?"

"那倒还没有。"

"说了半天,原来你仅仅是在推测。"我不客气地说。

"我不会和你在无意义的事情上争吵,亲爱的柯林。我只想说,我知道!"

哈卡斯特叹了口气。

"但是你明白,波洛先生,我必须要有证据。"

"那是自然的,但是从你现在掌握的资源来看,于你而言,拿到证据是有可能的。"

"我不敢保证。"

"好啦,探长。如果你知道,真的知道,那并不是第一步?你还会继续下去吗?"

"不一定。"哈卡斯特叹了口气说道,"今天有一些人仍然逍遥法外,他们本应被关进监狱。他们心知肚明,我们也是。"

"但那总是少数,并不是——"

我插话说。

"好啦。好啦。你知道的……现在让我们也知道吧!"

"我发现你还在怀疑我。但是首先让我说明一下:对事物的'确信无疑'就意味着当找到合适的方法时,所有的事情就会迎刃而解。你会发现再也找不出其他方法了。"

"看在上帝的分上,"我说,"继续干吧!我同意你所说的。"

波洛换了个舒服的姿势坐着,并示意探长往玻璃杯里加满酒。

"有件事,我的朋友,你必须要知道。要想解决问题,你必须先找到事实依据。因此你要有一只狗,一只猎犬,能把需要的东西一件一件地——"

"带来给它的主人。"我说,"同意。"

"一个人不可能仅仅坐在椅子里,通过读报纸上的消息就能破案。因为事实要求必须是真实的,而报纸上的信息很少是准确无误的。他们报道某事发生在四点钟,实际上是四点过一刻,他们说一个男人有一个姐姐名叫伊丽莎白,而实际上是他的小姑子名叫亚历山德拉,等等。但是柯林,我有一只有着非凡能力的狗。这种能力,我可以说,令它在自己的工作中表现十分优异。它有一种非凡的记忆力。它能向你复述,甚至是好几天前发生的对话。它能准确地重复谈话的内容,更确切地说,对那些印在脑海中的事,不会像我们似的颠三倒四。它不会粗略地描述。她不会说,'在十一点二十分时邮递员来过',而是会描述具体的细节,就如,前门响起了敲门声,有人手里拿着信件进了屋子。所有这些都是非常重要的。这意味着就像我在现场一样,它能听见我能听见的一切,它能看见我能看见的一切。"

"只是这条忠诚的狗没能做出必要的推断?"

"所以,就目前而言,我有了这些事实依据,就仿佛'身临其境'。这是你的战时术语,对吗?'让某人身临其境'。当柯林叙述完这个故事后,最初打动我的是那不可思议的故事情节。四个钟表,每一个都比正常的时间快了一个小时,所有被引进屋里的人都不认识房子的主人。我们不能,永远都不能相信人们所说的话,直到这些话得到证实。"

"你的想法和我的一样。"哈卡斯特表示认同。

"地板上躺着一个死了的男人,一个看起来很体面的中年人。没有人知道他是谁。在他的口袋里有一张名片,上面写的名字是R.H.寇里先生,丹佛街七号,大城市小地方保险公司。但是没有大城市小地方保险公司,没有丹佛街七号,似乎也没有寇里先生这个人。这像是一个毫无用处的证据,但它也是证据。我们现在进一步分析。显然在差十分两点的时候,文书打印社接到了电话,一位叫作蜜勒莘·佩玛繻的小姐要求将一名速记员在三点钟的时候派到威尔布拉汉新月街十九号,并特意要求让希拉·韦伯小姐前去。韦伯小姐被派过去,在接近三点钟的时候到达了那里,按照指示进入了客厅,发现地板上躺着一个死人,然后尖叫着冲了出来。她冲进了一个年轻男人的怀抱。"

波洛停下来看着我。我向前鞠了一躬。

"撞上了我这个年轻英雄。"我说。

"你看,"波洛特意提到,"说起这件事的时候,就连你也无法阻止自己那滑稽夸张的声调。整件事是那么富有戏剧性和奇幻色彩,让人完全难以置信。这种事情只可能在像加里·格雷格森写的小说中发生。我想到当我年轻的朋友带着这个故事找到我时,我正在研究一系列的侦探小说作者,在他们过去六十年的作品中,他们运用了各种各样的诡计。非常有趣。人们几乎会认为真实的犯罪都是在模仿小说中的情节。也就是说,如果我发现一只狗在它应该叫的时候没有叫,我会对自己说,'哈!福尔摩斯犯罪!'同样地,如果一具尸体是在完全封闭的房间里发现的,我就会很自然地说,'哈!迪克森·卡尔案!'然后就是我的朋友奥利弗太太。如果是我发现的话——即使这样我也不会多说什么。你明白我的意思了吗?这次的案件是在如此荒谬至极的情况下发生的,以至于人们会立刻感到,'这本书与现实生活完全不相符。所有的事都不真实。'但是,这次说什么都没用了,因为这是事实。这件事确实发生了。这让人想到就生气,不是吗?"

哈卡斯特没有如此分析过,但是他完全同意这种观点,他表示赞同地点着头。波洛继续说道:

"这正好与切斯特顿的小说相反。'你会在哪里藏起一片树叶？在森林里。你会在哪里藏起一块鹅卵石？在海边。'在这里有穿越，有幻想，有传奇！我对自己说，试着模仿切斯特顿。'一个中年妇女在哪里可以隐藏她已渐渐逝去的美丽？'我没有回答。'隐藏在其他衰老的面孔中。'完全错误。她是隐藏在她的妆容之下，在口红和睫毛膏之下，用华丽的皮毛包裹着自己，让珠宝环绕着脖颈，让耳坠摇曳于耳间。你听懂了吗？"

"嗯——"探长掩饰着他的无知。

"因为这些装扮，人们会被她身上的高级时装吸引，会去注意衣服上的皮毛、佩戴的珠宝、头饰，他们丝毫都不会去留意这个女人本身的容貌！所以我对自己说，我对我的朋友柯林说，因为这起谋杀案有太多离奇的设计而转移了人的注意力，所以它一定是一起很简单的案件。我说得对吗？"

"你说得没错。"我说，"但是我还是不明白你为什么知道真凶呢？"

"那么你就必须等待了。所以，现在，我们不看案件的这些设计，而来分析本质的东西。一个男人被杀了。他为什么会被杀？他是谁？第一个问题的答案显然要通过第二个问题才能得知。直到你得到这两个问题的正确答案，你才可能再继续查下去。他可能是一个敲诈犯，或者是一个骗子，或者是一位让妻子讨厌的丈夫，他的存在让他的妻子感到了一种可怕的威胁。他可能只是一个普通人。越来越多的人说他只是一个普通的、受人尊敬的有钱人。我突然想到，'既然说这应该是一起简单的谋杀案？那么，好，就这么做。让这个人成为他看起来的那样——一个有钱且受人尊敬的中年人。'"他看着探长，"你明白了吗？"

"嗯——"探长只是礼貌性地应了一声，就停住了。

"所以他是这样一个人,一个普通的、和善的中年人,他的消失对'某人'来说一定是必要的。对谁呢?最后我们可以缩小一些排查范围。了解通常的情况——佩玛繻小姐和她的习惯,卡文迪什文书打印社,还有在那里工作的名叫希拉·韦伯的女孩。所以我对我的朋友柯林说:'去找邻居们。和他们谈谈。发现一些事情。他们的背景。但最重要的是,要投入谈话。因为在这种你并不仅仅是为了获取问题答案的谈话中,在这种闲聊中,就会有事情无意中泄露出来。当所谈的话题对他们来说具有危险性的时候,人们就处在一种自我保护的状态中,但是一旦进入随便的闲聊,让他们感到放松时,他们就会无意中说出事实。这样案件就会大有进展。'"

"高明的方法,"我说,"不幸的是,在这起案件中没有什么效果。"

"但是,亲爱的,它起作用了。有一句重要的话。"

"什么?"我问道,"谁说的?什么时候?"

"在适当的时候,亲爱的。"

"请你告诉我,波洛先生。"探长礼貌地重又回到这个话题。

"如果你绕着十九号画一个圈,所有在其中的人都有可能杀害寇里先生。黑姆太太,布兰德夫妇,麦克诺顿夫妇,华特豪斯小姐。但最重要的是,有一些人已经被提前设计进了现场。佩玛繻小姐在大约一点三十五分出去之前,可能已经将他杀害,韦伯小姐很可能被安排在那里与他见面,在冲出房间报警之前就已将他杀害。"

"啊,"探长说,"现在你转入到具体问题了。"

"那当然,"波洛滑动着他的轮椅说,"你,我亲爱的柯林。你也在现场。在新月街的上半段找着下半段的房号。"

"呃，是这样啊。"我忿忿不平地说，"你究竟想说什么？"

"我，说我知道的所有事情！"波洛傲慢地大声说。

"而我是那个还想着告诉你整件事情的傻瓜！"

"谋杀犯通常都很自负，"波洛指出，"很可能会耍弄你，这样你就有笑话我的理由了。"

"如果你继续说下去，你就要使我信服了。"我说。

我开始感觉有些坐立不安起来。

波洛又转向哈卡斯特探长。

"我对自己说，本质上来说这肯定是一件简单的谋杀案。不相干的钟表的出现，提前一个多小时的时间，故意发现尸体的安排，现在这些都必须放在一边。关键是一个普通的中年人死了，并且是有人想让他死。如果我们知道这个死去的男人是谁，这将会暗示我们谁是杀手。如果他是一个臭名昭著的诈骗犯，我们就必须找到可能被他诈骗过的人；如果他是一名侦探，那么我们就去找那个暗中犯过罪的人；如果他是一个有钱人，那么我们就从他财产的继承人中寻找。但如果我们不知道这个男人的身份，那么要从这大片的范围中去找出有嫌疑的凶手，就是一个非常艰巨的任务。"

"先不考虑佩玛繻小姐和希拉·韦伯，她们似乎是本不应该出现在那里的人。答案是令人失望的。我认为只有赖姆塞先生有些异样？"波洛用探询的眼神看着我，我点点头。"每个人都有值得信任的筹码。布兰德是一位著名的本土建筑师，麦克诺顿是剑桥大学的教授，黑姆太太是当地一位拍卖商的遗孀，华特豪斯兄妹是一直受人尊敬的本地人。所以我们再回到寇里先生这里。他来自哪里？是什么原因让他来到了威尔布拉汉新月街十九号？这里住着一位邻居，黑姆太太，说了一句非常有参考价值的话。

当得知死者并不是住在十九号时，她说，'噢！我明白了。他只是来这里送死的。多奇怪。'她有一种能一眼看到问题本质的才能，这种才能只有那种只关心自己的一举一动，而对他人的言行毫不关心的人所拥有。她总结了整个案件。寇里先生是来威尔布拉汉新月街十九号送死的。问题就是这么简单！"

"她的这句话突然让我一惊。"我说。

波洛没有注意到我。

"'亲爱的，亲爱的，亲爱的，赶来送死。'寇里先生来了，然后他被杀了。但这还没有完。他的身份查不出，这很重要。他没有钱包，没有证件，衣服的商标也被扯掉了。但这还不够。标有保险代理的寇里的名片，也只是一时想出来的手段。如果这个男人的身份一直无法查证，他最后肯定会被给予一个假身份。不久以后，我敢保证，就会有人出现，会对他进行确认。可以是弟弟，可以是姐姐，可以是妻子。说到妻子，里瓦尔太太，仅仅是这个名字可能已经引起了怀疑。在萨默塞特有一个村庄，我和一个朋友住在那附近——寇里·里瓦尔村，不知道这两个名字暗示着什么，寇里先生，里瓦尔太太。

"到此为止，这个计划几乎清晰可见了，但是让我迷惑的是，为什么我们的凶手会理所当然地认为警方不可能确定死者的实际身份呢。如果这个男人没有家人，但至少会有管家、仆人、生意伙伴。这让我做出了另外的假设：没有人知道这个人失踪了。进一步的假设就是他不是英国人，仅仅是来这个国家旅行的。这就与他治疗牙齿的事实相符了，明明有过治牙的痕迹，但却找不到任何治牙的记录。

"我的头脑中开始隐约有了被害者和凶手的模样。案件经过了精心计划，并且非常高明地被实施，但是现在却出了纰漏，这是凶手没有预料到的。"

"是什么？"哈卡斯特问。

出乎意料的是，这时波洛把头向后扬了扬，戏剧性地背起诗来：

> 失了一个马蹄钉，丢了一个马蹄铁，
> 丢了一个马蹄铁，折了一匹战马，
> 折了一匹战马，输了一场战争，
> 输了一场战争，亡了一个帝国，
> 全是因为当初少了一颗马蹄钉。

他向前靠了靠。

"杀害寇里先生的嫌犯也许有很多。但是杀害、或者有理由杀害女孩伊娜的，却只有一个。"

我们突然同时看向他。

"让我们想想卡文迪什文书打印社，有八个女孩在那里上班。九月九日那天，其中四个因工作安排去了稍远的地方，就是说，与她们见面的客户会给她们提供午餐。正常情况下她们四个是在第一轮的十二点半到一点半之间吃午餐的人——剩下的四个人，希拉·韦伯、伊娜·布伦特和另外两个女孩；而珍妮特、莫林是在第二轮的一点半到两点半之间吃午餐的。但是在那天，伊娜·布伦特在离开办公室不久后就出了点小意外。她的鞋跟因卡在格栅中断了。这让她无法正常走路。所以她就近买了一些小面包直接回了办公室。"

波洛对我们摇着他那竖起的强有力的手指。

"我们知道伊娜·布伦特在因某事而忧心忡忡。她试图在办公室之外的地方去见希拉·韦伯，但是没有成功。这是不是可以推断有什么事情是与希拉·韦伯有关呢，但是我们没有找到证据。她可能只想去问问希拉·韦伯那件一直困扰她的事。但是有一件事确是显而易见的。她想在打印社之外的地方和希拉·韦伯谈话。"

"在审讯现场她对警员说的话，是我们唯一拥有的可以推断有关她所烦扰的事情的线索。她是这么说的：'我不知道她说的话是不是真的。'那天早晨有三个女人提供了证词。伊娜可能是在指佩玛繻小姐。或者，就像之前推断的，她可能是在指希拉·韦伯。但是还有第三种可能性，她可能是在指马丁代尔小姐。"

"马丁代尔小姐？但是她的证词只持续了几分钟而已。"

"确实如此。她只陈述了那个她接到的声称佩玛繻小姐打来的电话。"

"你的意思是说伊娜知道那个电话不是佩玛繻小姐打来的？"

"我的想法比这个还简单。我推断根本就没有这通电话。"

他继续说着：

"伊娜的鞋跟掉了。格栅离办公室很近。所以她很快回到打字社。但是马丁代尔小姐在她自己的办公室里，不知道伊娜回来。就她来看，当时办公室里只有她一个人。她要做的就是只需说在一点四十九分的时候打进来一个电话。伊娜刚开始不知道她知道了这件事的严重性。希拉去见了马丁代尔小姐，被告知有工作预约要外出。工作预约的方式和时间伊娜都不知道。

"接着谋杀案的消息传了出来，故事的情节一点一点地清晰起来。佩玛繻小姐打来电话，要求希拉·韦伯去她那里。但是佩玛繻小姐说她没有打过电话。电话据说是差十分两点的时候打过来的。但是伊娜知道那不是事实。那时候没有电话打进来。马丁代尔小姐肯定搞错了,但是马丁代尔小姐肯定她没有弄错。伊娜越想这件事,就越感到迷惑不解。她必须去问问希拉。希拉也许知道。

"接着审讯会开始。所有的女孩都去参加。马丁代尔小姐重复着她有关那个电话的陈述,但是伊娜很明白马丁代尔小姐提供的如此清晰的证据和如此精确的时间都是假的。所以接下来她去问警员,要求和探长说几句话。我想很可能马丁代尔小姐随着人群离开时无意中听到了她的问话。或者也许就在那时她听到了女孩们谈论伊娜折断鞋跟的事情,才知事情败露了。不管怎样,她跟踪这个女孩来到了威尔布拉汉新月街。我很想知道为什么伊娜会去那里?"

"仅仅就是想去看看谋杀案发生的那个地方,我猜。"哈卡斯特叹着气说,"人们都会有这种想法的。"

"是的,的确是这样。也许马丁代尔小姐当时和她说着话,她们正一起沿马路走着,伊娜随口说出了她的疑问。马丁代尔小姐决定立即采取行动。她们刚好走到了一个电话亭旁边。她说'这件事非常重要。你必须立刻打电话告诉警察。告诉他们,我们两个现在就过去找他们。'按照别人的指示去做,这是伊娜已经养成的习惯。她走进去,拿起了电话,马丁代尔小姐跟了进来,站在她身后,拉紧她的围巾绕住脖子,把她勒死了。"

"没有人看见?"

波洛耸耸肩。

"本来应该会有人发现的!但当时正好是一点。午饭时间。而且新月街上的人们都在十九号前忙着看这看那。这正好给了这种大胆的无耻之徒可乘之机。"

哈卡斯特摇摇他的头,表示难以置信。

"马丁代尔小姐?我不明白她是如何卷进此案的?"

"的确。刚开始确实看不出来。但是毋庸置疑,绝对是马丁代尔小姐杀害了伊娜。噢,是的。只有她会杀害伊娜,所以她肯定会卷进来。从马丁代尔小姐的身上,我开始怀疑这次的谋杀案是麦克白夫人①式的,一个残忍又缺乏想象力的无趣女人。"

"缺乏想象力?"哈卡斯特问道。

"噢,是的,非常缺乏想象力。但很有效率。是一个优秀的阴谋家。"

"但是原因呢?她杀人的动机在哪里?"

赫尔克里·波洛看着我。他晃动着一根手指。

"所以说邻居们的谈话对你来说是没有用的,对吗?我发现了一句让我很受启发的话。你还记得当谈到旅居海外时,布兰德太太说她喜欢住在克罗町,因为这里有她的一个姐姐。但是布兰德太太实际上没有姐姐。一年前她从加拿大的她的一位舅老爷那里继承了一大笔财产,因为她是整个家族中唯一的幸存者。"

哈卡斯特警觉地坐直身子。

"所以你认为——"

波洛又向后靠着椅子,把他的手指合拢。他半闭着眼睛,似乎在说梦话。

"比如说你是一个男人,一个非常普通、小心谨慎的男人,经济拮据。一天收到从一个律师事务所寄来的一封信,说你的妻子从她加拿大的舅老爷那里继承了一大笔财产。信件寄给了布兰德太太,但问题就出在收到信件的布兰德太太不是信上说的布兰德太太。她是第二任妻子,不是第一任。想象一下这有多遗憾!

---

①麦克白夫人是莎士比亚四大悲剧之一《麦克白》中的人物,是一个残忍、恶毒的女人。

简直让人非常生气!但突然有了办法。谁会知道这不是那位布兰德太太呢?在克罗町没有人知道布兰德以前结过婚。他的第一段婚姻,是在好多年以前,当时是战时,他还在海外。他的妻子在婚后不久就死了,他很快又结婚了。他有最初的结婚证明,各种其他文件,加拿大所有亲戚的照片。一切都顺理成章。不管怎样,值得冒险一次。他们尝试,并且成功了。通过了所有的法律手续。布兰德夫妇变得富有,他们窘迫的经济状况结束了——"

"然而,一年以后,发生了一件他们始料不及的事。发生了什么事?我推测是有人从加拿大来到了这个国家,这个人知道第一任布兰德太太的详细情况,事情就要败露了。他可能是一位年长的家族法定代理人,或者是一位家族的亲密朋友,但是不管他是谁,他都会知道。也许他们想可以避免见面。布兰德太太可以假装生病,她可以去国外,但是任何类似的这种事都会引起怀疑。这位拜访者一定会坚持要见他专程过来打算拜访的这个女人。"

"所以,就去谋杀他?"

"是的。这里,我想,布兰德太太的妹妹可能是幕后的主角。她谋划了整件事。"

"你是说马丁代尔小姐和布兰德太太是姐妹?"

"只有这样事情才说得通。"

"当我看见布兰德太太时,她确实让我想到了某个人,"哈卡斯特说,"虽然她们性格很不一样,但仔细想起来,的确有点像。但是她们希望侥幸逃脱,这怎么可能呢?有人失踪了。等待她们的是审讯——"

"如果这个人去了国外,也许仅仅是旅游,而非公事,他的行程就不会是固定的。收到来自一个地方的信件,又收到来自另一个地方的明信片。在人们开始怀疑时,可能已经过了很长一段时间。这时候,谁会将这个已经被确认身份为哈里·卡斯尔顿的人与那个来自加拿大的有钱观光客联系起来,他甚至于都没在这个国家露过面?如果我是凶手,我就会去法国或者比利时漫不经心地旅游一天,然后故意把死者的护照扔在一列火车或者是电车里,好让审讯在那里发生。"

我不自觉地动了动,波洛目不转睛地看着我。

"对吗?"他说。

"布兰德跟我说他最近去布伦旅游了一天,和一个金发美女,我还以为——"

"这是很正常的事。不用怀疑,这是他的老习惯。"

"但这些都只是推测。"哈卡斯特反驳道。

"但你可以去做调查。"波洛说。

他从他前面的架子上拿起一张旅馆专用便条纸,递给了哈卡斯特。

"你可以写信给住在西南七号英尼斯摩花园十号的恩德比先生,他承诺会去加拿大为我做调查。他是一位有名的国际律师。"

"那么关于那些时钟怎么解释呢?"

"噢!那些钟。那些了不起的钟!"波洛笑了,"我想你会发现马丁代尔小姐要为它们承担责任。因此这起案件,就像我说的,很简单,只是被伪造成具有奇幻的色彩。那个希拉·韦伯拿去修的罗丝玛丽时钟。她是不是忘在文书打印社了?马丁代尔小姐趁机以此作为她胡言乱语的基础,或许就因为那个时钟,她选择了希拉作为发现尸体的那个人——?"

哈卡斯特突然大声说:

"你还说这个女人很无趣,没有想象力?她到底是什么时候开始策划这一切的?"

"但这些不是她策划的。这就是事情有趣的地方。一切都在这里,等着她。从一开始我就发现了这一作案方式,正是我所熟悉的,因为我正好一直在看这方面的书。非常幸运。就像柯林要告诉你的,这星期我参加了一个作家手稿的拍卖会。其中有加里·格雷格森的一些作品,我几乎没抱什么希望。但是幸运之神找到了我。这里——"就像变魔术似的,他突然从桌子的抽屉里抽出两本破旧的笔记本。"——都在这里!都是他计划要写的这些书的情节。书还没完成他就去世了。但是马丁代尔小姐,作为他的秘书,知道书中所有的情节。她只要稍加利用就可以拿来满足她的目的。"

"但是这些钟最初肯定代表着什么含义——在格雷格森的故事情节中,我想。"

"嗯,是的。他的钟表时刻被定在五点过一分,五点过四分和五点过七分。这连在一起就是一个保险箱的密码,五一五四五七。这个保险箱被藏在一幅蒙娜丽莎画像的复制品的后面。在保险箱的里边,"波洛不悦地继续说,"放着俄罗斯皇室的皇冠。所有的事情都真相大白了!接下来就是马丁代尔小姐策划的故事。一个被陷害的女孩。噢,是的,对于马丁代尔小姐来说这是轻而易举的事。她只需选几个本地人物,然后让她们依照剧情演戏即可。所以这些清晰的线索,最后都让你无路可走!呃,是的,她确实是一个能干的女人。人们想知道,格雷格森先生是否留给她一笔遗产?他是怎么死的,因什么而死,我很好奇?"

哈卡斯特不愿多听过去的旧事。他收起了练习本,从我的手里拿走了那张旅馆专业便签纸。像着了魔似的,我盯着它,哈卡斯特匆匆写下恩德比律师的地址,并且不嫌麻烦地把这张纸故意颠倒拿着。酒店的地址正好跑到了左下角。

注视着这张纸,我意识到了过去我有多么愚蠢。

"谢谢你,波洛先生,"哈卡斯特说,"你说的话确实给了我们很大启发。"

"如果真的帮到你们的话,我将会非常高兴。"

波洛表现得很谦虚。

"我得去核实所有事——"

"自然,自然——"

互相告别后,哈卡斯特离开了。

波洛转身看着我。他皱起了眉。

"振作点。我想问你,你怎么了?这么愁眉苦脸的样子。"

"我明白了我有多么愚蠢。"

"啊哈。没关系,很多人都是这样的。"

但不可能是你,赫尔克里·波洛!我必须攻击他。

"就告诉我一件事,波洛。是否,就像你说的,在伦敦坐在你的椅子里你就能洞察一切,完全可以让我和狄克·哈卡斯特去你家见你,为什么?噢,究竟为什么,你要来这里?"

"我告诉你们了,他们在整修我的公寓。"

"他们可以让你去另一栋公寓。或者你还可以去里兹大饭店,你在那里会比在麻鹬酒店舒服得多。"

"那还用问,"赫尔克里·波洛说,"咖啡,我亲爱的朋友,因为这里的咖啡!"

"得了吧,你倒是说呀,为什么?"

赫尔克里·波洛突然怒气冲冲。

"也罢,因为你笨得根本就猜不出来,所以让我告诉你。我是一个人,对吗?如果有必要的话,我可以变成一台机器。我能倚靠在椅子上思考。所以我能解决问题。但我告诉你,我是人,这些问题都与人有关。"

"所以呢?"

"理由就如同这谋杀案一样简单。是出于人类的好奇心。"赫尔克里·波洛这么说着,试图保持尊严。

第二十九章

我再一次走在了威尔布拉汉新月街上,朝向西的方向走着。

我停在了十九号的大门口。这一次没有人从屋里尖叫着冲出来。一切都那样安静有序。

我走到大门处,按响了门铃。

蜜勒莘·佩玛繻小姐打开了门。

"我是柯林·蓝姆,"我说,"我可以进来和你谈谈吗?"

"当然可以。"

她走在我前面,进了客厅。

"你似乎在这里很久了,蓝姆先生。我知道你不是本地的警察——"

"你说得没错。我想,实际上,从你跟我说话的第一天起你就已经确切地知道我是谁了吧。"

"我不明白你这话是什么意思。"

"我真是愚蠢极了,佩玛繻小姐。我来这里是为了找你。从来这里的第一天起我就认识了你,但是我却不知道我要找的人就是你。"

"可能是谋杀案让你分了心。"

"正如你说。我还笨得把一张纸看错了。"

"那么你说这些给我又是为了什么呢?"

"游戏已经结束了,佩玛繻小姐。我已经找到了整个策划案的总部。你用盲文点字法精心地把这些记录都保存在了系统中。拉金在波特伯雷获取的情报传递给了你。它们通过赖姆塞顺利地被传到了目的地。必要时,他晚上会通过花园从他家来你家见面。有一天在去你家途中,他在花园里不慎遗落了一枚捷克硬币——"

"他真是太粗心大意了。"

"我们都会有粗心大意的时候。你伪装得很好。你双目失明,在一家残障儿童学校工作,你在家里放着教孩子学盲文的书是很自然的事。你是一个极其聪明、极有胆量的女人。我不知道是什么力量驱使你这么做的——"

"我甘愿奉献自己。"

"是的。我想是这样。"

"你为什么告诉我这些?这似乎有些不正常。"

我看了看手表。

"你还有两个小时,佩玛繻小姐。两个小时后,有关部门的专门人员将会上门执行任务——"

"我不明白你说的。为什么你会先于他们来到这里,给我这些所谓提醒和警告——"

"这是一次警告。是我自己选择先来这里的,并且在我们的人过来之前会一直待在这里,我要保证不会有什么东西从这里不翼而飞,除了一个例外。那就是你。如果你选择离开,还有两个小时的时间。"

"但是为什么?为什么?"

我慢慢说道:

"因为我认为还有一丝希望你会成为我的岳母……我也许错

了。"

一阵沉默。佩玛繻小姐起身走到了窗前。我的视线没有离开她。我对佩玛繻小姐不抱任何幻想。我对她丝毫不信任。她是双目失明,但是如果你一不留神,即使一个瞎眼女人也能控制你。她的失明并不能阻碍她抓住一切机会要了我的命。

她平静地说:

"我不会告诉你你是对是错。是什么让你这样猜测?"

"眼睛。"

"但是我们的个性一点都不像。"

"是不像。"

她几乎挑衅地说。

"我对她做了我能做的所有事。"

"这要看别人怎么看。对于你来说,事业是第一位的。"

"本应是这样。"

"我不同意。"

又是一阵沉默。然后我说:"你知道她是谁了对吗?从那天起?"

"从我听到她的名字后我才知道的……我没让她知道我的存在,一直如此。"

"你似乎从来都不会如此残忍。"

"别说废话。"

我又看看表。

"时间正在一分一秒地过去。"我说。

她离开窗户,向桌子走过去。

"我这里有一张她的照片,是小时候的……"

在她拉开抽屉时,我站在她的身后。不是一把自动手枪。是一把致命的小刀……

我的手牢牢抓住她的手，夺走了小刀。

"我的确心肠很软，但是我不傻。"我说。

她摸到一把椅子，坐了下来。不论怎样她都是如此平静。

"我没有想利用你的好心。那有什么用呢？我会待在这里，等他们来。总会有机会的，即使在监狱里也一样。"

"你的意思是，信仰灌输？"

"如果你喜欢那么想，也可以。"

我们坐在那里，彼此敌视，但是却互相理解。

"我已经辞了这份工作。"我告诉她，"我打算回到我的老本行——海洋生物学。澳大利亚的一所大学给我提供了相关的职位。"

"我想你是明智的。你不可能从你的工作中获得更多。你很像罗丝玛丽的父亲。他不理解列宁的一句名言：'远离柔情'。"

我想起了赫尔克里·波洛的话。

"我很知足，"我说，"作为一个人……"

我们静静地坐着，彼此都认为对方的观点是错误的。

一封哈卡斯特探长写给赫尔克里·波洛的信：

亲爱的波洛先生，

我们现在找到了事实依据，我想你可能有兴趣听一听详细的情况。

大概四周前，一位名叫昆汀·杜格斯林的先生离开了加拿大，前往欧洲。他没有亲人，回程的时间尚不确定。他的护照被布伦的一家小餐厅老板捡到，然后交给了警察局。至今无人认领。

杜格斯林先生是魁北克蒙特雷索家的老朋友。亨利·蒙特雷索先生作为一家之主，于十八个月前逝世，留下了一笔非常可观的财产给他的唯一尚存的亲戚，她的侄孙女瓦莱丽，就是英国波特伯雷的乔塞亚·布兰德的妻子。伦敦非常著名的一家律师事务所负责代理加拿大的执行。因为家里不同意他的婚姻，所以布兰德夫人和整个家族的联系在结婚后就中断了。杜格斯林先生跟他的一位朋友提到，在去伦敦的时候，他计划拜访布兰德一家人，因为他一直以来都非常喜欢瓦莱丽。

那具被认为是哈里·卡斯尔顿的尸体，实际最后被确认为昆汀·杜格斯林。装尸体的木板后来发现被藏在了布兰德家后院的一个角落里。为了掩饰，尽管在木板外面涂了油漆，但是经过专家处理，"雪花洗衣店"的字样还是依稀可见。

其他细节我就不多说了，免得徒增你的烦恼，检察官认为可以下发拘捕令正式拘捕布兰德。

马丁代尔小姐和布兰德夫人，正如你猜测，是姐妹。尽管我同意你关于她参与作案的想法，但是想要拿到充足的证据却是难上加难。她无疑是一个非常聪明的女人。但是，我还是寄希望于布兰德夫人。她是那种容易倒戈的人。

布兰德的第一任妻子死于法国的战时阶段，他的第二任妻子，名叫希尔达·马丁代尔（当时她服务于英国海陆空军卫生福利机构）。我想他们也是在法国结的婚，很显然这可以确定，尽管详细的记录已经在当时损毁了。

很高兴那天可以与你见面，我必须要感谢你当时提出的十分有用的建议。希望你在伦敦的寓所整修顺利。

你诚挚的朋友
理查德[①]·哈卡斯特

有关哈卡斯特给赫尔克里·波洛的更多消息：

好消息！布兰德夫人终于招了！承认了所有的事情！说这一切都是她妹妹和她丈夫指使的。她"不知道整件事，直到最后才发现他们要做什么，但为时已晚"！她以为他们只是想"让他麻醉，好让他难以分辨真假布兰德夫人"！这似乎是可能的！我想说她确实不是幕后的主角。

波多贝罗市场的人确认，马丁代尔小姐就是那个他们所说的买了两个钟的"美国"妇人。

麦克诺顿太太刚刚说她看见杜格斯林坐在布兰德的货车里进了车库。她说的是真的吗？

我的朋友，柯林，和那个女孩结婚了。我想你会问我，他是不是疯了？祝福你。

你的，
理查德·哈卡斯特

---

①狄克（Dick）是理查德（Richard）的昵称。

The Clocks
Copyright © 1963 Agatha Christie Limited. All rights reserved.
Letter for Chinese Reader, New Star Edition by Mathew Prichard © 2013 Mathew Prichard.
Translation © 2023 arranged by New Star Press, Agatha Christie Limited. All rights reserved.
www.agathachristie.com
The Poirot icon is a trademark, and AGATHA CHRISTIE, POIROT, *Agatha Christie*® and the AC Monogram Logo are registered trade marks of Agatha Christie Limited in the UK and elsewhere. All rights reserved.
Published by agreement with ACL.
Simplified Chinese edition copyright: 2023 New Star Press Co., Ltd.

图书在版编目（CIP）数据

怪钟疑案 /（英）阿加莎·克里斯蒂著；董亚丽译. —— 北京：新星出版社，2023.6
（阿加莎·克里斯蒂侦探小说全集：精装典藏版）
ISBN 978-7-5133-4914-7

Ⅰ．①怪… Ⅱ．①阿… ②董… Ⅲ．①侦探小说 – 英国 – 现代 Ⅳ．① I561.45

中国国家版本馆 CIP 数据核字 (2023) 第 054582 号

午夜文库
谢刚 主持